달이 뜨면
네가 보인다

달이 뜨면
네가 보인다

전아리 장편소설

문학동네

차례

여름은 걸어온다

내가 어릴 적부터 우리집은 채소가게를 했다. 가게 입구에는 각종 채소와 두부상자, 콩나물시루가 놓여 있었다. 어두침침한 가게 안쪽에는 아버지가 직접 만든 선반이 있고 엄마는 그곳에 통조림과 간장 등을 진열해두었다. 가게 중앙에 놓인 석유난로를 지나면 한 사람이 간신히 몸을 펴고 누울 수 있는 넓이의 쪽방이 있었다. 겨울이면 엄마는 그곳에 전기담요를 깔고 누워 라디오를 듣곤 했다. 이따금씩 집에서부터 따라온 강아지 뽀리를 옆에 누이고 털을 쓰다듬고 있기도 했는데 그럴 때면 방안은 더할 나위 없이 평화로운 공기로 가득찼다. 식사 때가 가까워지면 엄마는 오빠와 내게 가게를 맡겨두고 집으로 가서 상을 차렸다.

가게문에 뿌옇게 김이 서린 겨울날이었다. 나는 여덟 살이었고 오빠는 열한 살, 뽀리는 두 살이었다. 오빠는 곤히 낮잠을 자고 있었다. 나는 모로 누운 채 삼십 분 가까이 줄곧 한곳을 응시했다. 추리닝 바지를 입은 오빠의 사타구니였다. 이윽고 나는 결심을 굳혔다. 왼손을 뻗어 조심스럽게 오빠의 추리닝과 팬티 고무줄을 잡아 늘였다. 오빠의 사타구니로 통하는 삼각형 모양의 어두운 굴이 생겼다. 나는 오른손으로 주먹을 한번 쥐었다 편 뒤, 부피를 최소한으로 줄이기 위해 손을 잔뜩 오그린 채 오빠의 바지 속으로 집어넣었다. 비엔나소시지 크기의 고추가 만져졌다. 손끝으로 고추의 생김새를 천천히 훑어보던 나는 실망했다. 손을 거두려는 찰나, 손등에 묵직한 것이 닿았다. 따끈하고 말랑말랑한 고환이었다. 나는 살그머니 고환을 그러쥐었다. 신기했다. 손에 알맞게 들어차는 고환의 크기와 무게는 기묘한 안정감까지 느껴졌다. 그때 가게 입구에 누워 있던 뽀리가 짖어댔다. 오빠가 눈을 떴다. 나는 황급히 팬티 속에서 손을 뺐다.

며칠 뒤 오빠는 조용히 나를 불러내더니 심각한 얼굴로 물었다.

"너도 이상하다고 생각하지?"

나는 침을 삼켰다. 오빠가 엄마한테 이르지만 않는다면 무슨 명령에라도 복종할 준비가 되어 있었다.

"뭐가?"

"내 불알 말이야. 왼쪽으로 좀 처졌잖아."

오빠는 흐린 표정으로 말했다. 나도 모르게 안도의 한숨이 흘러나왔다.

"보기 흉하디?"

오빠는 금방이라도 울 듯했다. 나는 등뒤에 숨긴 오른손을 꼼지락거렸다.

"응, 웃겨."

오빠는 절망적인 눈빛으로 나를 바라보다가 돌아섰다. 나는 킬킬거리며 오빠의 등을 향해 내가 아는 모든 흉측한 것들을 전부 갖다붙였다.

"낙지 대가리, 썩은 귤, 뽀리 똥 같아!"

축 처진 오빠의 어깨가 골목 모퉁이를 돌아 사라졌다.

엄마를 제외하고 오빠의 고추를 만진 여자는 내가 처음이었던 것 같다.

이제 와 나는 가끔 생각한다. 그때 내가 오빠의 불알에 대해 좀더 진지한 평가를 해주었다면 지금과는 많은 것이 달라졌을 수도 있지 않았을까. 물론 그럴 리 없었겠지만 그래도 혹시나.

*

나는 창가에 기대서서 병원의 뒤뜰을 내려다보았다. 엉성하게 세운 담 너머로 초여름에 접어들어 짙푸른 습기를 뿜어내고 있는 산이 이어져 있었다. 고지대에 위치한 이 대학병원에서는 내가 지내는 원룸 건물 근처의 교회 지붕까지 보인다.

오빠는 두 시간째 미동도 않고 잠들어 있다. 간호사가 조금 남은 수액을 확인하고 돌아갔다. 6인 병실은 텔레비전 소리와 환자들의 투덜거림으로 정신이 빠질 만큼 소란스러운데 신음소리 한 번 없이 자고 있는 오빠가 신기할 따름이다.

엄마가 오빠의 속옷을 들고 왔다. 오빠가 입원한 뒤로 엄마는 서울에 올라와 내 원룸에서 같이 지내고 있다. 엄마는 내가 거의 사용하지 않는 부엌에 몇 가지 조리 기구들을 사다 나르고 테트리스 하듯 네모난 반찬통으로 작은 냉장고를 꽉꽉 채워놓았다.

나흘 전 승용차 충돌사고가 났을 때, 오빠의 옆자리에는 중년의 여자가 타고 있었다고 한다. 그러나 경찰과 구급차가 도착했을 무렵 옆자리는 비어 있었다. 창문을 부수고 튕겨나간 흔적도 없었다. 스물여섯 살의 오빠는 이마를 꿰매고 오른쪽 무릎을 수술했다. 사고는 내가 다니는 대학의 후문 쪽에서 일어났다. 오빠는 나를 만나러 오던 중이었다고 했다. 그 말을 들었을 때 나는 그들에게 교통사고가 난 것이 천만다행이라고 생각했다. 나로서는 오빠의 파트너를 만나는 것은 물론이요, 그런 존재를 아는 것 자체가 끔찍하다.

"팔층에 과일 좀 갖다주고 왔는데, 역시 교수는 다르더라. 사람이 그렇게 경우 바를 수가 없어."

엄마는 보조침대에 걸터앉아 발을 주무르며 말했다. 교수는 무슨, 그냥 시간강사라니까.

"그쪽은 금방 퇴원할 거 같대. 그나저나, 너 그 교수님한테 배울 때 졸거나 하진 않았냐? 그랬으면 엄마가 어디 부끄러워서……"

나는 빈 반찬통이 담긴 종이봉투를 들고 병실을 나왔다.

충돌사고의 상대편 운전자는 영문과 강사였다. 우리 학교에서 강의를 마치고 다른 학교 수업을 위해 차를 몰고 나서던 길에 오빠 차와 부딪힌 것이었다. 부상은 그리 크지 않다고 했다. 그는 같은 병원의 팔층에 입원해 있다.

사고가 난 다음날, 예의상 병실에 들른 나를 보자마자 그쪽에서 먼저 "어?" 하고 알은체를 해왔다. 나는 엄마가 들려 보낸 주스상자를 든 채로 "아아" 하고 애매하게 반응했다.

이 년 전, 봄학기에 그의 수업을 들은 적이 있었다. 군대며 유학에서 돌아온 높은 학번의 복학생들 틈에 이학년은 나뿐이었다. 성적은 최악으로 나왔다. 다섯 명씩 조를 짜서 과제를 발표했는데 조원들 중에 내 성적이 가장 낮게 나온 것 같았다. 박승안은 본래 성적을 짜게 주기로 유명한 강사라고 했다. 그럼에도 학생들 사이에서는 인기가 좋은 편이었다. 아마 백발의 전공 교수들 틈에서 서른네 살이라는 젊은 나이와 큰 키가 강의실 분위기를 사뭇 신선하게 만들어준다는 이유 때문이었을 거다.

그는 내 얼굴을 알아보긴 했지만 이름까지는 기억하지 못했다. 심지어 기억해보려는 노력조차 하지 않는 눈치였다. 그는 웃으며 말했다.

"모델이랑 같은 조였지."

아예 잊어버린 것보다 더 불쾌한 기억이었다.

종강을 하던 날 우리 조 학생들은 그를 끌고 뒤풀이 술자리를 마련했었다. 우리 조에는 나보다 한참 선배인 남자 세 명과 스물여섯 살의 졸업반 여자가 있었다.

그 여자는 강의실에서도 한눈에 띄는 미인형이었다. 키가 크고 늘씬한 몸에, 항상 딱 달라붙는 야한 스커트를 입고 다녔다. 가슴골을 드러낸 블라우스라든가 보라색 브래지어가 훤히 비치는 셔츠도 아무렇지 않게 입고 다니는 여자였다. 조원들은 그녀를 이름 대신 모델이라고 불렀다. 나는 평소 강의 도중에 박승안이 그녀에게 수작을 거는 장면을 종종 목격하곤 했다. 어두운 강의실에서 학생들이 자료화면을 보는 데 집중해 있을 때면 그는 조용히 모델이 앉은 맨 뒷자리로 가 그녀의 옆에 앉았다. 강의가 끝나고 나면 모델은 강단으로 다가가 짙은 브라운의 웨이브 진 머리칼을 쓸어올리며 이런저런 시답잖은 질문을 해댔다.

종강 뒤풀이는 학교 근처의 퓨전 주점에서 치러졌다. 홍합탕과 두부튀김, 오코노미야키 등이 테이블을 가득 메웠다. 다들 신나게 취해서는 소주, 맥주, 매실주, 사케 가리지 않고 막무가내로 주문해댔다. 내 옆자리에 앉은 모델은 볼이 상기된 와중에도 바쁘게 문자메시지를 보내고 있었다. 맞은편에 앉은 박승안과 주고받고 있다는 것은 술에 취하지 않았다면 바보라도 알 수 있을 사실이었다.

분위기에 비해 나는 민망하리만큼 멀쩡했다. 한창 아토피 약을 먹고 있어서 술을 마실 수 없었다. 박승안이 돌아가고 얼마 있지 않아, 모델도 가봐야 한다며 자리를 떴다. 나도 슬슬 일어나려고 가방을 찾을 때였다.

"앗, 차가워!"

나는 벌떡 일어섰다.

"미안! 젖었어?"

옆자리에 앉아 있던 남자가 황급히 엎어진 맥주잔을 세웠다. 그는 닦아준답시고 허둥지둥 휴지를 찾았지만 이미 취할 대로 취해서 두 팔을 허우적거리는 꼴이었다.

허벅지에 달라붙는 바지를 떼어내며 찝찝한 기분으로 술집을 나왔다. 원룸으로 향하는 길에 편의점 앞에 서 있는 박승안과 모델을 발견했다. 학교 주변에서 학생과 노닥거리는 강사라니, 무식한 건지 용기가 넘치는 건지. 중얼거리던 나는 멀리서 바뀐 신호등 불빛을 보고 서

둘러 달렸다.

"거기, 칫솔 좀 갖다줘."

욕실에 들어간 재우가 외쳤다. 알몸으로 침대에 누워 채널을 돌려대던 나는 느릿느릿 일어나 머리맡의 지퍼백에서 일회용 칫솔을 꺼냈다.

"쌩유."

잠시 후 재우는 큼직한 타월을 허리에 두르고 젖은 머리칼을 털며 나왔다. 모텔방의 탁자에는 아까 먹어치운 프라이드치킨의 뼈가 아무렇게나 흩어져 있었다.

"아무래도 모텔은 불편하다. 네 방이 좋은데."

재우가 보디클렌저 냄새를 풍기며 옆자리에 드러누웠다.

"엄마가 있으니까 어쩔 수 없잖아. 난 모텔이 더 좋아."

"그래?"

"응. 여기 이불에서 나는 냄새가 좋거든."

나는 빳빳한 이불을 끌어당겨 냄새를 한가득 들이마셨다.

케이블 채널에서 개그 프로그램 재방송이 흘러나왔다. 키득키득 웃던 재우는 어느샌가 한쪽 팔을 침대 밑으로 늘어뜨린 채 잠들었다. 창문 옆에 비스듬하게 걸린 벽시계를 올려다봤다. 퇴실시간까지는 한 시간 남짓 남았다. 따분해진 나는 고르게 오르내리는 재우의 가슴에 귀를 갖다 댔다. 심장은 적당한 속도로 탄력 있는 소리를 내며 뛰고 있었다. 왠지 더 지루해졌다.

재우와 만난 지도 반년이 다 되어간다. 우리는 같은 학교에 다니지만 전공은 다르다. 친구의 생일 술자리에서 처음 만난 날 재우가 휴대폰 번호를 물어왔다. 내 옆자리에 있던 친구가 화장실에 간 틈을 타 재빨리 자리를 옮겨왔던 걸로 기억한다. 재우는 장난기 가득한 얼굴로 말을 걸었었다.

"야채가 좋아요, 고기가 좋아요?"

"……고기요."

"어? 나랑 똑같네. 우리 친하게 지내도 되겠다."

처음엔 미친놈인 줄 알았다.

두번째 만남 때 극장 앞 분수대에서 고백을 받았다. 나는 물속에 가라앉은 동전을 헤아리다가 고개를 끄덕였다. 손만 뻗으면 닿을 수면 아래에서 잉어들이 헤엄치고 있었다.

모텔 바닥에 아무렇게나 내던져놓은 가방 밖으로 두꺼운 책이 튀어나와 있다. 박승안이 도서관에서 대출해달라고 부탁한 낡은 역사서의 원서다. 하드커버의 표지에는 흑백의 뱀 두 마리가 왕관 모양으로 엉켜 있다. 요 근래 그는 수시로 내게 문자메시지를 보내온다.

—연구실에서 박조교한테 USB 좀 받아다 줄래?

—병원 오는 길에 이번 교내 영자신문 좀 갖다줘.

—지난번 책 잘 읽었다. 반납 부탁.

한두 번 심부름을 해준 이후로는 아주 당연하다는 듯 주문이 늘었다. 내가 만만한가 싶어 은근히 부아가 치밀었지만 사고 가해자의 여동생 입장인지라 화를 낼 수도 없었다. 그는 전화로 하면 간단할 전달사항을 굳이 문자메시지로 보내 사람을 답답하게 만들었다. 결국 답장을 보내다 지친 내가 전화를 하거나 병실로 찾아가게끔 만들어서 마치 이쪽에서 먼저 도와주겠다고 자처하고 나선 것처럼 느껴지기까지 했다.

재우와 헤어지고 병원으로 가보니 박승안이 오빠의 병실에 와 있었다. 피해자와 가해자의 첫 만남이었다. 오빠는 사고를 낸 사람이 보여야 할 법한 미안함은 털끝만큼도 비치지 않고 누운 채로 멀거니 깁스한 발끝만 바라보았다. 박승안은 내일 퇴원한다고 했다. 거동이 자유로워서인지 말끔한 그와 달리 오빠는 살갗 위에 살비듬이 일고 머리에는 기름이 잔뜩 끼어 영락없는 길바닥 노숙자 꼴이었다.

"뽑은 지 얼마 안 됐는데 폐차시키셨다면서요."

박승안이 유감이라는 듯 말했다.

"어쩔 수 없죠."

오빠는 심드렁하게 대꾸했다.

"조수석에 있던 분은 괜찮으시대요?"

"네."

어색한 침묵이 흘렀다. 나는 빌려온 책을 내밀었다.

"매번 고마워."

그가 만족스러운 얼굴로 내 등을 쓰다듬었다. 나는 난데없는 그의 접촉에 놀라 흠칫 물러섰다. 그러나 정작 본인은 의식하지 못한 듯했다. 그는 책을 어깨 위로 들쳐 메고 환자용 갈색 슬리퍼를 직직 끌며 돌아갔다.

고개를 돌리자 오빠가 나를 빤히 쳐다보고 있었다.

"왜 그렇게 봐?"

"너 살이 좀 찐 거 같다."

"남이사."

나는 엄마가 창틀에 널어놓은 수건들을 낚아채듯 거두었다.

사고가 나기 전 오빠를 마지막으로 본 것은 작년 가을이었다. 나는 엄마의 등쌀에 밀려 마지못해 안양에 갔었다. 오빠는 안양교도소에 수감중이었다. 본래 마른 체구인 오빠는 그새 더 비쩍 여위어 턱선이 날카로워 보였다. 면회시간 동안 우리는 별 대화 없이 멀뚱히 마주앉아 있었다. 실내에는 눅눅한 시멘트 냄새가 떠다니고 있었다.

"교도관이 잘생겼네."

나는 호감형인 교도관을 흘끗거렸다. 창구의 유리벽을 사이에 두고 앉아 있던 오빠가 뒤를 돌아보더니, 이내 피식 웃었다. 창백한 귓불과 가는 팔목. 과거에 오빠가 저질렀던 잘못과는 도저히 어울리지 않는 외모라고 생각되어 나도 모르게 고개를 돌렸다.

스물네 살의 오빠가 구속되었을 때, 죄목은 강간이었다.

하늘을 두터운 보온비닐로 뒤덮은 것처럼 찌는 듯한 더위가 시작되었다. 방학이 되자 대학가는 눈에 띄게 한산해졌다. 근처 하숙집에서 지내던 친구들은 시험이 끝나자마자 짐을 챙겨 고향으로 내려갔다. 나는 영어학원을 핑계로 서울에 남아 있었다. 학원 개강일인 다음달 초까지는 약 보름 정도 여유가 있었다. 예전 같았으면 득달같이 달려가 비키니를 사고 친구들과 함께 바다 여행을 떠나고도 남을 시간이었다.

나는 선풍기를 끼고 원룸 바닥에 대자로 뻗은 채 무기력한 눈으로 부엌 쪽을 바라보았다. 지금은 집을 비울 수 없다. 심지어 가까운 클럽에서 하룻밤 새워 놀다 오는 것마저 불안하다. 퇴원한 오빠가 내 원룸에 눌러앉아 있기 때문이다.

오빠는 싱크대에서 컵라면을 먹고 있다. 접이식 식탁이 바로 뒤에 있는데도 어딘가 덜떨어진 사람처럼 구부정하게 선 채로 식사를 한다. 면발이 개수대에 떨어지기라도 하면 손가락으로 집어 후루룩 들이마시며.

오빠는 방을 구할 때까지 며칠만 신세를 지자고 했다. 오빠를 데리고 고향집에 내려가기로 되어 있던 엄마도 은근히 반기는 눈치였다. 내 원룸이라고는 하지만 실상 방세를 내는 것은 엄마였기 때문에 내게 결정권은 애초에 없는 거나 마찬가지였다.

“깨끗하게 지낼게. 내가 있는지도 모를 만큼 조용히 있을 거야.”

오빠는 나를 위로하듯 말했다.

하긴, 오빤 소란스럽지 않은 편이니까 괜찮겠지. 나도 나를 다독였다.

하지만 가뜩이나 좁은 원룸에 언제 또 문제를 일으킬지 모르는 인간이 뒹굴거리는데 존재감이 없을 리 만무했다. 처음에는 세탁물 바구니 속에서 오빠와 내 속옷이 한데 섞이는 것이 못마땅한 정도로 시작했지만 이제는 앉아 있는 뒷모습만 봐도 엉덩이를 걷어차주고 싶은 심정이었다. 오빠 혼자 집에 놔두는 건 어쩐지 찝찝해서 마음 편히 외출도 할 수 없었다. 내가 컴퓨터를 하거나 잡지를 볼 때면, 오빠는 방해하지 않겠다는 듯 텔레비전을 음소거로 해놓고 보곤 했는데 오히려 그게 더 거슬렸다.

하지만 무엇보다 견딜 수 없는 건 오빠가 외출을 전혀 하지 않는다는 점이었다.

"나가서 일자리도 구하고 방이라도 알아보라고, 좀!"

참다못한 내가 빽 소리를 질렀다.

"이렇게 지내는 것도 괜찮지 않아?"

오빠는 이해할 수 없다는 표정으로 물었다.

온종일 잠잠하던 휴대폰이 울린 것은 일곱시가 조금 넘은 저녁 무렵이었다. 나는 액정에 뜬 이름을 손끝으로 톡톡 두드리다가 전화를 받았다.

"오랜만이네. 집에 내려갔나?"

박승안은 강의를 할 때와 같은 경쾌한 리듬으로 물었다.

"아니요."

"다행이다! 부탁할 게 있었는데."

그는 다짜고짜 예전 강의 제본 교재가 아직 있으면 빌려달라고 말했다. 나는 책꽂이에 꽂혀 있는 녹색 표지의 교재를 힐끗 올려다봤다. 그는 여덟시쯤 퇴근할 예정이니 교문 앞에서 만나자며, 일방적으로 약속을 정했다.

"이래저래 부탁한 게 많아서 미안하네. 만나서 저녁이나 먹자. 아, 잘 지냈지?"

그제야 생각났다는 듯 그가 물었다. 나는 "네, 뭐" 하며 대충 대답을 얼버무렸다.

샤워를 마치고 가볍게 드라이를 했다. 버섯 캐릭터가 그려진 티셔츠를 입으려다가 그만두고 얇은 톱을 입었다. 만두피처럼 얇지만 속이 비치지는 않고 통풍이 잘되는 옷이다. 지난주에 인터넷 쇼핑으로 샀는데 마땅히 입고 나갈 자리가 없었다. 거울을 보니 드라이한 머리가 지나치게 신경써서 꾸민 것처럼 보였다. 나는 잠시 망설이다가 그새 목덜미에 달라붙기 시작한 머리카락들을 한데 모아 높다랗게 틀어 나무 비녀를 꽂아버렸다.

원룸 건물에서 학교 정문까지는 십 분도 채 걸리지 않는다. 시간이 여유로워서 골목골목을 통해 빙 돌아왔는데도 오 분이나 일찍 도착했다. 근처 벤치에 앉아 매미 소리가 가득한 교정을 둘러봤다. 이렇게 고분고분 일찍 오기까지 하니 만만해 보일 만도 하지. 다음부터는 이런저런 핑계를 대서 적당히 거절해야겠다고 생각했다.

그러고 보면 나는 평소 주위 사람들에게 무언가를 부탁받는 일이 거의 없는 편이었다. 친한 친구들도 내게 무언가를 부탁해올 때만은 유독 조심스러운 말투로 이야기를 꺼낸다. 잘 웃고 떠들지만 눈매가 새침해 보이기 때문이라고 한다. 그렇지만 이쪽은 부탁받는 일이 거의 없다보니 정작 거절하는 데에 익숙지 않아서 곤란한 요구에도 얼떨결에 고개를 끄덕이곤 했다.

여덟시 이십분이 지나도록 박승안은 나타나지 않았다. 등이 땀으로 축축해졌다. 나는 참다못해 그에게 전화를 걸었다.

"어? 내가 메시지 보내지 않았던가?"

그는 팔자 좋게도 하하하, 너털웃음을 터뜨렸다. 전화 너머로 자동차 경적 소리가 울렸다. 나는 입을 벌린 채 가만히 있었다. 할말을 잃고 있는 동안 화를 내야 할 순간이 지나가고 말았다.

"일이 일찍 끝나서 먼저 나왔어. 지하철역 5번 출구 근처에 한계령이라는 고깃집 있거든? 먼저 가 있을 테니까 거기로 와라."

별로 미안해하는 기색도 느껴지지 않았다. 나는 무릎 위에 올려둔 교재를 벤치 위에 팽개쳤다. 그냥 집으로 돌아갈까. 그러나 기다린 시간을 생각하니 오기가 생겼다. 점심때부터 아무것도 먹지 않았지만 너무 더워서 허기조차 느껴지지 않았다.

그가 말한 고깃집은 학교에 다니면서 딱 한 번 가봤다. 학생들이 사 먹기에는 터없이 비싸서 다들 고등학교 동문회 같은 자리에서나 꼽사리 끼어 얻어먹곤 하는 곳이었다.

우리는 대부분 학교 앞에 즐비한 저렴한 고깃집의 단골이었다. 그런 곳에서 삼겹살이나 돼지갈비를 구워먹으며 술잔을 기울이다보면 한 시간도 채 못 돼 공기중에 부유하는 기름기로 다들 얼굴이 번들번들해졌다.

한계령의 유리문을 열고 들어서자마자 시원한 에어컨 바람이 몸을 휘감았다. 지쳐 있던 피부가 허겁지겁 찬 공기를 들이마시는 듯했다. 빠른 속도로 땀이 마르자 기분이 좀 누그러졌다.

"어이, 여기!"

복도를 지나 들어가자 박승안이 손을 흔들었다. 그사이 머리를 다듬었는지 인상이 더 깔끔해 보였다. 타이를 매지 않은 흰 셔츠의 윗단추 몇 개가 풀어져 있었다. 나는 머뭇거리다가 샌들을 벗고 방으로 올라섰다. 손대지 않은 밑반찬들이 가지런히 놓여 있었다.

방석이 깔려 있는 맞은편 자리에 앉으려는 찰나 박승안이 막았다.

"거긴 자리 있어. 여기 앉아."

그는 뒤에 쌓여 있는 방석 무더기에서 한 장을 끌어내리며 자기 옆자리를 턱짓했다.

"뭐해, 앉으라니까."

나는 교재를 건네며 자리에 앉았다. 맞은편 자리에 놓인 순두부가 조금 허물어져 있는 것이 눈에 띄었다. 네모반듯하게 접혀 있어 새것처럼 보이던 물수건 밑으로는 축축하게 물기가 배어나와 있었다. 상위에 물을 엎지른 모양이었다.

"아, 고맙다. 이사할 때 잃어버리는 바람에."

박승안은 교재를 받아 가방에 찔러넣었다. 단정한 유니폼을 입은 종업원이 고기가 올려진 쟁반을 들고 들어왔다.

"누구랑 같이 계셨나봐요?"

"응."

"불편한 자리 아닌가요?"

"괜찮어."

"그래도, 좀."

나는 빤히 그를 쳐다보았다. 그는 그제야 내 뜻을 알겠다는 듯, "아, 누구냐면" 하고 입을 떼었다. 말을 시작하기 전에 짧게 '아,'라는 감탄사를 붙이는 습관은 여전했다.

"여자야."

"……불편한 자리 맞네요."

"괜찮다니까. 둘이 만나봤자 뻔하지. 젊은 학생이 끼면 산뜻하고 좋아."

그는 내가 말한 불편함의 주체를 오해하고 있었다.

그때, 구두굽 소리와 함께 통통한 여자가 모습을 드러냈다. 단정한 여름 정장에 스타킹까지 챙겨 신은 모습이, 선을 보러 나온 사람 같은 차림이었다.

"여름이라 금방 마르네요."

여자는 물 얼룩이 약간 남아 있는 치맛자락을 만지작거리며 자리에 앉았다. 말과 달리 얼굴은 붉게 상기되어 있어서, 옷을 건조시키느라 꽤 애를 먹은 것 같았다. 박승안은 턱을 긁적이다가 나를 소개했다.

"여긴 내 학생. 아주 똘똘하고, 착하고…… 그래."

저녁식사는 길고 어색하게 이어졌다. 그는 무책임하게도 고기를 집어먹기에만 바빴다. 뿐만 아니라 맞은편 여자가 말을 건네기라도 하면 시큰둥하게 대꾸해서 자리를 더욱 어색하게 만들었다. 그에 비해 여자는 노력하는 기색이 역력했다. 어설픈 농담을 꺼내는가 하면 우리의 술잔을 부지런히 확인하며 잔을 채웠고 내가 지루할까 싶었는지 끊임없이 질문을 건네기 위해 애쓰는 눈치였다. 여자의 인중에 송골송골 맺힌 땀을 보자 안쓰러운 생각이 들었다. 그녀는 자그마한 상추쌈을 싸서 박승안에게 건넬까 말까 고민하다가 그가 흡연실을 찾으려 일어서자 결국 자신의 입으로 가져갔다.

불판이 비워지고 술을 마시는 분위기로 기울 무렵 나는 슬그머니 엉덩이를 떼었다.

"그만 가봐야 할 거 같아요."

"왜?"

박승안이 빤히 쳐다봤다.

"시간이 늦어서요."

"아홉시밖에 안 됐는데, 뭘. 가지 마."

"그래도요."

그러자 그는 옆에 있던 가방을 집어들며 따라 일어섰다.

"그럼 다 같이 일어나지."

젓가락으로 샐러드를 집어들고 있던 여자가 멍하니 그를 올려다봤다. 이어 그녀는 혼자 지체하고 있었던 것이 잘못이라도 되는 듯 허둥지둥 핸드백을 챙겨들고 일어났다. 셋은 말없이 걸었다. 사거리로 나오자마자 박승안은 손을 들어 택시를 세웠다. 그러고는 핸드백 손잡이를 두 손으로 가지런히 모아 잡고 있던 여자를 돌아보았다.

"먼저 타고 가."

여자는 고개를 끄덕, 하고는 내게 "만나서 반가웠어요"라고 인사하며 미소를 건넸다.

거짓말. 나는 마주 인사를 건네며 속으로 중얼거렸다. 차에 올라탄 그녀가 손을 흔들었다. 차창 너머로 원망과 서운함이 뒤섞여 깊숙이 가라앉은 눈동자가 그를 향하고 있었다. 그러나 박승안은 그녀를 아랑곳하지 않고 건너편 거리를 두리번거렸다.

택시가 떠나자 그는 푸른색 네온등이 켜진 바의 간판을 가리켰다.

"저기 가자."

그는 내가 대답을 하기도 전에 혼자 성큼성큼 걸어나갔다.

*

열한 살의 여름에 나는 노란 우비를 샀다. 어느 영화에선가 노란 우비를 입은 소년을 본 뒤였다. 영화 속에서 짧은 갈색 머리 소년은 노란 우비를 입은 채 계단에 앉아 있었다. 빗속을 달려가던 행인이 웅덩이를 밟아 이마에 물이 튀자, 소년은 얼굴을 찡그렸다. 화면 가득 잡힌 그 장면을 보는 순간 나는 조용히 숨을 멈추었다. 소년의 아름다운 모습은 묘하게도 슬퍼 보였다.

나는 문방구에서 산 노란 우비를 입고 방안을 돌아다녔다. 부스럭거리며 밥을 먹고 책상에 앉아 숙제도 했다. 비가 오는 날을 기다리다 못해 우비를 입은 채 샤워기를 틀어놓고 욕조 속에 들어가 서 있기도 했다.

늦은 오후, 문제집을 풀다가 책상 위에 엎드려 잠들어 있을 때였다. 전화벨이 울렸다. 나는 졸음에 겨워 비틀거리며 전화기를 더듬어 찾았다. 엄마는 왜 이리 늦게 받았느냐며 잔소리를 했다.

"비 온다. 네 오빠 우산 좀 갖다줘."

나는 창밖을 내다보았다. 굵직한 빗줄기가 후드득후드득 떨어지고 있었다.

"꺄오!"

환호성을 지르며 벽장 속에서 우비를 꺼내 입었다. 밖으로 뛰쳐나간 나는 골목 어귀 슈퍼마켓 앞까지 달려갔을 때서야, 오빠에게 줄 우산을 두고 왔다는 사실을 깨닫고 다시 집으로 되돌아갔다.

하굣길을 되짚으며 다시금 오빠를 마중 나갔다. 빗줄기는 조금 전보다 훨씬 약해져 있었다. 나는 오빠가 항상 큰길이 아닌 지름길로 돌아온다는 것을 알고 있었다. 지름길은 학교 뒷담을 따라 쭈욱 걷다가 하천의 다리를 건너 잡풀이 무성한 공터를 지나는 길이었다. 어른들은 동네 아이들이 그 길로 오가는 것을 좋아하지 않았다. 아이들 또

한 좀처럼 발길을 옮기려 하지 않는 곳이었다. 몇 년 전 공터에서 동네 여고생이 외지 학생들에게 얻어맞아 죽은 일이 있었다. 하도 맞아서 입 밖으로 장기가 흘러나왔다든가, 면도칼로 시신의 얼굴에 글씨를 새겨놨다든가 하는 근거 없는 소문들이 떠돌았었다.

나는 우산으로 흙바닥에 점을 찍으며 나아갔다. 공터 입구에서부터 음산한 기운이 안개처럼 떠다니고 있었다. 더러운 개의 털 비린내 같은 냄새가 풍기는 듯해서 목덜미가 선득해졌다. 그냥 여기 서서 기다릴까. 나는 우산 꼭지에 묻은 흙을 풀포기에 문질러 닦으며 망설였다. 그러나 한편으로, 오빠는 제집처럼 오가는 공터를 나라고 못 갈 것이 뭐 있겠냐는 자존심이 불거져나오기도 했다. 나는 빠른 속도로 걸음을 떼었다.

이상한 소리를 들은 것은 공터를 반쯤 가로질렀을 때였다. 무언가 몸을 끌며 기어오는 듯한 소리였다. 나는 그것이 야생 짐승의 움직임이라고 생각했다. 근방에 동물이 내려올 만한 산 따위가 있을 리 만무했지만 일종의 직감이었다. 젖은 잡초들이 바람에 뒤엉키는 소리 사이로 희미한 흐느낌이 섞여 들려왔다. 비는 그쳐 있었다. 나는 홀린 듯 소리가 나는 쪽을 향해 천천히 걸어갔다.

발을 멈춘 곳은 공터 구석의 커다랗고 둥근 시멘트관 앞이었다. 지저분하게 자란 덤불이 관의 입구를 반쯤 가리고 있었다. 좀더 가까이 보려고 몸을 기울이는 순간, 파란색 물체가 눈에 들어왔다. 낯익은 책가방이었다. 하얀 것이 눈앞에 솟았다가 사라지기를 반복했다. 오빠의 어깨. 오빠는 규칙적으로 몸을 움직이고 있었다. 그 밑에는 가냘픈 몸의 여자애가 누워 있었다. 가슴도 나오지 않은 그애의 누운 몸은 오빠와 다름없어 보였다. 시멘트관의 바닥을 짚고 있는 오빠의 필사적이면서도 애처로운 두 팔. 그애의 손이 오빠의 팔을 쓰다듬었다.

나는 종아리에 이상한 느낌이 들어 아래를 내려다보았다. 더듬이가 긴 갈색 벌레 한 마리가 다리를 타고 기어올라오고 있었다. 벌레의 더듬이를 잡아 덤불을 향해 던졌다. 그들은 알아채지 못했다.

노란 우비를 벗었다. 마지막 남은 하나인 듯 빗방울 한 개가 내 정수리 위로 떨어졌다. 나는 몸서리를 쳤다.

내가 목격한 최초의 섹스 장면이었다. 구역질도 나오지 않았다.

*

전화벨 소리에 눈을 떴다.

"너 어디야?"

재우였다. 누운 채로 방안을 둘러보았다. 반쯤 열린 창문 틈으로 푸르른 하늘이 풍성한 구름을 머금고 있었다. 상쾌한 기분도 잠시, 무언가 잘못되었다는 느낌이 머리를 가격했다. 방바닥에는 빈 와인병이 굴러다녔다. 커피 테이블 위에 아무렇게나 쌓여 있는 내 옷가지.

마감시간이 다 되었다던 바텐더의 얼굴이 떠오른다. 의례적인 웃음 뒤로 박승안과 나의 관계를 관찰하던 그의 호기심 어린 눈빛. 와인병에 붙은 바코드를 찍는 편의점 아르바이트생의 손놀림. 그리고 박승안의 셔츠에서 풍기던 섬유유연제 냄새까지.

뭔가 가장 중요한 것이 사라졌다는 사실에 주위를 둘러보던 나는 한숨을 내쉬었다.

그가 없다.

욕실 문을 열자 보디클렌저 향기가 연하게 풍겨왔다. 슬리퍼와 샤워볼이 건조된 것으로 보아 그는 한참 전에 나간 것 같았다. 맨발로 욕실에 들어가 거울을 들여다봤다. 그는 나를 호텔방에 홀로 남겨둔 채 가버린 것이다. 분통을 터뜨리고 싶은 기분이었지만 우선은 목이 너무 말랐다. 냉장고를 뒤져 보리 음료를 꺼내 마셨다. 욕조에 거품 입욕제를 풀어 몸을 씻고 에어컨을 튼 방안에서 몸을 말렸다. 아침 아홉시가 가까워오고 있었다. 욕실 선반에 구비된 일회용 보디로션을 공들여 발랐다.

보나마나 그는 술이 깬 뒤 간밤의 대책 없던 배짱을 후회하며 허둥지둥 도망친 것이리라. 소심하고 예의 없는 새끼네.

혼자 호텔 정문으로 향하며 박승안에게 전화를 걸었다. 휴대폰이 꺼져 있거나 소리샘으로 넘어갈 것이 뻔했지만 음성메시지로 쿨하게 한마디 남겨놓을 예정이었다. 밖으로 나오자 후텁지근한 공기와 함께 눈부신 햇빛이 쏟아졌다.

"응, 일어났어?"

연결음이 두 번도 채 울리기 전에 그의 목소리가 들려왔다. 내가 도리어 당황하고 있는 사이 그는 여유 있게 말을 이었다.

"세미나가 있어서 먼저 나왔어. 저녁 때 뭐해?"

나는 대답을 얼버무렸다.

"광화문으로 나와. 저녁 같이 먹게."

"배 안 고픈데."

"하하, 저녁엔 달라질걸."

"광화문은 너무 멀어요."

"멀긴, 버스 타면 금방인데. 맛있는 거 먹자."

"내가 뭘 좋아하는 줄 알고?"

"생각해놔. 끊어야겠다, 이따 다시 연락할게."

전화가 끊기는 순간, 아쉬움이 거품처럼 피어올랐다. 나도 모르게 그에게 투정을 부렸다. 한 시간 전쯤 느꼈던 괘씸함은 여전했으나 짧은 순간 솟구친 분노가 오히려 가슴속에 이상한 불씨를 댕겨놓은 것 같았다.

잘 가꾸어진 호텔의 화단을 지나 대로변으로 나갔다. 저녁엔 뭘 입고 가지. 머릿속은 벌써 초조하게 옷장을 뒤지고 있었다. 이런 스스로가 낯부끄럽기는커녕 저녁에 그를 만나면 조금 더 마음껏 투정 부려볼까, 하는 생각이 들었다.

양 갈래 검은 머리 소녀

오빠는 일자리를 구했다. 불법도박장의 서빙 일이었다. 야간 근무이긴 하지만 수당이 높았다. 성미 급한 사람들이 운영하는 업소 같은데 느릿느릿한 오빠가 궂은일을 당하지 않기만을 바랄 뿐이었다. 밤 열시에 나갔다가 아침 열시가 다 되어 귀가하는 오빠는 문을 열고 들어서자마자 썩은 나무 기둥처럼 쓰러져 출근시간이 가까워질 때까지 잠만 잤다. 다음달이면 업소 근처에 고시원을 얻어 나갈 수 있을 거라고 했다.

나는 거의 매일같이 박승안을 만났다. 그에게 지지부진하게 끌며 만나던 여자들을 정리하라고 했다. 그는 별로 아쉬워하는 기색 없이 그렇게 했다.

반면 나는 아직 재우와 헤어지지 않았다. 인디밴드의 베이스 기타리스트인 재우는 공연 준비를 하랴 광고학원에 다니랴 무척 바빴다. 솔직히 말하자면 재우와 일부러 헤어지지 않은 것은 아니다. 나는 한

동안 재우의 존재 자체를 잊고 지냈다.

박승안과 헤어져 돌아올 때면 몇 시간 동안 우리가 대체 무슨 이야기를 나눈 것인지 떠오르지 않을 때가 많았다. 머릿속에 남는 것이라고는 그의 체취, 제스처, 걸음걸이 같은 것들뿐이었다.

그의 무심하고 이기적인 성격과 나의 고집은 잦은 싸움을 일으키기도 했다. 엊그제만 해도 나는 사람들이 많은 커피숍에서 큰 소리로 그에게 화를 냈다. 그는 질렸다는 듯 입을 닫고 창밖을 내다보며 한참 동안 아무 말도 하지 않았다. 그의 옆모습은 차가운 달을 깎아 만든 것처럼 냉랭한 공기를 뿜어냈다.

영어학원을 마치고 마트에 들렀다. 생닭과 대파, 감자, 당근, 청주 등을 골라 카트에 담았다. 그가 좋아하는 닭볶음탕을 만들 것이다. 부엌에는 엄마가 사다놓은 이래 한 번도 사용하지 않은 새 칼과 스테인리스 냄비들이 고스란히 쌓여 있었다.

비닐 포장을 벗겨 생닭을 만지는 순간, 토막내어 파는 닭을 사와야 했다는 후회가 밀려왔다. 나는 창백하고 오톨도톨한 닭 껍질을 손으로 꼬집어봤다. 어쩐지 바짝 긴장한 그의 목덜미를 만질 때와 비슷한 감촉이었다. 닭을 도마 위에 얹고 새 칼로 내리찍었다. 뼈 갈라지는 소리와 함께, 닭은 생각보다 말끔하게 토막났다.

달궈진 냄비에 닭과 야채를 볶고 양념장을 넣어 끓였다. 맛있는 냄새가 부엌에 넘실거렸다. 레시피에 적힌 대로 청양고추를 썰어 넣고 참기름을 몇 방울 떨어뜨리는 것으로 순서를 마무리했다.

요리는 보기 좋게 망했다. 국물을 한 숟가락 떠먹은 나는 냄비 뚜껑을 덮고 침대에 드러누웠다. 온 집안에 진동하는 다디단 양념장 냄새에 머리가 지끈거릴 지경이었다.

종일 자고 있던 오빠가 깨어나 냄비 속의 음식을 버렸다. 오빠는 설거지를 하고 나는 학원에서 공부한 강의노트를 정리했다. 텔레비전은 아무도 보지 않는 채로 켜져 있었다.

현관문 두드리는 소리가 들렸다.

"누구세요?"

나는 현관에서부터 세 발짝쯤 떨어져 문을 열지 않은 채 물었다. 혼자 사는 동안 몸에 밴 습관이었다.

"나야."

컬컬한 여자 목소리가 들려왔다.

"누구신데요?"

"나라니까."

이렇게 허물없는 대답을 해올 만한 사람이 없는데. 학기중에는 밤낮 가리지 않고 불쑥 찾아오곤 하는 옆 건물 친구가 있긴 했지만 방학을 맞아 호주로 어학연수를 떠난 지 오래다.

"오빠."

나는 경계심을 풀지 않은 채 오빠를 불렀다. 설거지를 끝내고 개수대를 청소하던 오빠가 나를 돌아보았다. 오빠는 유령처럼 나를 지나쳐 서슴없이 현관문을 열었다. 마치 문 너머에 서 있는 여자가 누구인지 진작부터 알고 있었다는 것처럼.

"벌써 내 목소리도 잊었어?"

여자가 성큼 문안으로 들어서며 핀잔했다.

종아리가 뻣뻣하게 굳어왔다. 오빠는 다시 개수대로 되돌아가 청소를 계속했다. 가슴 밑으로 내려오는 긴 머리카락을 두 갈래로 땋아 내린 여자가 나를 향해 싱긋 웃었다.

"오랜만이야."

그녀의 양손에는 김밥을 잔뜩 욱여넣은 어린애 볼처럼 터질 것 같은 짐 가방이 하나씩 들려 있었다. 순간, 나는 허방을 디디고 주욱 미끄러진 거미마냥 뒤가 아뜩해지는 것을 느꼈다.

이진아였다.

학창 시절의 우리는 줄기차게 붙어다녔다. 가족들과 함께 있는 시간보다 그녀와 보내는 시간이 더 길 정도였다. 우리는 쪼개놓으면 금세 버려지기라도 할 나무젓가락처럼 기를 쓰고 떨어지지 않았다.

진아가 부모님과 싸우고 뛰쳐나온 밤이면 서로의 어깨를 부여잡고 까닭 없이 서럽게 울어대기도 하고 모의고사 성적표가 나오던 날은 밤새 이불을 뒤집어쓴 채 죽음에 대해서 진지한 토론을 벌이기도 했다. 심심할 때면 공중전화 부스에서 남자들이 우글거리는 폰팅 번호로 전화를 걸어 그들을 놀리며 킬킬거렸고, 같은 반 재수없는 여자애의 신형 휴대폰을 몰래 훔쳐 하천에 던져버린 적도 있었다.

스무 살이 되고 나는 학교를 다니기 위해 서울로 올라왔다. 대학에 진학하지 않은 진아는 동네에 남아 작은 서점에서 일했다. 타지에서 낯선 하루하루를 보내던 나는 하루가 멀다 하고 그녀에게 전화를 걸었다. 방학이면 꼬박꼬박 고향집에 내려가 그녀와 노닥거리기도 했다.

그러나 스물한 살의 여름 이후, 우리는 암묵적인 동의하에 연락을 끊었다.

그 무렵 오빠는 구속되었고 범행 피해자였던 이진아는 동네에서 종적을 감추었다.

거실 한쪽에 짐을 내려놓은 진아가 냉장고 문을 열었다. 나는 그때까지도 현관 앞에서 발을 떼지 못하고 있었다. 진아는 플레인 요구르트를 꺼내 흔들었다.

"나 이거 먹는다."

잿빛 껍질을 뒤집어씌운 듯 부연 그녀의 왼쪽 눈동자가 초점 없이 나를 향했다. 시선이 마주친 상대방의 죽는 날을 비춰준다는 마녀의 눈처럼 혼탁한 동공. 병원을 찾아다니고 있다는 소문을 들었었는데. 시력 복구 수술에 실패한 것 같았다.

"원룸에서 셋이 산다고?"

"몰라. 벌써 닷새째예요."

"재밌겠네."

"숨막혀. 걔는 종일 먹고 자기만 한다니까."

"그래서, 결론은?"

"오늘만 재워줘요."

박승안은 대수롭지 않다는 듯 "그러지 뭐" 하고 대꾸했다. 기회를 놓칠세라 나는 재빨리 덧붙였다.

"집에서!"

그가 책에서 눈을 떼고 나를 바라보았다. 나는 그의 반듯한 콧대에 걸쳐진 안경을 벗겨냈다.

"집 구경하고 싶어요."

어느덧 카페의 창밖이 어둑해져 있었다. 그는 손등으로 내 뺨을 쓰다듬었다.

"가봤자 별거 없어."

더 떼를 쓸 것 같은 내 눈치를 읽었는지, 이번에는 그가 선수를 쳤다.

"그러지 말고 오늘은 들어가서 짐 싸놔."

"무슨 짐?"

"내일 저녁 강원도에 갈 일이 있는데 같이 가."

그는 이삼 일 정도 강원도에 있는 선배네 작업실에 묵기로 했다고 말했다. '논문 자료 받을 것도 있고'라며 말끝을 흐렸지만 휴가 삼아 바람을 쐬러 가는 듯했다. 나야 그의 팔에 매달려 따라가고 싶은 마음이 굴뚝같았다. 그러나 낯선 사람의 집에 무작정 찾아가도 되는 건가 싶은 우려가 앞섰다.

"괜찮겠지."

그는 내 손에서 안경을 받아들며 말했다. 믿음이 가지 않는 대답이었다. 그는 매번 이런 식이다. 잔뜩 기대를 부풀리게 만들었다가도, '아님 말고' 하는 투로 순식간에 맥없이 무너뜨리는 것이다. 분명 '어서 오십시오, 강원도입니다'라는 표지판이 보일 때까지 콧노래를 흥얼거리다가 선배가 현관문을 열어줄 때서야 생각났다는 듯 말할 것이다. '참, 말한다는 걸 깜빡했네. 인원이 한 명 더 늘었어.'

그가 타인의 기분이나 입장에 대해 고의적으로 무관심한 태도를 보이는 것은 아니다. 처음에는 나를 무시하는 기분이 들어 발끈했지만 곧 그러한 대거리가 부질없다는 것을 알았다. 그는 천성이 이기적인 사람이었다. 그리고 자신이 품은 이기심, 딱 그만큼 순수했다.

사실 이 년 전 그의 강의를 처음 듣던 날 나는 그가 사는 집을 상상했었다. 왠지 쿰쿰한 남자 냄새가 곳곳에 고여 있고 최소한의 세간만 갖춘 평범한 삼십대 남자의 집은 아닐 듯했다. 벽장이나 냉동고에 시체 같은 걸 넣어뒀을지도 모르겠군. 나는 왼손으로 턱을 괴고 오른손으로 펜 뚜껑을 딱딱 열었다 닫으며 생각했다. 내 속을 읽기라도 한 듯 강단 위에서 교재를 읽던 그가 고개를 들었다. 짧게, 눈이 마주쳤었다.

또르륵. 손에서 미끄러진 펜 뚜껑이 발치로 굴러떨어졌다. 그는 이내 무심히 시선을 돌렸지만 나는 이상하게도 속이 싸해졌다. 악의가 담기지 않았다는 것은 분명했지만 그의 쌀쌀맞은 눈빛은 나로 하여금 까닭 없는 부끄러움을 느끼게 했었다.

"그 선배란 분은 어떤 사람이에요?"

나는 그가 읽는 책을 손가락으로 밀어 덮으며 물었다.

그는 귀엽다는 듯 한쪽 팔로 내 허리를 감았다. 나는 옆 테이블을 치우는 종업원의 눈을 피해 재빨리 그의 볼에 입을 맞추었다.

"돈을 좋아해."

"나도 돈 좋아하는데!"

그는 안경을 벗어 테이블 위에 내려놓았다. 테이블 유리 위에는 부서진 담뱃재가 흩어져 있었다.

"그 형은 파스를 안 사. 목이나 허리가 뻐근할 때 만원짜리를 붙이고 있으면 금방 낫는대."

아아, 그럴싸하네. 나는 고개를 끄덕였다.

오빠와 진아는 서로 보이지 않는 사람처럼 생활했다. 감정의 뿔이 맞부딪치는 긴장도 느껴지지 않았다. 둘이 마주앉아 밥을 먹고 있는 모습은 심지어 평화롭기까지 했다. 그러나 내 가슴속에는 머지않아 무슨 일이 터질 것만 같은 불안한 예감이 벌레떼처럼 웅웅거렸다.

"며칠간 집을 비울 거야."

건조대에 널린 옷가지들을 거두던 나는, 망설이던 끝에 입을 열었다.

"응, 그래."

진아는 발톱에 매니큐어를 바르며 대답했다.

"괜찮겠어?"

"그럼, 그럼. 걱정 말고 다녀와."

내가 원하던 대답은 아니었다. 나는 은색으로 빛나는 진아의 발톱을 내려다보다가 옷을 갈아입으러 화장실로 향했다.

진아와 나는 중학교 일학년 때 처음 만났다. 일주일씩 자리를 바꿔 가며 짝꿍이 된 적도 있긴 했지만 한동안은 데면데면한 사이였다. 진아의 짙은 검은빛 머리카락은 허리를 넘을 만큼 길었다. 당시 우리가 다니던 여자중학교는 귀밑 삼 센티미터로 두발을 제한하고 있었는데, 전교에서 그녀 혼자만 졸업하는 날까지 긴 머리를 고수했다. 머리카락 길이를 단속하던 학생주임에게 손목뼈를 잘못 얻어맞고 나흘 동안 입원해 있었던 성과였다. 그녀는 머리카락을 항상 두 갈래로 땋아 내리고 다녔다. 언젠가 그녀가 머리 땋는 모습을 지켜본 적이 있는데 과연 감탄이 나올 만했다.

그녀는 할머니 대부터 물려내려왔다는 참빗에 물을 묻혔다. 이마의 정 가운데 참빗을 갖다 대고 검은 물결을 가르며 가르마를 탔다. 그녀의 가르마는 결코 휘청대거나 움칠거리는 법이 없었다. 정확히 두 갈래로 나눈 머리칼을 양쪽 어깨에 늘어뜨리고 손을 물에 적셨다. 그녀는 물기가 반질거리는 손으로 왼쪽 머리채서부터 정성 들여 세 갈래 땋기를 시작했다. 한 마디 한 마디를 땋아 내릴 때마다 손등 위의 푸른 혈관이 야무지게 도드라졌다. 나는 곧잘 그녀의 땋은 머리채가 지네 같다고 놀리곤 했다. 그럴 때면 그녀는 양 갈래 머리채를 각각 한 손에 쥐고 채찍처럼 휘두르며 나를 공격했다.

사실은 그녀의 양 갈래 검은 머리를 누구보다도 좋아한 사람이 바로 나였다. 머리채를 말끔히 땋아 내려 드러난 목덜미에서는 라일락 향기가 났다. 그녀가 자주 사용하는 샴푸의 향이었다.

여중생 시절에는 다들 막무가내로 욕을 많이 사용했다. 그중에서도 진아는 생긴 거와 다르게 유독 욕을 험하게 하는 축이었다. 씨발, 옘병, 좆같은, 조져버릴 등등의 말들을 항상 입에 달고 지냈으며 그녀의 말 속에서는 남녀 성기들이 수시로 등장해 찢기거나 늘여지고 험악한 물체에 공격당했다. 그녀는 심지어 기분이 좋을 때도 '이런 썅, 씨발라게 좋아'라는 표현을 썼다.

그에 비해 나는 그때 좀 독특한 말투를 즐겨 썼다. 이를테면 '존나 열받아서 시원해'라든가 '너무 배고파서 배불러'라는 등의 도무지 뜻을 알 수 없는 말들. 진아는 나의 그런 표현들이 마음에 든 모양이었다. 슬금슬금 말을 걸어오는가 싶더니, 어느 틈엔가 우리는 같이 점심을 먹고 이동 수업 때 함께 움직이는 사이가 되어 있었다.

나는 그녀가 나를 이름 대신 '미친년, 우라질 년'이라고 부르는 게 싫었다.

"너는 욕을 하면 우리가 더 친해 보인다고 생각하니? 난 안 그래. 하지 마."

내가 말했다.

"미친년, 지랄 빨고 있어."

그녀는 투덜거렸지만 그뒤로 내게 욕을 하지 않았다. 대신 내 말투를 따라 하기 시작했다.

옷을 갈아입고 나오자 방에서 담배 냄새가 났다. 나는 담배꽁초가 짓눌려져 있는 화장품 통을 외면했다. 비타민 크림이 두 번쯤 더 쓸 수 있을 만큼 남아 있었지만, 어차피 버릴 것이었다. 진아는 휘파람을 불며 새 담배를 피워 물었다. 이번에는 보란듯 손 닿는 곳에 놓인 내 콤팩트 파우더 뚜껑에 꽁초를 눌러 껐다.

나는 부엌으로 가 냉장고 문을 열고 한동안 우두커니 서 있었다. 잠시 후 조리대에 도마를 얹고 무를 꺼냈다. 그리고 나를 향한 진아의 더듬이를 잘라내듯 단번에 무를 내리쳤다.

*

대학교 이학년 여름방학이었다. 나는 기말고사 보고서를 제출하기도 전에 고향집으로 내려왔다.

쉬익—칙. 쉬익—칙. 압력밥솥 돌아가는 소리가 들렸다. 된장찌개의 짭짤하고 구수한 냄새와 고기를 굽는 기름진 냄새도 풍겨왔다. 나는 동네 주민도서관에서 빌려온 책을 옆구리에 끼고 있었다. 감상 보고서를 쓰기로 되어 있는 리처드 도킨스의 『이기적 유전자』였다.

허기진 배를 쥐고 부엌으로 들어섰다. 부엌은 텅 비어 있었다. 가스레인지 위의 밥솥과 냄비, 프라이팬만이 분주하게 음식을 끓이거나 익혀대는 중이었다. 굽던 도중 자리를 비운 듯 삼겹살이 든 비닐봉지가 헤쳐져 있는 것이 보였다. 집안에 인기척이 느껴지지 않았다.

그때였다. 뜨거운 열기와 함께 후르륵, 프라이팬 위로 불길이 치솟았다. 불길은 비명을 내지르듯 흔들렸다. 나는 얼굴이 파랗게 질리는 것을 느끼며 재빨리 가스레인지 밸브를 잠갔다. 남은 불씨가 새까맣게 탄 고기에 들러붙어 있다가 천천히 수그러들었다. 매캐한 연기가 거실을 향해 번져나갔다. 다리가 후들후들 떨렸다. 불이 꺼진 가스레인지는 언제 데워졌었냐는 듯 금세 서늘한 기운을 띠었다.

오빠 방 쪽에서 무언가 와르르 무너져내리는 소리가 들렸다. 나는 반사적으로 다시 가스레인지를 돌아봤다. 냄비에 담긴 국물 위로 떠오른 멸치 비늘이 희번덕거리며 빛났다.

화장실과 마주보고 있는 오빠 방은 문턱에 끼인 전화선 때문에 항상 조금 열려 있었다. 나는 빛이 새어나오는 문틈으로 안을 들여다보았다. 방바닥에 흩어져 있는 책 무더기가 보였다. 오빠는 유리 저금통을 높다랗게 치켜들었다. 그리고 빠른 동작으로 연거푸 저금통을 휘둘렀다. 오빠의 한쪽 뺨에 붉은 것이 튀었다. 가느다란 팔이 허우적거리며 오빠를 저지하려 했다. 날카로운 핏자국이 새떼처럼 장판 위에 튀었다. 나는 문을 열어젖혔다. 방바닥에는 진아가 반나체로 쓰러져 있었다. 얼굴 한쪽이 피투성이가 된 채 짓이겨져 있었다. 오빠는 거친 숨을 몰아쉬며 다시 저금통을 쳐들었다.

"그만해!"

오빠는 멈추지 않았다. 나는 오빠에게 달려들어 손목을 움켜잡았다. 나를 뿌리치려는 오빠와 눈이 마주쳤다. 눈동자 주변을 새파랗게 두르고 있는 살기를 보자 나도 모르게 뒷걸음질이 쳐졌다. 내가 뛰어들지 않았더라면 오빠는 진아를 죽이고도 남았을 것 같았다. 나는 함부로 풀이헤쳐진 진아의 아랫도리를 발견하고 황급히 눈을 돌렸다.

진아가 가느다란 신음소리를 냈다. 나는 비틀거리며 방에서 나와 수화기를 집어들었다.

*

새벽녘에 한차례 소나기가 쏟아졌다. 나는 몸에 물이 튀는 것을 느끼고 일어나 더듬더듬 창문을 닫았다. 계속 이렇게 내리면 여행은 무리겠는데 싶은 걱정에 잠시 뒤척이다가 다시 까무룩 잠이 들었다.

아침이 되자 하늘은 와이퍼로 닦아놓은 듯 말끔해져 있었다. 나는 잠이 덜 깬 채 창턱에 기대 동네를 내려다봤다. 지독히 덥던 어제와 달리 선선한 바람이 불어왔다.

열시쯤 데리러 오겠다던 박승안은 웬일인지 십 분이나 일찍 도착해 전화를 걸어왔다. 나는 너무 우직스럽게 보이지 않을 만큼 적당히 채워넣은 가방을 메고, 마지막으로 차림새를 점검했다. 입술 위에 바른 립글로스가 끈적끈적하고 답답해 보일 것 같아 말끔히 지우고 틴트만 몇 방울 묻혔다.

계단을 내려가다가 퇴근한 오빠와 마주쳤다. 누가 지분지분 밟아놓기라도 한 듯 초췌한 몰골이었다.

"밑에서 기다리더라."

오빠가 늘어지게 하품을 하며 말했다. 나는 지레 움칠하며 되물었다.

"누가?"

"누구긴. 차 수리 잘해놨더만."

오빠는 가벼운 감탄조로 말하며 내 옆을 스쳐갔다. 담배 쩐 내와 구릿한 동전 냄새가 훅 풍겼다.

"몸조심하고."

오빠가 건성으로 손을 들어 보이며 말했다. 대답하지 않고 몇 계단 내려서던 나는 오빠를 불러 세웠다. 오빠가 졸린 눈으로 내려다봤다.

"엄마한테는 말하지 마."

그러자 오빠는 겨우 그 얘기였냐는 듯 짧게 고개를 끄덕였다.

골목 입구에 서 있는 그의 승용차를 보자 그제야 여행을 간다는 실감이 나며 가슴이 몹시 두근거리기 시작했다. 박승안은 차창을 반쯤 내린 채 담배를 피우고 있었다. 나는 조수석에 올라타 가방을 뒷자리에 옮겨놓았다.

운전을 하는 그의 모습은 언제 봐도 근사하다. 특히 세워져 있는 차 사이로 후진하며 고개를 뒤로 돌려 살피기라도 할 때면 환하게 드러난 뺨과 목이 내 입안을 간질간질하게 했다. 그의 차 내부에 떠다니는 약간 건조한 공기며 그의 취향이 다분히 실린 음악 CD들도 마음에 들었다.

딱 하나 유일하게 눈에 거슬리는 게 있긴 했다. 그것은 뒷자리에 굴러다니는 주먹만한 모과였다. 군데군데 푸른빛이 남아 있는 울퉁불퉁한 모과는 콧등이 알싸해질 만큼 진한 냄새를 뿜어냈다. 그가 시골집 마당에서 직접 따온 것이라고 했다. 그는 방향제 대용으로 모과를 썼다.

어쩐지 모과 냄새는 내게 농익은 여인의 존재를 떠올리게 했다. 그의 건방짐에 코웃음을 칠 줄 알고 그를 토라진 어린아이 달래듯 한품에 끌어안을 수 있는 성숙한 여인의 체취. 그런 여인이 내가 모르는 그의 방에서 흥미로운 눈길로 나를 지켜보고 있을 것만 같았다. 그런 장면에까지 상상이 미치면 실제로 존재하지도 않는 여자를 향한 밑도 끝도 없는 질투심이 피어올랐다. 물론 고작 모과 한 개를 두고 투정부리는 건 좀 억지스러워 보일 것 같아 그에게 내색하지는 않았다.

어쩌면 나는 그토록 대책 없는 질투심마저도 내심 즐기고 있었는지 모른다.

"아, 뻥 뚫렸네. 좋다."

고속도로에 접어들자, 그는 한 손으로 선글라스를 꺼내 쓰며 말했다.

에어컨을 틀어놓은 차 안은 시원했다. 정오의 태양이 눈부시게 쏟아져 반바지 아래로 하얗게 드러난 내 허벅지 위를 비추었다. 산등성이가 물결치듯 이어졌다. 가드레일에 차를 대고 아이 오줌을 누이는 여자와 참외를 파는 트럭, 타이어를 선전하는 광고판을 지나쳤다. 기분이 한껏 들뜬 나는 음악에 맞춰 무릎을 흔들거렸다. 음악이 다음 트랙으로 넘어가려는 찰나 살짝 고개를 틀어 그에게 물었다.

"근데, 내가 왜 좋아요?"

"너?"

"응."

예상과 달리 그가 '흠' 하며 말을 끌었기에 나는 약간 긴장했다. 남자들은 이런 질문을 지겨워하려나 싶어 경솔했다는 후회도 들었다.

"조금만 가면 휴게소다. 출출하지?"

표지판을 발견한 그가 물었다.

"응, 뭐."

나는 싱겁게 대답하고 차창 밖으로 눈을 돌렸다.

한산하던 도로에 비해 휴게소는 꽤 북적였다. 제각기 숨겨져 있던 길을 달리다가 휴게소를 발견하고 모여든 게 아닐까 하는 생각이 들 정도였다. 화장실을 찾은 나는 연하게 발라 지워진 파우더를 기름종이로 눌러내고 화장을 고쳤다. 손을 씻고 나오자 스낵 코너에 서 있는 그가 보였다. 손에는 구운 감자가 담긴 종이그릇과 음료수를 들고 있었다. 나는 그에게 다가가 판매대 너머로 연기가 모락모락 피어오르는 국수 솥을 흘끗 쳐다봤다.

"여기 국수는 맛없어. 면도 불어 있고 국물도 미지근해."

먹어본 적이 있는 모양이지, 나는 중얼거리며 소시지를 골랐다. 구운 지 오래된 듯 기름기가 없고 껍질이 질겼다. 우리는 파라솔 아래 앉아서 사온 음식들을 먹었다. 둘 다 별말 하지 않는 채 조금 떨어진 곳에 서 있는 사내애를 바라보고 있었다. 오리 인형이 달린 모자를 쓴 사내애는 핫도그를 든 채 울상이었다. 질 나쁜 기름을 사용한 듯 거무튀튀한 핫도그에서 케첩이 질질 흘러내려 그애의 손을 적시고 있었다. 잠시 후 밀짚모자를 쓴 아이 엄마가 음료수를 사들고 왔다. 사내애는 엄마를 발견하자마자 와락 신경질 섞인 울음을 터뜨리며 핫도그를 내동댕이쳤다. 마치 집어던지는 순간만을 벼르며 끈질기게 들고 있었던 듯한 몸놀림이었다. 아이 엄마가 물티슈를 뽑아 아들의 입과 손을 닦아주었다. 울음을 그쳐가던 사내애는 바닥에 뒹구는 핫도그를 보자 새삼 아까운 생각이 들었던지 분통을 터뜨리듯 더 크게 울어댔다. 나는 키득거리며 옆자리의 그를 돌아보았다. 그는 비스듬히 들이친 햇빛 때문에 한쪽 눈을 약간 찡그리고 있었다.

문득, 그 옆모습이 너무 낯설게 느껴져서 나는 웃음을 거두었다. 기가 죽었지만 태연히 먼 데로 시선을 돌렸다. 입술을 자근자근 물었다. 처음 본 남자를 덜컥 따라나선 겁 없는 여자애가 된 듯한 기분이 들었다.

나는 김빠진 콜라를 마셨다.

"차 밀리기 전에 가자."

그가 내 머리를 쓰다듬으며 일어섰다. 얼음을 두어 개 오도독거리며 깨먹었으나 입안에 남은 소시지의 비릿한 맛은 사라지지 않았다.

나는 내비게이션을 들여다보았다. 춘천시까지 이십사 킬로미터쯤 남았다.

"왜 조용해? 속이 안 좋아?"

그가 농담을 걸듯 물었다.

"토할 것 같아요."

나는 손가락으로 관자놀이를 누르며 말했다. 그는 난처한 듯 잠자코 있다가, 핸들에서 한 손을 떼어 콘솔 박스에서 편의점 비닐봉지를 꺼내주었다. 구겨진 비닐봉지 속에는 돌돌 말린 빛바랜 영수증이 들어 있었다. 레종 한 갑, 삼양컵라면 두 개, 베네통 콘돔 한 상자, 시사저널 한 권…… 잠깐. ……콘돔?

"날짜를 봐. 예전 거잖아."

그가 웃으며 말했다. 반투명한 비닐봉지를 보자 속을 게워내고픈 욕구가 싹 달아났다.

나는 목적지에 다 와갈 때까지 입을 닫고 있었다. 처음에는 내 기분을 풀어주려고 어설픈 농담을 건네던 그도 이내 지친 듯 앞만 보고 운전했다. 시내를 지나 한참을 들어가자 조용한 분교가 나타났다. 그는 분교 앞에 차를 세우고 선배에게 전화를 걸어 위치를 재확인했다. 이윽고 차는 울퉁불퉁한 자갈밭을 나아갔다.

"왜 그런 거로 삐치고 그래."

그는 마지막으로 달래보겠다는 듯 곤란한 미소를 지으며 나를 흘끔 보았다. 나는 낮고 싸늘한 목소리로 입을 열었다.

"나랑 있을 땐 모텔방에 있는 콘돔만 써놓고, 다른 여자랑 할 땐 좋은 거 사서 썼나봐."

"화내지 마. 오늘은 좋은 거 가져왔어."

"그런 건 안 잊어버리고 잘도 챙기네. 맨날 그 생각밖에 안 하지? 그러려고 데려온 거지?"

나는 다그치듯 물었다. 공연히 울컥해서 눈가가 새큰해졌다.

"뭐, 그런 것도 좀 있고."

그는 냉랭하게 대답했다.

띄엄띄엄 보이는 지붕들을 지나 얼마쯤 달리자 현대식 단층 주택이 보였다. 담장 밖으로 검은 자가용 한 대가 주차되어 있었다. 그는 그 뒤편에 차를 세웠다. 시동을 끄자 차 안은 갓 생겨난 세상처럼 고요해졌다. 그는 여전히 한 손으로 핸들을 잡은 채 물끄러미 나를 보았다.

"나 그렇게 어리지 않아요."

침착하게 말하려 했지만 나도 모르게 앙칼진 목소리가 튀어나왔다. 그가 내 팔을 끌어당겨 얼굴을 가까이 갖다 댔다. 입을 맞추려는 줄 알고 저항하듯 몸을 비틀었는데 그는 내 귓가에 대고 속삭이듯 말했다.

"어리다고 생각한 적 한 번도 없어."

집주인인 한창희라는 남자는 유쾌한 사람이었다. 시원시원하게 꾸며진 집안 인테리어며 익살스러운 장식품들이 그의 성격을 말해주었다.

박승안은 소파 위에 짐 가방을 내려놓으며 집이 너무 덥다고 불평했다. 그러고 보니 큼직한 신식 가전제품들 틈에 에어컨은 찾아볼 수 없었다. 볕이 잘 드는 거실에는 책이 가득 꽂힌 책장과 널찍한 책상이 놓여 있었다. 책상 맞은편으로는 좌식 테이블 곁에 나란히 놓인 긴 소파와 벽난로가 보였다.

나는 화장실에서 소시지와 감자를 전부 게워냈다. 줄곧 머리를 울리던 두통이 사라졌다. 거실로 나오자 가벼운 현기증과 함께 피로가 몰려왔다. 박승안은 복도 끝에 있는 손님방으로 나를 데리고 갔다. 나는 모기장이 쳐진 침대로 들어왔다. 그가 내 이마를 짚어보며 고개를 갸웃했다.

"열이 좀 있는 거 같은데."

나는 그가 떠온 냉수를 한잔 들이켠 뒤 곧 잠이 들었다.

잠을 자고 있다고 생각은 하면서도 한참 동안 현실도 꿈도 아닌 얇은 막 속에서 뒤척였던 것 같다. 귓가에 부스럭거리던 얇은 막이 걷히며 가장 먼저 들려온 것은 확성기 소리였다. 오징어, 오징어가 왔어요 울릉도산 맛 좋은 오징어가 왔어요.

나는 담장 위에 앉아 있었다. 뜨거운 한낮의 태양이 무릎 위로 쏟아져내렸다. 어딘가에서 들려오는 오징어 장수의 확성기 소리 외에 골목은 고요했다. 나는 담장 위에서 내려가고 싶었다. 그러나 혼자 내려서기에는 발밑의 공간이 까마득하게 깊었다. 주변을 둘러보았다. 맞은편 집의 열린 대문 사이로 드러난 텅 빈 마당 한 조각. 바닥에 떨어진 개목걸이. 닫힌 채 고여 있는 물처럼 흔들리지 않는 창문. 한 마리의 새도 날아들지 않는 지붕. 나는 소리를 지르기 시작했다. 잠잠한 풍경이 목소리를 흡수했다. 아무도 나타나지 않았다. 확성기 소리는 가까워지지도 멀어지지도 않은 채 똑같은 말만을 되풀이했다. 눈앞이 핑 돌았다. 들어서지 말았어야 할 시간의 틈새에 떨어진 것 같았다. 적요가 내 얼굴 위에 흰 천을 뒤집어씌우듯 몸을 드리웠다.

나는 소스라치게 당황하며 깨어났다. 온몸이 식은땀으로 젖어 있었다. 사방이 고요했다. 눈을 뜬 자세 그대로 꼼짝하지 않은 채 방안을 천천히 살폈다. 시간을 가늠할 수 없는 푸른 어둠이 천장에 떠 있었다. 침대에서 내려와 방문을 열었다. 어둑한 복도 끝에 반쯤 열린 창문이 눈에 들어왔다.

불빛이 환한 거실을 향해 서둘러 걸어나갔다. 거실 끝에 그의 모습이 보였다. 그는 책상을 짚고 선 채로 종이를 넘겨보고 있었다. 조금만, 조금만 더. 나는 발바닥의 찬 기운을 느끼며 앞으로 나아갔다. 형광등 불빛 속으로 발을 들여놓는 순간, 고개를 들던 그가 나를 발견했다. 그가 부드러운 미소를 지으며 입을 열었다.

"몸은 좀 어때?"

무언가에 꽉 죄어 있던 심장이 서서히 풀려나는 것을 느꼈다. 나는 책상으로 다가가 그를 끌어안았다. 그는 영문도 모르고 하하, 웃으며 내 등을 다독였다. 그의 체온이 고스란히 전해졌다. 나는 그의 가슴에 얼굴을 묻은 채 생각했다. 지금 느낀 이 안도감을, 절대 잊지 말아야지.

한창희가 마당의 조명등을 켰다. 그러고는 목장갑을 낀 손으로 그와 나를 향해 브이를 그려 보였다. 그릴에 불을 지피고 두툼한 고기를 굽기 시작했다. 박승안은 간간이 날아오르는 불씨를 피하며 그를 도왔다. 나는 야채 그릇이 놓인 플라스틱 테이블 앞에 앉아 풀벌레 소리에 귀를 기울였다. 열을 피해 그릴에서 약간 물러서던 한창희가 나와 눈이 마주치자 의미심장한 얼굴로 싱글거렸다. 저런 웃음을 짓는 남자들을 본 적이 있다. 워낙 익살스러워서 사람을 잘 웃게 만들긴 하지만 한편으로는 속을 파악하기가 어려운 의뭉스러운 타입.

잘 익은 고깃덩어리가 큼직하게 잘렸다. 한창희가 자른 고기를, 박승안이 다시 먹기 좋은 크기로 잘라 내 그릇에 담아주었다.

"야, 왜 나 수업할 때는 이런 학생들이 없었나 몰라."

한창희가 목장갑으로 코밑을 훔치며 말했다. 나는 유리컵에 담긴 맥주를 들이켰다.

"그러고 보면 얘는 대학 다닐 때보다 강의 나가기 시작하면서 더 물이 오른 거 같어."

그의 대학 시절 얘기가 궁금해진 나는 가벼운 웃음으로 호응을 보였다. 그러나 그는 쓸데없는 소리 말라며 말을 잘라버렸다.

"참, 너 정연이 결혼식은 갔었냐?"

한창 식사가 이어지던 도중, 한창희가 갑자기 생각났다는 듯 물었다. 고기를 집어먹던 그가 고개를 저었다.

"뭐 주변에 갔다는 애들이 없네. 난 영국에 있었다 치고, 너는 왜 안 갔는데?"

나는 그 둘이 혹시라도 나를 의식하여 화제를 돌리기라도 할까봐 최대한 잠자코 식사를 했다. 기우뚱한 테이블 위에는 빈 맥주병과 소주병들이 벌써 여러 개 널려 있었다. 한창희가 담배 연기를 뿜어내며 돌연 혀를 찼다.

"하긴, 니들끼리는 서로 안 가는 줄도 몰랐던 모양이더만. 이 새끼 저 새끼 다 불러 앉혀놨더라면 그것도 모양 웃겼겠다. 뭔 컬렉션도 아니고."

그는 대꾸하는 대신 테이블 가장자리에 위태롭게 놓여 있는 술병들을 하나씩 흙바닥 위로 내려놓았다. 그가 반응이 없자 한창희의 시선이 내게로 옮겨왔다.

"모르는 얘기 해서 심심하겠어요."

나는 얼른 고개를 저었다. 괜찮아요, 조그만 소리로 대답하자 한창희는 재미있다는 듯 그와 나를 번갈아 보았다.

"얘가 지금은 이렇게 튕기는 척해도, 옛날엔 완전 순정파였거든."

"정말요?"

내가 반응하자 한창희는 아예 의자를 테이블 쪽으로 바짝 당겨 앉았다.

"왜 요즘도 학교에 그런 여자애들 있지 않아요? 조용하고 얌전하게 생겼는데, 알고 보니까 동기나 선배 남자애들 중에 걔랑 같이 안 한 사람이 없고. 그, 뭐 말하는 건지 알죠? 잠자리 있잖아, 섹스."

뭘 친절하게 설명을 다. 나는 좀 쑥스러운 척 적당히 웃어넘겼지만 이제 막 흥미진진해지는 이야기에서 귀를 뗄 수 없었다.

"알 건 다 알 테니까 얘기할게요. 우리 과에도 그런 후배가 하나 있었는데, 실상이 탄로 나고 나서 아주 거의 매장을 당했지. 여자친구 있는 남자애랑도 뒹굴었단 말이 도니까 남자고 여자고 과 사람들이 다 돌아선 거야."

"그만해. 애 앞에서."

그가 끼어들어 이야기를 중단시키려 했다. 한창희는 그런 그의 모습이 재미있다는 듯 내 쪽으로 몸을 비스듬히 기울이며 말을 이었다.

"근데 그때 나타난 이 시대 마지막 순정남이 있었으니, 그게 바로 박승안이 아니었겠어."

한창희는 '그게 바로'에서 손바닥으로 테이블을 탁, 두드렸다.

"왜 쓸데없는 소릴 하고 그래."

그가 젓가락 든 손을 멈추며 말했다.

"아주 난리도 아니었어요. 군대 갔다 와서도 죽어라 쫓아다니고, 돈지랄하면서 이거저거 사다 바치고, 기집애 하숙집 앞에 가서 밤새 기다린다고 삽질하고. 나 그 대사는 아직도 안 잊어지잖아. 뭐래더라?

'너 외로워서 이러는 거 다 알아. 난 너만 보면 눈물이 난다' 맞지?"

나는 그를 돌아보았다. 얼굴이 굳어 있었다. 분위기가 심상치 않아 슬그머니 숨을 죽였다. 한창희는 눈치 없이 웃으며 목을 긁적이고 있었다. 그가 젓가락을 내려놓았다.

"눈물이 난다가 아니라, 입에서 눈물 맛이 난다, 였어."

그가 픽, 웃으며 맥빠진 목소리로 말했다. 한창희는 그거 보라는 듯 나를 향해 낄낄거렸다. 얘가 바로 살아 있는 신파예요. 소주병을 기울여 탈탈 털던 한창희가 자리에서 일어섰다.

"술 좀 더 꺼내와야겠구만."

한창희는 노래를 흥얼거리며 집안으로 들어갔다. 창문 위로 지나가는 그림자를 바라보고 있던 그가 들고 있던 담배를 바닥에 버리고 신발 밑창으로 짓누르며 천천히 입을 열었다.

"씹새끼. 좆 까고 있네."

어느 먼 집에선가 개 짖는 소리가 들려왔다.

나는 어렸을 때 괘종시계를 무서워했다. 시골 할머니네 집 마루에는 내 키와 맞먹는 크기의 괘종시계가 놓여 있었다. 시계 몸체에는 무슨 기념회에서 증정하였다는 문구가 박혀 있었는데 할머니는 누가 놀러오면 아주 자랑스럽게 그 기념회와 시계에 대해 설명하곤 했다. 괘종 소리를 들으면 춥고 어두운 동굴이 떠올랐다. 뎅, 소리가 한 번 울릴 때마다 누군가에게 손목을 붙잡혀 동굴 속으로 끌려들어가는 기분이 들었다. 때문에 밤낮을 가리지 않고 정시가 되면 귀를 꽉 틀어막거나 뒷마당이나 부엌에 숨곤 했다.

괘종시계만큼이나 유난스럽게 꺼려하는 게 또하나 있었는데 바로 네모난 크래커였다. 크래커를 처음 먹던 순간을 잊을 수 없다. 보일 듯 말 듯 소금 알갱이가 붙어 있는 한 귀퉁이를 부숴 먹자 입안의 수분이 일제히 증발해버리는 느낌이 들었다. 나는 먹다 만 크래커를 다시 그릇 위에 내려놓는 바람에 엄마에게 꾸중을 들었다. 과자를 내온 집주인은 괜찮다며 내게 주스를 가져다줬다. 주홍빛으로 찰랑이는 시원한 주스를 내려다보았다. 나는 혼잣말처럼 중얼거렸다. 지구가 건조해지는 것은 저 크래커들 때문이다. 언젠가 크래커들이 지구를 정복하는 날이 올 거야. 크래커들을 이기기 위해서는 차가운 주스 부대가 필요하다. 엄마는 내 얼굴을 짚어보더니 서둘러 들쳐업고 집으로 데려갔다. 그날 밤, 열이 39도까지 올랐다.

아무튼 나는 이 세상에 크래커로 만들어진 괘종시계가 존재하지 않아서 다행이라고 생각한다.

내가 여기까지 이야기를 마쳤을 때, 박승안은 감았던 눈을 뜨고 천장을 올려다보았다. 나는 이불을 부스럭거리며 그에게 바짝 다가붙었다.

"교수님은 뭘 싫어해?"

"싫어하는 거 없어."

그가 날숨을 내쉴 때마다 들큼한 술냄새가 풍겼다. 나는 내 숨에서도 그런 냄새가 묻어날까 싶어 이불자락으로 입을 가렸다.

그는 내 가슴도 아랫배도 아닌 어중간한 위치에 팔을 감고 눈을 느리게 감았다. 나는 조심스럽게 손을 뻗어 이마 위에 헝클어진 그의 머리카락을 매만졌다. 살갗을 어루만지던 손가락 끝이 목덜미에 닿았을 때, 그가 잠깐 움칠하는 것을 느꼈지만 눈을 뜨지는 않았다.

나는 흐늘흐늘한 반팔 티셔츠를 입은 그의 어깨에 코를 대고 킁킁거렸다. 오래된 집 냄새가 났다. 갓 바른 벽지의 풀이나, 칠을 한 지 얼마 안 된 나무 냄새가 아닌 집주인의 체취가 배어 있는 공간의 냄새. 좀더 살갗 가까이로 코를 갖다 대자 그의 몸이 품은 온도의 냄새가 나른하게 스며들었다.

"그럼, 뭐가 제일 재수없어?"

그는 끙, 소리를 내며 내 얼굴을 가슴팍으로 끌어당겼다. 몹시 졸린 듯했다. 나는 이불 속에서 쉴새없이 꼼지락거리며 그의 얼굴을 들여다보았다. 손등에 닿은 그의 가슴팍에서 미묘한 진동이 울렸다. 그가 가칠한 입술을 떼었다.

"아버지."

나는 그의 따뜻한 허리춤을 손톱으로 긁작였다.

"아버지를 미워하는 남자는 샌님이라던데."

그가 살쾡이처럼 캬르릉 웃었다. 나는 방바닥에서 하얗게 타들어가는 모기향을 내려다보았다. 여름이면 엄마의 채소가게에는 저 녹색 모기향 냄새가 가시는 날이 없었다.

"우리 오빠는 채식주의자예요."

나는 흥얼거리며 말했다. 그는 잠들기를 포기한 듯 가벼운 한숨을 내쉬었다.

"재미없겠다."

"고등학교 때부터 그랬어요."

오빠가 채식을 하겠다고 선언했을 때 아버지는 코웃음을 치며 고까워했다. 사내놈이 밥맛없게. 오빠의 채식이 점점 길어지던 어느 날,

아버지는 오빠의 입에 억지로 고기를 쑤셔넣었다. 엄마가 기겁을 하며 아버지를 말렸다. 나는 침을 삼키며 뒤로 물러났다. 내 예상과 달리 오빠는 저항을 하며 뱉어내거나 구역질을 하지 않았다. 입에 들어온 것을 차분하게 씹어 삼켰다. 그리고 아무 일도 없었다는 듯, 연근조림으로 젓가락을 옮겼다.

한동안 식탁 분위기가 냉랭했다. 엄마는 가게 뒷문 쪽에 자꾸 도둑고양이들이 모여든다며 투덜거렸다. 나는 옆에 앉은 오빠를 흘끗 쳐다봤다. 나는 오빠가 종종 가게 선반 위의 꽁치 통조림을 몰래 따서 고양이들에게 준다는 것을 알고 있었다. 오빠가 기름이 뚝뚝 떨어지는 검은 비늘의 꽁치 토막을 들고 있으면 고양이들은 겁을 내거나 사납게 낚아채어가지 않고 얌전히 입을 대고 분홍빛 살점을 씹어 먹었다. 생선을 향해 입을 벌릴 때마다 희고 날카로운 이빨이 드러났다. 오빠는 그들을 물끄러미 바라보았다. 나는 어쩐지 오빠가 입맛을 다시고 있다는 생각이 들었다. 뼈까지 모두 먹어치운 고양이들은 오빠의 손을 핥고 혀로 입가를 닦아내고는 사라졌다. 오빠는 흙바닥에 떨어진 기름 자국을 운동화로 문질러 지웠다.

"자요?"

그는 대답이 없었다.

"자는구나."

나는 외로워졌다. 그에게서 몸을 떼고 돌아누워 눈을 감았다.

전원이 꺼져 있습니다

응급실 문을 열고 들어섰다. 구석진 자리에 엉거주춤 서 있는 오빠가 보였다. 나는 다그치는 눈빛으로 오빠를 쳐다보았다.

"미안. 잘 놀고 있었을 텐데."

오빠는 손을 바지에 문지르며 말했다.

수술실에서 나온 진아는 마취에서 잠깐 깨어났다가 다시 잠이 들었다.

오빠와 로비로 나오자 링거대를 끌고 나온 환자들 틈에 그가 보였다. 그는 팔짱을 끼고 앉은 채 텔레비전을 보고 있었다.

"먼저 가지 그랬어요."

"할 일도 없는걸."

그가 밥을 먹으러 가자며 일어섰다.

오빠는 콩나물비빔밥을 시켰다. 그는 김치찌개, 나는 불고기백반을 주문했다.

진아는 임신 팔 주째였다고 한다. 욕실에서 나오다가 갑자기 하혈을 시작하며 복통을 호소해서 오빠가 허둥지둥 병원으로 옮겼다고 했다. 그녀가 유산을 했다는 말을 듣자마자 나는 무심코 생각했다.

누구의 아이일까.

내가 아는 범주 내의 사람일 가능성은 희박했다. 오빠는 진아가 처음부터 중절을 할 생각으로 서울에 올라왔다고 말했다. 나는 아무것도 생각하고 싶지 않았다. 지난밤 자리가 바뀌어 새벽까지 잠을 설친 탓에 입안이 껄끄러웠다.

"불고기백반은 배즙 대신 키위를 갈아 넣으면 더 맛있어."

그가 말했다. 나는 거의 손대지 않고 있던 불고기백반의 국물을 한 숟가락 떠먹었다.

오빠는 묵묵히 식사만 했다. 그가 손부채질을 했다. 나는 휴지를 뜯어 그의 목에 흘러내리는 땀을 닦아주었다.

"햄버거 먹고 싶어. 콜라도."

다음날 퇴원을 하고 원룸으로 돌아오는 택시 안에서 진아는 얼굴을 찡그리며 말했다. 나는 못 들은 척 차창 밖을 내다보고 있었다. 내 용돈과 오빠의 주급이 그녀의 수술비로 날아갔다. 그녀는 집에 연락을 하면 길가에 뛰어들겠다고 했다. 솔직히 나는 그녀가 어떻게 하거나 별 상관 없었다. 오빠는 맥도날드 앞에서 택시를 세웠다. 오빠가 햄버거를 사러 간 사이 우리는 먼저 차를 출발시켰다.

"니 오빠 좀 병신 같지 않니?"

그녀가 한 손을 아랫배에 얹은 채 물었다. 나는 꾸물꾸물한 하늘을 올려다보았다.

"화난 척하지 마."

그녀는 우습다는 듯 말했다. 그러고는 내 쪽으로 몸을 기울이며 속삭였다.

"너 한쪽 눈이 안 보인다는 게 어떤 기분인 줄 아니?"

그녀의 머리카락이 내 팔뚝에 닿았다. 나는 사납게 팔을 뺐다.

"눈이 먼 건 오빠랑 네 문제고 나랑은 무관한 일이야."

그러자 그녀는 좌석에 깊숙이 몸을 묻으며 하아하아 웃었다.

"상관이 없으시다…… 야, 누가 들으면 진짜인 줄 알겠다."

그녀가 내 어깨를 툭 쳤다. 택시가 신호에 걸리자 운전기사는 담배에 불을 붙였다. 그 틈을 타 미터기의 금액이 한 계단 올라갔다. 걸었다면 십 분 만에 도착할 수 있었을 거리였다.

원룸의 계단을 오르던 진아가 통증을 느낀 듯 걸음을 멈추었다.

"가끔 니가 옆에서 자고 있으면 목을 조르고 싶을 때가 있어."

그녀는 내 한쪽 팔을 붙든 채로 말했다. 비가 오려는지 공기가 무거워지고 있었다.

"나랑 니네 오빠 인생은 엉망이 됐는데, 넌 멀쩡하게 잘 지내고 있잖아. 그런 건 좀 괘씸하니까."

나는 아무 말도 하지 않았다. 진아는 힘겹게 발을 떼며 고장난 테이프처럼 말을 이었다.

"전부 망쳐놓은 건 넌데. 그치?"

재우는 들떠 있었다. 나는 클럽 구석에 쌓아놓은 맥주상자 위에 걸터앉았다. 재우네 밴드는 다섯 곡을 연주했는데 그중 세 곡이 재우의 자작곡이라고 했다. 좁은 무대 위의 조명이 기세 좋게 돌아갔다. 사랑을 고백하는 가사가 나오는 부분에서는 보컬과 말을 맞춘 듯 재우가 마이크에 입을 대고 나를 바라보며 노래를 불렀다. 나는 애매하게 웃었다.

먼지로 꽉 찬 클럽. 어설프게 뛰어다니는 관객들, 제 흥을 주체하지 못해 얼굴이 붉어진 재우와 밴드 멤버들까지, 모든 게 시시하기 짝이 없었다. 나는 휴대폰을 꺼내 확인했다.

그에게서 연락이 없다. 병원에서 점심을 먹고 헤어진 닷새 전부터 줄곧. 메시지를 보내도 답장이 없고 전화는 계속 꺼져 있었다.

나는 지난 닷새 동안 조바심을 내며 어쩔 줄 몰라 서성이고 젖은 수건처럼 축 처진 채 우울해하고 이상하리만큼 싸늘하게 식어버리기를 반복했다. 평소 같았으면 적당히 둘러대고 빠졌을 재우의 공연에 온 것도 그런 이유에서였다. 가만히 있으면 불안한 생각이 들어 무얼 해도 집중할 수가 없었다.

재우네가 다른 밴드와 합동 피날레 공연을 하는 동안 지하 공연장을 빠져나왔다. 모히칸 머리 스타일의 남자 두 명이 클럽 입구에서 담배를 피우고 있었다. 나는 주차장 옆 벤치에 앉아 땀으로 바닥이 미끄러워진 샌들을 벗었다.

그에 대해 좀더 알아두었어야 했다. 어느 날 그의 전화번호가 바뀌어버린다 해도 학교 연구실 앞에 찾아가 죽치고 기다리지 않는 이상 이쪽에서 먼저 그를 찾아갈 방법이 없을 것이다. 나는 그가 가장 좋아하는 장소가 어딘지, 왜 아버지를 싫어하는지, 종종 이와 같이 갑작스럽게 사라지는 것을 즐기는지 어떤지도 잘 모른다. 무릎을 모으고 앉은 채 휑한 주차장을 바라보았다. 다른 사람들은 자신들의 연인에 대해 얼마나 알고 있을까. 지금보다 더 그를 잘 알게 된다면 이따금씩 느껴지는 막막한 거리감 같은 건 사라질 수 있는 걸까.

손에 쥔 휴대폰의 진동이 울렸다. 화들짝 놀라 액정을 들여다본 나는, 그가 아닌 재우의 이름이 뜬 것을 확인하고는 신경질이 솟았다. 밖으로 나온 재우가 두리번거리며 나를 찾고 있었다. 나는 휴대폰 전원을 지그시 눌러 꺼버리고 재우가 있는 곳으로 걸어갔다.

밴드 멤버들과 자칭 재우네 밴드 팬클럽이라고 모여든 여자아이들을 포함하여 약 스무 명가량이 호프집에 모여 앉았다. 재우는 싱글싱글 웃었다. 맞은편에 앉은 여자아이들이 짓궂게 물었다. 둘이 키스는 언제 했어요? 일주일에 몇 번이나 만나요? 만나면 뭐해요? 기념일에 이벤트 같은 거 해준 적 있어요? 서로 어디가 좋아요? 싸우면 누가 먼저 사과해요?

그렇게 궁금하면 니들이 사귀어보든가. 나는 뒤틀린 마음으로 주머니 속의 휴대폰을 만지작거렸다. 딱 오 분만 살펴보자, 하고 전원을 켰으나 그사이 도착한 메시지는 없었다. 다시 끌 기운도 나지 않았다.

"먼저 갈게."

자리가 산만해진 틈을 타 재우에게 말했다. 재우의 얼굴에 아쉬움이 스쳤다.

"같이 가자. 데려다줄게."

재우가 베이스 케이스를 챙겨들며 말했다.

오층 호프집에서 잡아탄 엘리베이터는 몹시 낡아서 금방이라도 끼긱 소리를 내며 떨어져내릴 것 같았다. 나는 스티커가 덕지덕지 달라붙은 지저분한 유리벽 너머로 네온사인이 반짝이는 거리를 내려다보았다. 나도 모르게 긴 한숨이 흘러나왔다.

"요새 무슨 일 있어? 시험 준비하느라 바빠서 그런가?"

재우가 나를 살피며 물었다. 엘리베이터 문이 열리자마자 나는 무언가에 화가 난 사람처럼 빠르게 앞서 걷기 시작했다. 재우는 부지런히, 그러나 자신이 나를 앞질러 걷지 않도록 신경쓰며 보폭을 맞추었다. 버스 정거장에 한 무리의 사람들이 서 있는 것을 보자 기다리고 싶은 마음이 사라졌다. 나는 몸을 돌려 지하철역 쪽으로 향했다.

"저기."

사거리를 지나며 재우를 불러 세웠다.

"응?"

"사실 내가 너 말고 좋아하는 사람이 있었거든…… 근데 차인 거 같아."

재우가 얼떨떨한 표정으로 나를 쳐다보았다. 장난일까 싶어 내 눈빛을 헤아려보던 재우는 이내 오른손으로 제 머리칼을 쓸어올렸다.

"하! 거참……"

*

아주 어릴 적, 새벽에 목욕탕에 간 적이 있었다. 엄마는 샤워기 아래서 머리를 감았다. 나는 아직 서늘한 기운이 감도는 목욕탕 안을 돌아다니다가 호기심에 한증막 안으로 들어갔다. 후끈한 스팀 냄새에 숨통이 익는 기분이었다. 잠시 앉아 있던 나는 금세 싫증을 내고 한증막

문을 밀었다. 문이 열리지 않았다. 온몸으로 들이밀었지만 꿈쩍도 하지 않았다. 나는 지레 겁을 먹고 비명을 질러댔다. 이대로라면 질식해 죽을지도 몰라. 주먹을 쥐고 문을 두드려대던 나는, 숨이 턱 막혀오는 것을 느끼고 그대로 기절해버렸다. 눈을 떴을 때는 목욕탕 탈의실의 평상 위에 눕혀져 있었다. 엄마는 내 얼굴에 부채질을 해주며 말했다.

"요 녀석아, 문손잡이를 밀지 말고 당겼어야지. 고거 몇 분 있었다고 쓰러져? 얘가 이렇게 미련한 데가 있어요, 지가 저를 가두질 않나."

나는 그 와중에도 발가벗은 채 누워 있다는 사실이 분했다.

"양쪽 다 잘 열리는 문으로 만들란 말야!"

요구르트를 마시던 때밀이 아줌마를 향해 바락 소리를 질렀고 엄마에게 등짝을 한 대 얻어맞았다. 왜 그 숨막히는 장소의 문은 한 방향으로밖에 열리지 않게 되어 있는 걸까.

*

"누군데? 우리 학교야?"

한참 만에 재우가 물었다.

"아냐. 몰라도 돼."

재우와 나는 말없이 지하철역 계단을 내려가 개찰구를 지났다. 빠앙, 소리를 내며 미지근한 바람과 함께 달려온 지하철이 코앞에 멈추었다. 지하철에 올라탄 우리는 출입문 옆 손잡이를 나란히 잡고 섰다. 재우가 내 어깨로 손을 뻗어왔다. 내가 의아하게 쳐다보자 재우는 고개를 저으며 힘없이 웃었다.

"머리카락이 붙어서."

원룸 근처에 다다랐을 때쯤 나는 주머니 속에서 조용히 울리는 진동을 느꼈다.

—교토에 다녀왔음! 아 졸리다.

온몸의 힘이 탁 풀리는 것을 느꼈다. 꽉 막혀 있던 아드레날린의 수도꼭지가 기운찬 소리를 내며 돌아가기 시작했다. 순간, 재우가 빠르게 내 휴대폰을 낚아챘다. 재우는 액정에 뜬 메시지를 오랫동안 들여다보았다.

"개새끼."

재우가 혼잣말처럼 중얼거렸다. 나는 재우의 손에 들려 있는 휴대폰을 빼앗았다.

"웃겨. 니가 뭘 안다 그래?"

날카로운 내 반응에, 재우는 입을 다문 채 나를 바라보았다. 움직임을 감지한 원룸 건물 입구의 센서등이 두어 차례 깜빡이다가 켜졌다.

"들어가라. 갈게."

재우가 말했다. 나는 몇 계단 올라가다가 흘끗 뒤를 돌아봤다. 재우는 아직 그곳에 서 있었다. 나와 눈이 마주치자 재우는 손을 흔들어 보이고는 돌아섰다. 그림자 같은 베이스 케이스가 재우의 한쪽 어깨에 비스듬히 매달린 채 멀어졌다.

빨간 끈과 금색 방울을 목에 단 고양이 인형들이 테이블 위에 쌓였다. 두 개는 열쇠고리, 나머지는 휴대폰줄이었다.

"똑같은 걸 이렇게 많이 사왔어요?"

나는 새끼손가락 크기의 올망졸망한 고양이들을 만지작거리며 물었다.

"응. 다 가져. 그때 아팠던 친구랑 오빠도 주고."

그는 기분이 좋아 보였다.

"교토에선 뭘 했어요?"

나는 그가 원망스러웠지만 짐짓 태연한 척 물었다.

"갔는데 비가 왔어. 바짓단이 다 젖었지. 유명한 정원이 있다고 해서 구경 갔는데 별거 없더라. 유명하다는 우동도 맛이 짰고. 이튿날엔 감기 기운이 있어서 일찌감치 호텔방에 들어가서 티브이나 봤어."

빌어먹을. 혼자서도 참 잘 놀았구나. 나는 입 밖으로 나오려는 말을 삼키며 찻잔을 만지작거렸다. 옆자리에 앉은 그가 내 목덜미에 코를 묻었다.

"보고 싶었어."

그는 쇄골 위에 입술을 갖다 대며 속삭였다.

걸음을 뗄 때마다 원피스 주머니 속에 넣어놓은 고양이들이 와글와글 방울 소리를 울렸다. 그는 역시 고양이 열쇠고리를 매단 차키를 짤랑이며 빌라 입구로 들어섰다. 지은 지 몇 년 안 된 빌라인 듯 건물 벽이나 우편함이 깔끔했다. 그의 집은 삼층이었다. 열쇠 구멍에 열쇠를 꽂던 그는 약간 쑥스러운 듯, 머리를 기웃하며 중얼거렸다. 정말 별거 없는데.

나는 조심스럽게 그의 뒤를 따라 현관으로 들어섰다. 그리고 짧게 탄성을 내질렀다. 아!

"응? 왜?"

내가 이상한 걸 발견했나 싶었는지 그가 재빨리 집안을 둘러보았다.

"정말 별게 없네요!"

나는 눈부신 빛이 쏟아져들어오는 거실로 들어서며 말했다. 그의 집은 조용하고 깨끗했다. 유심히 살펴보니 집안의 물건들이 자로 잰 듯 반듯한 간격을 유지하고 있다는 것을 알 수 있었다. 결벽증이 있는 주방장의 부엌 같다고나 할까.

*

시골 할머니 댁의 뒷산에는 사슴 농장이 있었다. 철제 우리 앞에는 핏자국이 말라붙은 종이컵과 일회용 주사기, 털뭉치 등이 굴러다녔다. 대여섯 마리 되는 사슴들은 삼촌이 관리했다.

나는 축축한 흙을 밟으며 사슴 우리 가까이로 다가갔다.

"오빠, 어딨어?"

모여 있던 사슴들이 불안한 눈빛으로 동요했다.

나는 산밑 할머니 댁을 돌아보았다. 형사들이 찾아온 마당은 어수선했다. 할머니는 그들을 향해 삿대질을 하며 소리쳤다. 여긴 없으니까 딴 데 가서 알아보우! 할머니의 붉어진 얼굴이 무색할 정도로, 형사들은 느긋했다. 아버지는 뒷마당을 둘러보고 창고며 화장실을 살폈다.

진아의 강간사건이 있은 직후였다. 경찰에 신고를 했다는 사실을 알아채자마자 오빠는 바람처럼 사라졌다. 진아는 곧장 병원으로 옮겨졌다. 아버지는 오빠가 시골 할머니 댁에 있을 거라고 확신했다. 그 녀석은 도망간 게 아닙니다. 심란할 때면 습관처럼 찾는 곳이니까, 거기 있을 거요. 나는 체념한 듯 비틀거리며 앞장서는 아버지를 따라 시골집까지 내려갔다.

"제발 일을 크게 만들지 마, 오빠."

나는 혼잣말처럼 중얼거렸다. 대낮이었음에도 불구하고 나무가 빽빽한 뒷산은 어두침침했다. 어린 사슴이 가까이 다가왔다. 머루 같은 눈동자가 호기심을 가득 담고 나를 바라보았다. 무심코 손을 내뻗으려던 내 머릿속에 문득, 몇 달 전에 봤던 절각 장면이 스쳐갔다.

매년 다디단 꽃냄새가 산을 뒤덮는 5월 무렵이면 녹혈을 마시려는 사람들이 농장으로 찾아들었다. 삼촌은 뿔을 잘라낼 사슴을 골라 열두 시간쯤 굶겼다. 이른 저녁식사로 추어탕이 나왔다. 땀을 뻘뻘 흘리며 두 그릇을 비운 삼촌은 이쑤시개를 물고 어슬렁거리며 사슴 우리로 향했다. 삼촌은 목표물이 우리 안에서 다른 사슴들과 느긋하게 어울리고 있는 때를 노려 입으로 마취총을 불어 쏘았다. 하늘빛이 어스름하고, 공기가 서늘할 즈음이었다. 나는 새벽과 닮은 저녁의 한 귀퉁이에 우두커니 서 있었다.

삼촌은 사슴의 눈을 천으로 가렸다. 이어 우악스러운 손이 사슴의 머리통을 흙바닥으로 낮게 끌어당겼다. 사슴의 혀를 끌어내 찬물로 대충 적셔주고는 허리를 폈다. 뿌드득, 삼촌의 뼈마디 꺾이는 소리가 어디선가 나무 밑동 잘리는 소리처럼 들려왔다. 네 다리 묶인 사슴은 얌전히 누워 있었다. 소독약 적신 솜으로 사슴의 짙은 갈색 뿔을 닦은 삼촌은 수술용 톱으로 능숙하게 뿔을 썰어냈다. 뿔의 단면에서 검붉은 피가 배어나왔다. 수사슴 뿔에 받히면 갈비뼈를 뚫고 나가니까 조심해야 한다, 겁을 주던 할머니의 목소리가 떠올랐다. 하늘을 향해 세 갈래로 뻗은 단단한 뿔, 초식동물이 지닌 우아한 살기. 잘린 뿔이 바닥에 뒹굴었다. 뒤이어 재빠른 손길이 뿔을 지혈하고 붕대로 휘감았다. 기다리고 있던 사람들의 손에 컵이 돌아갔다. 어이고 달다, 라고 누군가가 말했다.

절각된 사슴은 전에 비해 덩치가 반으로 줄어들어버린 것만 같았다. 나는 다른 종의 수컷에 의해 뿔이 잘린 수사슴에게 참을 수 없는 경멸을 느꼈다. 뿔이 잘리는 순간 숨을 거두는 생체조건으로 태어났더라면, 사슴은 좀더 강한 생물이 되었을 것이다.

버려진 종이컵 속으로 벌레들이 들러붙었다.

"오빠, 나야."

사슴 우리 뒤쪽에서 부스럭거리는 소리가 들렸다. 얼핏, 오빠의 머리가 보이는 듯했다. 산속의 습한 흙냄새가 이제 막 달리기를 끝낸 어린 소년의 땀냄새처럼 배어나왔다. 나는 오빠가 있는 쪽으로 걸음을 뗐다.

그때였다. 우리 가장자리에 우뚝 서 있던 수사슴 한 마리가 맹렬한 기세로 철창을 향해 달려왔다. 나는 비명을 내지르며 뒤로 나동그라졌다. 날카롭게 솟은 뿔이 철창 구멍 사이로 솟아나왔다. 철컹, 철컹. 사슴의 움직임을 따라 철창이 흔들렸다. 나는 넘어진 채로 옆을 돌아보았다. 오빠가 있었다. 오빠 곁에 붙어 있던 누군가가 황급히 산 쪽으로 사라지는 기척이 느껴졌다. 얼핏 보아 남자의 뒷모습 같았다.

"뭐야?"

내가 물었다. 오빠는 손을 뻗어 나를 일으켜주었다.

"아무것도 아니야. 내려가자."

나는 다리를 절뚝이며 비스듬한 경사로를 내려왔다.

"오빠, 진아가 많이 다쳤어."

"그래."

"한쪽 눈이 실명될지도 모른대."

"그래."

"오빠, 진아한테 미안하지도 않아?"

"……미안해."

마당에서 담배를 피우고 있던 형사들이 오빠를 연행해갔다. 아버지는 조금 울었던 것 같다. 나는 돌담 벽에 머리를 기댔다.

*

새벽녘, 그의 품안에서 잠들어 있던 나는 더위 때문에 깨어났다.

거실로 나오자 고즈넉한 고요가 살그머니 다가와 내 팔꿈치를 건드리고는 물러났다. 열어놓은 창문으로 간간이 바람이 불어왔다. 나는 그의 커다란 셔츠를 몸에 휘감다시피 한 채 맨발로 베란다에 나갔다. 베란다 타일은 아직 따뜻했다. 흔한 화분이나 플라스틱 빗자루 한 개 놓여 있지 않은 말끔한 베란다. 나는 난간을 짚고 몸을 쭉 빼서 동네를 내려다보았다. 아직 사라지지 않은 달이 무언가에 꾹 눌린 자국처럼 하늘 귀퉁이에 남아 있었다.

등뒤로 다가온 그가 내 어깨를 쓰다듬었다.

"벌써 깼어?"

딱히 건조하지도 밝지도 않은 톤의 목소리. 나는 몸을 비틀어 그와 마주보았다. 그가 조금만 나를 밀치면 곧장 난간 너머로 떨어질 것 같은 위태로운 자세였다. 그는 내 등을 손으로 받쳐주거나 단단하게 허리를 감싸는 등의 행동은 하지 않았다. 그저 오른쪽 발바닥을 왼쪽 발등 위에 대고 비비며 조금 쑥스러운 듯 중얼거렸을 뿐이다.

"여기 빨래건조대가 있었는데 망가져서 버렸어. 툭하면 길고양이들이 올라가서 잠을 자더니만 살이 부러졌더라구. 하여간 요즘 고양이들은 어찌나 뚱뚱한지."

뚱뚱한 길고양이가 삼층 베란다까지 올라온단 말이지. 나는 흥, 코웃음을 쳤다. 그의 손에 끼워진 담배꽁초를 엄지와 중지로 잡아들었다. 필터 끝에 간신히 불꽃만 달려 있는 담배꽁초를 화단에 던져버리고 깡충 뛰어올라 두 다리로 그의 허리를 감았다. 그가 어이쿠, 라고 늙은이 같은 소리를 냈는데 그게 꽤 섹시하게 느껴졌다. 나는 그의 입술을 빨아넘길 듯한 기세로 키스를 했다. 그의 입술 안쪽 살은 달달하고 매끄럽다. 조금 차가운 잇몸에서는 박하맛이 났다. 하지만 무엇보다 가장 좋은 것은 그의 혀다. 말투에서는 찾아볼 수 없는 상냥함을, 키스할 때만은 숨이 가빠올 만큼 느끼게 해주는 따뜻한 혀.

그는 나를 조심스럽게 베란다 타일 바닥에 눕혔다. 등에 오소소 소름이 돋았다. 그가 내 얇은 셔츠 자락을 헤치고 젖가슴 사이에 입술을 묻었다. 바람이 내 목덜미에 입맞추는 틈을 타, 그는 배꼽 주변을 부드럽게 핥았다. 어스름한 가운데 땀으로 반질반질한 그의 가슴팍이 빛났다. 그는 손바닥으로 이마 위에 흐트러진 내 머리칼을 쓸어올렸다. 다정하면서도 노골적인 눈빛으로 나를 물끄러미 쳐다보았다. 순간, 그의 단단한 성기가 무례한 침입자처럼 불쑥 내 몸안으로 밀고 들어왔다.

타일 바닥에서 옅은 흙냄새가 나는 것 같았다. 문득, 네모난 베란다가 우리 둘의 관이었으면 좋겠다고 생각했다. 깊은 곳에 파묻힌 채로 영원히 이렇게 함께 있는 거야. 언어도, 이해도 필요하지 않은 공간에서.

섹스를 마친 후 우리는 베란다에 나란히 누웠다. 나는 그의 손가락 끝을 아프지 않을 정도로 자근자근 깨물며 말했다.

"배고프다. 뭘 먹지?"

"……"

그는 암녹색의 커튼이 쳐진 건넛집의 창가를 바라보고 있었다. 다른 생각을 하고 있는 것이 분명했다. 나는 손가락을 물고 있던 어금니에 힘을 주었다.

"아야!"

그가 낚아채듯 손을 빼며 나를 돌아보았다. 눈가에 가벼운 노기가 어려 있었다. 이내 그가 표정을 누그러뜨리며 가볍게 내 머리칼을 헝클었다. 그리고 무어라 입을 열려는 찰나 전화벨이 울렸다. 그는 기다리고 있었던 사람처럼 벌떡 일어나 거실로 달려갔다. 전화를 받은 그가 나를 흘끗 돌아보더니 방으로 들어갔다.

이제 막 새벽 다섯시가 넘은 시각인데 누구의 전화일까.

나는 손가락으로 거미 흉내를 내며 타일 바닥을 더듬었다. 그러다 문득, 베란다가 그의 집으로부터 떨어져 조각배처럼 어둠 속으로 떠내려갈지도 모른다는 생각이 들었다.

그는 한참 만에 방에서 나왔다. 나는 그의 손에 들린 수화기를 쳐다보았다.

"집에 가자. 태워다 줄게."

그는 기지개를 켜며 말했다.

"왜요?"

"아침에 일이 생겼어."

조금 전까지 그의 몸에서 묻어나던 흥분은 흔적도 없이 사라졌다.

"교수님, 교토에는 혼자 갔어요?"

"응."

"왜요?"

"참, 내가 거기서 길 잃어버렸던 얘기 해줬나?"

나는 몸을 일으켰다. 방으로 들어가 바닥에 떨어진 옷가지들을 주워 입었다. 그는 거실에서 말을 이었다.

"어떤 골목에 들어갔는데, 그 동넨 뭐 그렇게 거기가 다 거기 같냐. 사람도 없고, 도로도 안 보여서 한 시간 정도 헤맸어."

나는 그에게 원피스의 지퍼를 올려달라고 했다. 그는 목소리를 가다듬으며 등뒤로 다가왔다.

"낯선 길을 걷는데 이상하게 마음이 편한 거야. 이대로 실종돼버려도 좋겠다고 생각했지."

"유치하네요."

"웃기지?"

그가 작게 소리내어 웃었다. 나는 가만히 있었다.

그를 웃게 하는 다른 누군가의 존재감이, 무심코 떨어뜨린 영수증 조각처럼 날아와 왼쪽 가슴에 들러붙었다. 나는 불안해졌다. 어디까지나 근거 없는 예감이었지만 늘 그렇듯 예감은 현실보다 더 사실적으로 다가왔다.

그는 내가 빠뜨린 것이 없는지 거실을 둘러보았다. 나는 서랍장 옆에 쪼그리고 앉았다. 그가 의아한 눈빛으로 나를 돌아보았다.

"목욕하고 갈래요."

상앗빛 욕조에 물이 가득 출렁였다. 부연 수증기가 서로 몸을 비비며 피어올랐다. 흠집이 잔뜩 난 플라스틱 컵에 지난밤 함께 사용했던 그의 칫솔이 꽂혀 있었다. 나는 욕조 바닥에 물뱀처럼 가라앉아 있는 샤워기를 집어들었다. 그는 뚜껑을 덮은 변기 위에 앉아서 나를 바라보았다.

그는 샤워볼에 사이프러스 향의 보디클렌저를 덜어 거품을 일으켰다. 한 손으로 내 팔을 잡고 목에서부터 발뒤꿈치까지 문질렀다. 침침한 화장실 불빛 아래 그의 가칠한 턱이 드러났다. 그의 콧잔등과 목에 땀이 흐르기 시작했다. 그가 내 어깨를 잡아 돌리는 순간, 샤워볼에 묻은 비누 거품이 내 얼굴에 튀었다. 그는 거칠게 바가지로 물을 퍼내어 내 몸에 끼얹었다. 무릎과 발등을 타고 흘러내리는 새하얀 비누 거품을 보며 나는 그가 다시는 나를 집으로 부르지 않으리라는 생각이 들었다.

젖은 머리칼에서 떨어진 물방울이 어깨를 적셨다. 그는 메마른 기침을 하며 안전벨트를 맸다.

"교수님, 솔직히 말해요. 교토에는 누구랑 갔어요?"

그가 차를 출발시켰다. 기우뚱 서 있는 전신주를 지났다. 골목 모퉁이를 돌던 차가 갑자기 끼익, 급정거를 했다. 짧은 비명을 삼켰다. 앞으로 튕겨나갔다가 되돌아온 나는 관자놀이가 먹먹해지는 어지럼증을 느꼈다.

"야."

그는 텅 빈 골목에 시선을 둔 채 입을 뗐다.

"나 교수 아니야. 강사야, 강사."

투명한 비커 한 개가 머릿속에 떠올랐다.

"착각하지 마라. 너 나 사랑하는 거 아니야. 그냥 잠깐 나한테 빠져 있는 거지."

비커 속에는 원료를 알 수 없는 혼합 액체가 출렁이고 있다. 나는 잠시 감탄했다. 색깔이 있는 것도 이토록 투명할 수 있구나. 비커로부터 가느다란 유리관이 뻗어나갔다. 그리고 비커는 이내 흰색 승용차에 타고 있는 스물세 살의 내 몸통이 되었다.

차는 큰길을 향해 유려하게 나아갔다. 나는 기어 옆에 놓인 무른 모과를 내려다보았다. 바닥에 맞닿은 부분에서 과즙이 흘러나와 말라붙어 있었다.

그에 대해 품고 있는 나의 마음 중에는 분명 무모한 환상으로 빚어진 부분이 있다. 때때로 나는 그의 있는 그대로의 모습을 보지 않기 위해 외면한다. 나는 그 못지않게 이기적이다. 하지만 그가 나에게 일말의 애정을 느끼고 있다면, 내가 자신에 대해 착각하는 것을 어느 정도 허락해주어야 한다. 내가 만일 그라는 사람에 대해 명료하게 파악하게 된다면 그에게 위로가 될까? 아마 그는 그것 또한 견디지 못할 것이다.

이러한 순간에도 나는 그를 경멸하거나 그 때문에 노여워하기보다는 그가 사랑이라는 단어를 스스럼없이 사용하는 사람이라는 점에 마음이 끌린다.

"잔인하네요."

나는 무덤덤하게 대꾸했다.

원룸 건물 근처에 다다랐을 때 그는 십 년은 더 늙어버린 남자처럼 얼굴이 퀭해 보였다. 나는 손을 뻗어 그의 뺨을 만져보았다.

"하지 마."

그는 내 손을 밀쳐냈다. 날이 부옇게 밝아오고 있었다. 그는 시동을 끈 채 핸들에 이마를 기댔다. 당분간 바빠질 거다, 라고 그가 말했다. 연락을 못할 거라고도 덧붙였다. 나는 기다리겠다고 했다. 이어 눌러 신은 샌들 끈을 발뒤꿈치에 걸고 차에서 내렸다. 그가 차창을 내리고, 얼굴을 내밀었다.

"기다리지 마. 기억은 다 휘발된다."

차가 떠났다. 이제껏 그가 했던 말 중에 가장 삼류 같은 대사였다. 졸음과 함께 가벼운 증오를 느꼈다.

집에 돌아와 그가 준 고양이 인형들을 변기에 넣고 물을 내렸다.

진아는 헐렁한 러닝셔츠와 반바지를 입은 채 잠들어 있었다. 복도에서 발소리가 들리더니 오빠가 문을 열고 들어섰다. 냉장고에서 오래된 주스를 꺼내 마시던 오빠가 내 젖은 머리칼을 흘끗 보며 한마디했다.

"어디서 자고 이제 왔어."

"신경 꺼. 웬일로 일찍 퇴근했대."

"응."

나는 이불 밖으로 나온 진아의 흰 팔을 내려다보았다.

"오빠, 쟤 좀 집에 보내."

"때 되면 가겠지."

우유부단한 태도에 눈을 흘기던 나는 오빠의 한쪽 귓불에서 반짝 빛나는 피어스를 보았다. 내 시선을 알아챈 오빠가 부끄러운 듯 피어스를 가렸다.

"선물 받았어."

또 어디서 이상한 여자를 하나 꼬여냈나보군. 나는 고개를 저으며 잠자리에 누웠다.

"오빠도 꿈이라는 게 있긴 하니?"

비아냥거린 것이었는데 오빠는 의외로 다부지게 고개를 끄덕였다.

"있지."

오빠는 잠시 간격을 두고 말했다.

"내가 좋아하는 사람들만 만나면서 사는 거."

환하게 밝아진 방안에서, 나는 진아로부터 몸을 돌린 채 눈을 감았다. 감은 눈 속으로 가느다란 먼지 같은 단백질이 떠다녔다.

오빠는 여자 없이는 살아가지 못하는 인간이다. 오빠의 주변을 맴도는 여자들은 하나같이 점액질처럼 미끌거리는 욕망을 몸에 바르고 있다. 오빠는 그들의 나이나 외모를 가리지 않고 만난다. 그러면서도 한편으로는 외로운 옆얼굴을 하고 지구상에 마지막으로 남은 순수한 동물인 척하는 걸 보면 역겹기 짝이 없다.

정오쯤 어렴풋이 깨어난 나는 약한 몸살 기운을 느꼈다. 이불을 코까지 끌어당겼다. 갑자기 가슴이 뻐근해지며 진저리치게 그가 보고 싶어졌다. 감정이 당황스러울 정도로 북받쳐올라, 서둘러 다시 잠을 청했다.

그리고 그날 이후, 나는 이 년쯤 그를 보지 못했다.

그해 여름에는 몹시 앓았다. 하지만 그때까지만 해도 사랑을 하고 실패하는 것은 내가 구원받거나 버려지는 것과는 무관하다고 고집하고 있었다. 곧 소나기가 지나가고 새로운 무언가가 찾아오리라 믿었다. 실제로 이 년 사이 많은 것이 변했다. 나는 영국으로 어학연수를 다녀왔고, 오빠는 옥탑방을 얻었다. 진아는 오빠의 방으로 옮겨가 짐을 풀었다. 연수와 기업 인턴십으로 휴학이 길어진 나보다 한 해 먼저 졸업한 재우는 광고회사에 입사했다. 나는 이런저런 핑계로 둘러대는 것을 그만두고 가끔씩 재우의 클럽 공연에 찾아가기도 했다. 졸업반이 되자 취업 준비에 쫓겨 정신없이 바빠졌다.

아주 가끔, 학교 발코니에 서서 캔 홍차나 자판기 커피를 마시며 그를 떠올렸다.

그해 여름의 사랑은 마치 나도 모르는 새 옷자락에 물든 푸른 얼룩과도 같았다고.

짧은 인연이 모든 일의 전조에 불과하리라고는 짐작조차 하지 못한 채였다.

줄무늬 구두

누군가 나를 흔들어 깨웠다.

"언니, 저녁 먹으러 가요."

펼쳐진 책장 위에 엎드려 있던 나는 얼굴을 들지 않은 채 됐다고 손만 휘저었다. 후배들은 그럼 가방을 봐달라고 부탁하고는 조용히 도서관을 나갔다. 흐트러진 머리칼을 한데 묶으며 고개를 들자 부옇게 김이 서린 창밖에 진눈깨비가 흩날리고 있었다. 벌써 3월인데 날씨는 도통 풀릴 생각을 안 했다. 아마도 마지막 눈이 아닐까. 나는 멀찍이 굴러가 있는 펜을 집어들었다.

면접을 마치고 곧장 도서관으로 온 터라 일부러 챙겨 입은 정장 스커트가 영 불편했다. 오늘은 그만하고 돌아갈까 생각했다. 저녁을 먹으러 간 후배들은 창밖이 어둑어둑해질 때까지 돌아오지 않았다. 널따란 책상 위에 놓인 그애들의 책가방이 남의 손에 맡겨진 어린아이들처럼 멀뚱히 입을 벌리고 있었다.

어젯밤 면접 때문에 잠을 설쳐서인지 몹시 피곤했다. 점심때도 학교 매점의 햄버거로 대충 해결했는데 아직까지 밥 생각이 없다. 나는 턱을 괸 채 눈에서 겉도는 기출 문제집을 건성으로 넘겼다. 가방 속의 휴대폰이 드르륵 진동을 울렸다. 발소리를 죽여 계단 쪽으로 나왔다.

"내일 같이 내려갈 거지?"

오빠였다. 아차 싶었다. 내일은 아버지 생신이었다. 일주일 전부터 엄마가 꼭 집에 내려왔다 가라고 신신당부를 했는데 그새 깜빡했다. 내일은 토요일이니까 저녁쯤 내려가서 하룻밤 자고 올라오면 되겠지.

"내가 그쪽으로 갈게."

오빠가 말했다. 나는 원룸까지 올 것 없이 지하철역 쪽에서 만나자고 했다. 오빠의 옥탑방과 내 원룸은 버스로 한 정거장도 안 되는 거리에 있다. 좀더 싼 곳을 알아보라는 권유에도 오빠는 굳이 이 근처를 고집했다. 그렇다고 오빠와 내가 자주 왕래를 하거나 시간을 내서 함께 저녁을 먹는 것도 아니다. 거의 서로를 보지 못하고 동네에서 우연히 마주치는 일도 없다.

전화를 끊고 자리로 오니 후배들이 돌아와 있었다. 낙지볶음을 먹었다더니 정말이지 입을 열 때마다 매콤한 냄새가 풍겼다.

도서관을 나서자 바람이 몹시 불었다. 진눈깨비는 자잘한 얼음 조각이 되어 따갑게 얼굴을 때렸다. 나는 스타킹 신은 다리에 자꾸 엉겨 붙는 통이 좁은 스커트를 떼어내며 휘몰아치는 바람을 피해 고개를 숙인 채 걸었다. 나무들 사이에 걸어놓은 학생회 현수막이 펄럭였다. 집에 도착하면 더운물로 목욕을 하고, 비빔밥으로 저녁을 때우며 영어 방송을 청취해야겠다고 생각했다. 엊그제 귀국했다는 선배에게도 전화를 한 통 넣고. 내일 오전에 아버지 선물을 사러 가려면 일찌감치 잠자리에 들어야겠다.

교문을 빠져나가던 나는 헝클어진 머리카락을 걷어내려고 고개를 들다가 문득, 낯익은 모습을 발견했다. 그 얼굴은 길 건너편에서 잰걸음으로 걷고 있었다. 얼떨결에 그 얼굴이 가는 방향을 따라 걷던 나는 신호등 앞에 멈추어 섰다. 그 얼굴은 머리와 옷에 붙은 눈을 털어내며 정면을 바라보았다.

내가 아는 사람이 아니었다. 민망해져서 피식 웃었다. 신호가 바뀌자 나는 미끄러지지 않게 조심하며 길을 건넜다. 낯선 남자가 겨울 냄새를 풍기며 스쳐지나갔다. 박승안보다 한참 젊고 어딘가 밋밋하게 생긴 얼굴이었다. 닮은 구석이라고는 전혀 찾아볼 수 없었다. 신호가 깜박거리기 시작했다. 나는 뛰다시피 남은 길을 건넜다. 구두 속에서 얼어붙은 발이 아팠다.

동네에서 가장 가까운 백화점에 들렀다. 판매대에서 넥타이를 세일하고 있었다. 아버지는 넥타이를 맬 일이 거의 없기 때문에 고르기를 그만두고 건강식품 코너로 내려왔다.

훤칠한 남자 직원은 곡물 음료며 유리병에 든 환들을 꺼내 원료와 효능을 설명해주었다. 건강식품은 맛이 없을수록 몸에 좋은 거라는, 도대체가 근거 없는 기준을 갖고 계신 아버지이기에 나는 가장 맛이 쓰고 다양한 성분이 포함된 제품을 선택했다.

아버지 선물만 사들고 가기도 뭣하여 엄마가 입을 만한 옷을 찾아 꼭대기 층에 있는 행사 코너로 향했다. 엘리베이터는 만원이었다. 유모차를 끌고 온 젊은 여자가 미안해하며 사람들 사이를 비집고 들어갔다. 나는 정원 초과 벨이 울리지 않을까 걱정하며 아슬아슬하게 올라탔다. 다행히 엘리베이터는 잠자코 닫혔다. 사람들 틈이 답답한 듯 유모차 속의 아이가 칭얼거렸다. 아이가 손을 뻗어 누군가의 옷자락을 잡아당긴 모양인지, 젊은 여자가 당황하며 사과하는 소리가 들렸다.

"어머, 죄송해요. 옷에 얼룩이 묻으셨네. 일단 내려서……"

"괜찮습니다."

엘리베이터 저 안쪽에서 대꾸하는 남자의 목소리. 나는 천천히 올라가는 엘리베이터의 숫자판을 올려다보았다. 뒤에 선 아주머니의 더운 숨이 내 목덜미에 고스란히 느껴졌다.

"안 되지, 정원아. 자꾸 그럼 이따가 아이스크림 없어."

여자가 가볍게 아이를 나무랐다. 엘리베이터 문이 열리고, 사람들이 우르르 내렸다. 이제야 숨이 좀 트이는 것 같았다.

"정말 괜찮으시겠어요?"

젊은 여자가 물었다.

"네, 뭐 이런 걸 가지고."

뒤편에 선 남자가 다시 대답했다. 여자는 유모차를 끌고 조심조심 나갔다. 다음 층에서 엘리베이터가 멈추자 사람들 사이를 헤치고 나온 남자가 엘리베이터에서 내렸다. 두어 걸음 나아가던 남자가 뒤를 돌아보았다. 층수 버튼 옆쪽에 서 있던 나는 그를 똑바로 바라보았다. 그의 눈이 커졌다. 플로어에 진열된 유리그릇 세트가 눈부시게 빛났다.

"어떻게 이런 데서 다 만나냐."

그는 담뱃갑의 비닐을 벗기며 웃었다. 아무렇게나 두른 민무늬 머플러가 코트 위로 흘러내렸다. 그와 나는 흡연실 가까운 곳에 자리를 잡고 커피를 두 잔 주문했다. 나는 좀 멍한 기분이었다. 그를 다시 만났다는 실감이 나지 않았다. 그는 이 년 전보다 인상이 부드러워졌고, 말투에는 전에 없던 여유로움까지 띠고 있었다.

"머리 잘랐네."

그가 나를 가리키며 말했다. 나는 어깨에 닿는 단발머리를 만지작거리며 미소로 답했다. 사고로 인해 팔이나 다리를 잃게 되면 이미 없어진 부위에 심한 통증이 느껴지는 환지통을 겪는 경우가 있다고 한다. 그러나 머리카락은 애초에 아프다거나 간지럽다는 감각을 느낄 수 없는 부위이다. 몇 해 동안 길러오던 머리카락을 지난달에 큰맘 먹고 잘랐지만 긴 머리카락이 있었던 자리를 기억하는 것이라고는 이따금씩 머리카락이 닿아 간질거리곤 하던 가슴팍뿐이었다. 나는 미용실 바닥 위로 떨어져버린 머리카락들은 어떻게 되었을까, 하는 엉뚱한 생각을 하며 커피를 마셨다.

그는 여전히 여러 학교를 돌아다니며 강의를 하고 번역 일을 맡고 있다고 했다. 작년에는 다른 교수와 함께 콜카타에서 꽤 오래 머물다 돌아왔으며 그사이 이사를 갔다고도 했다. 양쪽 다 맨손인 것을 보면 결혼은 하지 않은 모양이었다.

그간의 자기 이야기를 신기할 정도로 술술 풀어놓고 난 후 그는 싱긋 웃었다. 오히려 어떤 이야기를 해야 할지 망설여지는 것은 내 쪽이었다.

"아직 오빠랑 같이 살아?"

커피잔을 입으로 가져가던 그가 생각났다는 듯 물었다.

"오빠는 그때 봤던 친구랑 살아요."

그는 약간 놀라는 눈치였다.

"결혼?"

"아니요, 그냥."

"참, 점심 안 먹었지? 좀 이따 뭐라도 먹으러 갈까?"

나는 살그머니 웃었다. 응? 왜? 라는 표정으로 그가 나를 건너다보았다. 나는 얼른 고개를 저었다.

"아니에요. 오늘은 약속이 있어서. 나중에 해요."

손목시계를 내려다보며 말했다.

그와 헤어지고 돌아오는 길에 나는 우악스럽게 달려오는 노인과 어깨를 부딪쳤지만 말없이 길을 비켜주었다. 깜빡이는 신호등을 향해 다급히 뛰지 않고 다음 신호를 기다렸으며, 두터운 옷으로 꽁꽁 싸매 뒤뚱거리며 걷는 어린아이를 향해 미소 지었고, 아르바이트생이 나누어주는 돈가스가게 팸플릿과 대출회사의 휴대용 티슈를 외면하지 않고 받았다.

그의 휴대폰 번호는 그대로였다. 아무것도 아닌 그 사실에 나는 이상하리만큼 안심이 되었다.

역에 도착했을 때 나를 맞이한 것은 오빠가 아닌 진아였다. 그녀는 붉은색 목도리를 친친 감고 개찰구 앞에 서서 나를 기다리고 있었다. 잠시 후 오빠가 음료수를 사들고 왔다. 나는 비스듬하게 선 채로 진아와 오빠를 번갈아 보았다.

"오랜만에 그 동네 구경도 할 겸 가는 거야. 그렇게 쳐다보지 마. 나도 니네 집 시끄럽게 만들 생각 없거든? 다른 데 가 있을 테니까 걱정하지 마."

진아는 그사이 하얀 볼에 더 통통하게 살이 올랐다. 그녀가 앞장서서 걷는 것을 보며 나는 오빠를 향해 설레설레 고개를 저었다. 진아가 오빠의 옥탑방에 눌러앉아 지내기 시작한 뒤로 나는 그녀에 대한 간섭을 일절 끊기로 마음먹었다. 더이상 저 둘에게 관여하지 않는 편이 서로를 위해 평화로울 것 같다고 생각했기 때문이다. 그러한 결심은 작년 봄에 이루어졌다. 내가 어학연수에서 돌아와 오빠의 옥탑방에 처음으로 가게 된 날이었다.

그날 오빠는 일이 밀려 퇴근이 늦어진다고 했다. 진아는 허벅지를 덮는 긴 스웨터 차림으로, 옥상에 놓인 남의 집 장독대 위에 걸터앉아 있었다. 여느 때와 마찬가지로 잘 땋아 내린 머리칼이 구부정한 등 위에 길게 늘어졌다. 그녀는 딱딱 소리가 나는 라이터를 켜서 담배에 불을 붙였다. 담배 연기는 봄바람에 해양식물처럼 흔들거리며 멀어졌다. 그녀는 삼선 슬리퍼를 벗어던지고 장독대 위에 맨발을 올렸다. 벌어진 스웨터 밑자락으로 흰 속옷이 들여다보였다.

"너 일찍 오길 잘했다. 나 염색하는 것 좀 도와줘."

진아는 화장실 선반에서 염색약 두 통을 꺼내왔다. 어처구니없을 만큼 촌스러운 보라색 염색약이었다. 그녀는 헌 티셔츠를 꺼내 미용 가운처럼 목 주위에 둘렀다. 나는 고약한 냄새가 나는 염색약을 플라스틱 용기에 짜넣고 빳빳한 솔에 잔뜩 묻혔다. 숱이 많은 긴 머리카락에 염색약을 골고루 펴 바르는 것은 진이 빠질 만큼 힘든 일이었다.

진아가 머리를 감고 나왔을 때쯤 옥탑방의 문이 열렸다. 오빠의 양손에는 검은 비닐봉지가 들려 있었다. 진아는 젖은 머리칼을 푸른색 도끼빗으로 빗었다. 머릿결은 눈에 띄게 푸석푸석해졌고 군데군데 염색약이 뭉쳐 형편없이 얼룩덜룩한 색을 띠고 있었다.

오빠는 비닐봉지에서 광어회와 해산물을 꺼냈다. 퇴근길에 시장에 들렀다고 했다. 진아가 좁은 부엌에 서서 멍게와 산낙지를 다듬었다. 내가 진아와 소주에 회를 먹는 동안 오빠는 감자와 당근만 넣은 카레를 먹었다.

"내 머리 어때?"

진아가 오빠에게 물었다.

"괜찮아."

오빠는 수저를 내려놓으며 대답했다.

진아는 젓가락에 묻은 초고추장을 빨아먹으며 내게 말을 옮겼다.

"괜찮대."

좁은 공간에 염색약 냄새가 진동했다. 진아는 빠른 속도로 술을 마셨다. 내가 찔끔찔끔 두 잔을 비우는 사이 그녀는 한 병을 비우고 냉장고에서 새 소주를 들고 왔다.

주인집 여자가 물어볼 것이 있다며 오빠를 불렀다. 오빠가 나간 사이 나는 진아를 경멸 섞인 눈빛으로 쳐다보았다.

"너는 일 안 해?"

내가 물었다.

"안 해."

"언제까지 빌붙어 살 건데?"

진아는 페트병을 잘라 만든 재떨이에 카악, 침을 뱉었다. 찌든 물속에 잠긴 담배꽁초가 고인 연못 속에 처박힌 물고기 같았다.

"나 너희 오빠 사랑해. 평생 이렇게 살 거야."

열어놓은 창문으로 봄밤의 미지근한 바람이 불어왔다. 달착지근하고 촉촉하면서도, 가늠할 수 없는 어느 한구석에서 썩는 냄새를 풍기고 있는 봄밤의 바람.

"너 오빠랑 섹스도 해?"

나는 그녀를 빤히 보며 물었다. 진아는 젓가락으로 살빛이 탁해진 광어 살점을 쿡쿡 찔렀다.

"그게, 그렇게 중요해?"

그녀는 의연한 척 되물었다.

"둘이 안 하는 게 아니라 못하는 거면 중요하지."

진아는 비스듬히 눈을 들어 나를 노려보았다. 둘은 잠자리는커녕 손도 잡지 않았을 것이다. 그리고 앞으로도 계속 그러하겠지. 그것만은 분명히 확신할 수 있다.

그녀는 금방이라도 달려들 듯 사납게 숨을 몰아쉬었다. 나는 시선을 외면했다. 허리까지 내려오는 보라색 머리가 나를 밀어내는 경고색처럼 느껴졌다.

가방을 들고 방을 나섰다. 텅텅, 철제 계단을 밟는 소리가 어둡지 않은 밤의 허공을 울렸다.

잡채와 미역국이 올라온 아버지 생신상은 예년과 다를 데가 없었다. 이른 저녁을 먹고 케이크를 자르고 선물 증정식까지 마친 뒤 방으로 돌아왔다. 오랫동안 비어 있던 내 방은 여전히 보일러가 잘 돌지 않아 서늘했다. 엄마가 청소한 흔적이 보이긴 했지만 공기에는 희미한 먼지 냄새가 떠다녔다. 방 한가운데 우두커니 서 있으려니 낮에 박승안을 만났던 일이 꿈처럼 아득하게 느껴졌다. 엄마가 과일을 먹으라며 대장부 같은 목소리로 나를 불렀다.

"내가 니 오빠 태몽 꿨을 때 얘기 해줬던가?"

엄마는 사과를 깎으며 물었다. 나는 고개를 끄덕였다. 서랍장에 기대어 앉은 오빠는 심드렁한 얼굴로 주말 연속극을 보고 있었다.

"고거 참, 지금 생각해도 특이했어. 꿈에서 내가 벼랑 끝에 서 있는데, 한 발짝만 더 나가면 고대로 떨어질 거 같은 거야. 꿈에서도 식은땀이 뻘뻘 나고 몸이 덜덜 떨리더라. 근데 그 와중에도 어디서 달달하고 좋은 냄새가 나. 요렇게 고개를 빼고 내려다봤더니 저 밑으로 글쎄 새하얀 꽃밭이 끝도 없이 펼쳐져 있는 거야. 나도 모르게 그 밑으로 떨어지고 싶은 맘이 드는 걸 간신히 참고 있다가 잠에서 깼어. 깨자마자 오줌 지리지 않았나 싶어서 밑을 만져봤다는 거 아니냐."

엄마는 과도를 든 채로 낄낄 웃었다.

"그때 맡은 꽃냄새가 아직도 기억이 나. 난 그때 딸이 나올 줄 알았지."

스무 번도 더 들은 이야기였다.

"그에 비해서 니 태몽은 아들 같았어. 처음 보는 할미가 나와서 날 외양간으로 끌고 가더니 황소 새끼를 내주더라구. 데리고 가라고."

"하필이면 황소래, 둔해 보이게."

나는 사과를 집어먹으며 대꾸했다.

들을 때마다 느끼는 거지만 오빠의 태몽 뒤에 덧붙이듯 내 태몽 이야기가 이어질 때면 신비로움이 떨어져서 김이 빠지는 것 같다. 엄마는 벼랑 밑으로 출렁이는 꽃밭에 뛰어들지 못한 아쉬움은 습관처럼 되뇌었지만 황소 새끼의 생김새라든가 튼튼함, 털의 빛깔이나 윤기에 대해서는 언급한 적이 없었다.

"넌 요즘 만나는 남자 없냐?"

엄마가 은근슬쩍 물어왔다.

"없어."

나는 딱 잘라 대답했다. 재우의 얼굴이 스쳐가긴 했으나 괜히 이름을 꺼냈다가는 재우의 연봉이며 가족관계에서부터 사돈의 팔촌 직업까지 꼬치꼬치 신상조사 들어올 것이 뻔했다. 엄마는 시시하다는 듯 '그 나이 되도록 뭐하고 있다니' 하며 과도 끝으로 사과 한 조각을 푹 찔러 들었다.

"넌 사내새끼가 징그럽게 그게 뭐냐."

그때까지 잠자코 있던 아버지가 입을 열었다. 못마땅한 시선이 오빠의 귓불 피어스에 닿아 있었다. 벌써 수차례 나무랐음에도 볼 때마다 생각난 듯 피어스로 트집을 잡는 아버지도 끈질기지만 집에 와 있는 동안에만 잠깐 빼고 있으면 조용히 넘어갈 것을 굳이 달고 나타나는 오빠의 고집도 만만치 않다. 방안의 분위기가 불편해지자 엄마는 재빨리 화제를 바꾸었다. 채소 떼어다 주는 장씨의 두번째 부인이 집을 나갔다는 이야기였다.

"당장 못 빼?"

아버지의 목소리가 한 톤 더 높아졌다. 오빠는 서랍장에 기댄 채로 꿈쩍도 하지 않았다. 형광등 불빛에 드러난 피어스가 창백하게 빛났다.

"먼저 잘게요."

오빠는 부스스 일어나서 방을 나갔다.

"저놈의 새끼가 애비 말을 개똥으로 아나!"

뒤따라 나가려는 아버지를, 엄마가 말렸다.

매번 가족들이 모일 때마다 되풀이되는 장면이었다. 접시 위의 사과는 곧 시들시들하게 갈변했다.

샤워를 하려고 화장실에 들어서던 나는 발바닥에 느껴지는 움푹 팬 촉감에 아래를 내려다보았다. 문지방에 팬 엄지손가락만한 길이의 흠집. 내 발바닥이 기억하고 있는 낯익은 틈새였다.

샤워기를 들고 따뜻한 물이 나오기를 기다리며 거울을 들여다봤다. 날씨 탓인지 피부가 하얗게 일어났다. 거울 위로 금세 부연 김이 서렸다. 나는 콧속을 꽉 메우는 수증기 냄새를 맡으며 더운 물줄기에 몸을 맡겼다.

*

문지방에 홈이 파인 것은 내가 막 열여덟 살이 되었을 무렵이었다.

나는 한창 첫사랑에 빠져 있었다. 상대는 근처 고등학교에 다니는 한 살 위의 선배였다. 학원 복도에서 그를 처음 보았고, 나는 사레들린 듯 사랑에 빠졌다. 그는 만사에 무심해 보이는 얼굴이었다. 교복이 약간 헐렁헐렁해서 좀 실없어 보이던 나와 달리 선배는 몸에 꼭 맞는 교복을 입고 있었다. 떨어진 펜을 주우려 허리를 굽힐 때나 누군가가 부르는 소리에 흘끗 뒤를 돌아볼 때면 교복 셔츠 위로 몸의 실루엣이 고스란히 드러나 내 숨을 탁탁 막히게 했다.

나는 다섯 번을 고백했고 그중 네 번을 차였다. 첫번째 거절당했을 때는 생리 기간이라 턱에 난 뾰루지 때문일 거라고 생각했는데 그런 것도 아닌 모양이었다. 선배의 무심한 듯한 표정 때문인지 거절당해도 자존심이 상한다거나 모욕적이라는 기분이 들기보다는 그쪽이 워낙 반응 없는 사람이 아닌가 싶어 좀더 제대로 해보자는 분발심이 생기기까지 했다. 선배의 친구들을 포섭하여 그의 신체 사이즈에서부터 취향까지 샅샅이 조사하여 수첩에 적어 외웠고 그가 좋아한다는 여배우의 헤어스타일을 따라 하기 위해 앞머리를 기르기 시작했다. 스스로도 놀라울 만큼 근성 있는 집착이었다고 생각한다.

다섯번째 고백을 하던 날 저녁에는 비가 왔다. 나는 주홍색 우산을 들고 학원 앞 계단에서 선배를 기다리고 있었다. 습기 때문에 머리카락은 부스스해지고 교복 블라우스도 칙칙해 보였다. 계단 통로에 고인 축축한 건물 냄새를 맡으며 나는 거의 자포자기의 심정으로 서 있었다. 문이 열리는 소리가 들렸다. 발소리가 나기도 전에 센서는 통로에 불을 밝혔다. 이윽고 선배가 나타났다. 가슴이 뛰었지만 막상 다가가려니 그날따라 초췌한 몰골이 마음에 걸려 망설여졌다. 그는 건물 현관에 서서 우중충한 저녁 하늘을 올려다보았다.

"안 추워?"

나는 잠시 어리둥절했다. 선배가 내게 물어온 것이 맞나 싶어 주위를 두리번거리기까지 했다. 그러나 현관은 고요했으며 벽면에 붙은 소화전만이 붉은 빛을 내뿜고 있을 뿐이었다.

"이거 입든가."

선배가 입고 있던 남색 카디건을 벗어 내게 건넸다. 나는 조심스레 옷을 받아들었다. 두꺼운 책의 책장이 넘겨지는 것 같은 소리와 함께 그의 우산이 펼쳐졌다. 그는 부슬부슬 비가 내리는 골목을 돌아 사라졌다. 카디건 길이는 내 팔에 비해 한 뼘쯤 더 길었고 소매에는 보풀이 돋아 있었다. 수험생이라고 집에서 약을 달여 먹이는지 한약 냄새와 함께 옅은 땀냄새 같은 체취가 적당한 무게를 싣고 배어 있었다. 나는 어지럼증을 느끼며 비틀거리듯 집으로 돌아왔다.

당시의 오빠는 동네 비디오 대여점에서 일하고 있었다. 나는 한창 예민할 시기였고 여러모로 오빠와는 성격이 맞지 않는다고 생각하여 거의 대화를 나누지 않았다. 그에 비해 오빠는 성가실 정도로 내 주위를 맴돌았는데 그게 나를 더 질리게 만들곤 했다. 오빠는 놀라울 정도로 나에게 생긴 변화를 잘 감지했다. 그때에도 내게 남자친구가 생긴 것을 용케 눈치채고 슬쩍 떠보려는 눈치였으나, 나는 당연히 입도 벙긋하지 않았다.

선배와 나는 틈틈이 만났다. 고3이었던 그는 이따금씩 신경질적인 모습을 보이기도 했지만 항상 다정하게 대해주려 애쓰는 기색이었다.

만남이 두 달 가까이 지속되었을 무렵이었다. 그날도 언제나처럼 학원 수업이 끝난 뒤 그가 나를 집 앞 골목까지 데려다주던 길이었다. 한쪽 어깨에 메고 있던 가방을 반대쪽으로 바꿔 메던 선배가 걸음을 멈추었다.

우리는 남의 집 담벼락에 기대어 입을 맞추었다. 고르지 못한 담벼락에서 튀어나온 작은 시멘트 조각이 얇은 블라우스 너머로 등을 찔렸지만 개의치 않았다. 그의 숨결이 입안에 번져들었다. 나도 모르게 숨을 참았다.

감았던 눈을 막 뜨려는 순간, 선배가 비명을 지르며 나동그라졌다. 그의 얼굴이 있던 자리에 창백한 얼굴의 오빠가 나타나 있었다. 나는 영문을 모른 채로 잠시 멍하니 서 있었다. 오빠가 선배의 얼굴을 가격하기 시작했다. 책가방과 휴대폰 따위가 골목 길바닥에 떨어져 뒹굴었다. 수많은 소음이 있었던 그날 밤, 이상하게도 내 기억 속에 남은 유일한 소리라고는 선배 휴대폰의 액정이 오빠의 발에 밟혔을 때 났던 아주 작은 파열음뿐이었다.

선배는 전봇대에 부딪혀 찢어진 이마를 세 바늘 꿰매야 했다. 경찰서로 끌려간 오빠는 낯선 남학생이 나를 덮치고 있던 것으로 오해했다고 말했다. 엄마는 지난달에 타둔 곗돈으로 오빠의 합의금을 냈다. 집에 돌아온 아버지는 화장실로 들어가는 오빠를 향해 시계를 내던졌다. 문지방의 흠집은 그때 생겨난 것이었다.

나는 그뒤로 선배를 만날 수 없었다. 그의 집 앞과 동네 독서실 앞에서 기다렸지만 그쪽에서는 작정하고 피하는 듯했다. 경찰들은 오빠보다 체격이 좋던 남학생이 어째서 일방적으로 맞고만 있었는지 자기들끼리 우스갯소리를 주고받으며 의아해했다.

하지만 나는 선배를 이해할 수 있었다.

오빠의 폭력 속에는 검은 터널 같은 까마득함이 있다. 그 가까이로 손을 뻗는 것조차 꺼려질 만큼 막막한 어둠을 담은. 오빠의 호리호리한 체구 어디에서 그러한 폭력성이 솟아나오는지는 알 수 없었다. 다만 오빠가 폭발할 때마다 본인도 주체할 수 없을 만큼의 잔인성이 정체 모를 비린내처럼 주변을 압도한다는 것만은 여러 차례의 경험으로 잘 파악하고 있었다.

그 일이 있고 난 뒤 오빠는 나와 마주칠 때마다 고개를 숙인 채 흘끔거리며 눈치를 살폈다. 나는 오빠에게 화를 내지 않았다. 내색하진 않았지만 오빠의 존재가 조금 두렵게 느껴졌다.

*

일요일 저녁에 서울로 올라왔다. 진아와 오빠는 바로 올라갈 기미가 안 보였기에, 혼자 기차를 탔다. 차창에 머리를 기대고 잠든 채로 의정부를 지나쳤을 때쯤 전화가 걸려왔다. 박승안이었다.

"너 요리할 줄 아니?"

대화 도중 그가 뜬금없이 물었다.

"잘은 못해요."

"그렇구나."

"왜요?"

"작년엔가…… 갑자기 그게 궁금하더라고."

"뭐 생각날 만한 일이 있었나?"

"아니. 차에 기름 넣으러 가는 길이었는데 뜬금없이 궁금하더라고."

"뭐예요, 그게."

"내일 저녁에 뭐해?"

그와의 전화를 끊고 나는 다시 눈을 감았다.

그가 나를 데리고 간 곳은 그리스 음식점이었다. 저녁시간이었음에도 식당은 한산했다. 전체적으로 하얀색의 인테리어에 지중해를 떠올리게 하는 푸른빛 커튼이 창가에 드리워져 있었다. 창문마다 김이 서려 있었다. 에이프런을 두른 아르바이트생이 녹색 병의 코르크 마개를 열고 시원한 물을 따라주었다.

레몬즙을 뿌린 쌀죽이 나왔다. 정체 모를 드레싱을 얹은 샐러드에 이어 토마토 속을 파내고 양념한 다진 야채를 넣어 익힌 토마토찜과 가지로 만든 파이가 나왔다. 마지막으로 손바닥만한 구운 연어 요리가 날라져 왔을 때, 그는 와인을 두 잔 주문했다.

"전에는 좀더 잘 먹지 않았어?"

내 접시에 남겨진 연어 토막을 보고 그가 물었다. 입술에 와인 자국이 남아 있었다.

"좀 변했죠, 그때랑은."

나는 티슈로 입을 닦으며 부러 새침하게 대꾸했다. 그러자 그는 기분이 좋은 듯 소리내어 웃었다.

"누가 보면 십 년쯤 지난 줄 알겠다. 그래봤자 이 년인데. 그때나 지금이나 아직 어리구만 뭘."

"선생님도 변했잖아요. 그때는 나한테 어리단 말 안 했으니까."

그는 여전히 눈가에 웃음을 달고 남은 와인을 마셨다.

자리를 옮긴 곳은 식당 근처의 지하 호프집이었다. 테이블은 많지 않았지만 네온으로 만든 장식품들이 곳곳에 걸려 있고, 색색의 맥주병으로 스탠드바를 장식해놓은 것이 꽤 공들여 꾸민 눈치였다. 뚱뚱한 중년의 바텐더가 유리잔을 닦다 말고 와서 주문을 받았다. 박승안은 맥주와 마른안주를 주문하고 담뱃갑을 꺼내 테이블 위에 올렸다.

"참!"

그가 생각났다는 듯 입에 물었던 담배를 내려놓았다.

"이거 선물. 작년에 산 거야. 기름 넣으러 갔다가."

그는 아까부터 들고 다니던 쇼핑백을 내밀었다. 쇼핑백에 담긴 상자 속에서 나온 것은 검은 바탕의 흰색 줄무늬 구두였다. 나는 말없이 구두를 내려다보았다.

"보고 싶었어."

그가 싱긋 웃으며 말했다.

"저, 그런데요."

나는 상자를 닫고 입을 열었다. 찬 병맥주와 유리그릇에 담긴 마른안주가 나왔다. 같은 색깔의 목도리를 두른 한 쌍의 남녀가 가게문을 열고 들어섰다. 찬바람이 왈칵 흘러와 무릎 위를 훑고 지나갔다.

"구두가 너무 촌스럽네요."

"……좀 그렇지?"

"그러네요."

"아무튼 간에."

그는 테이블 귀퉁이에 놓인 바구니에서 성냥을 꺼내 만지작거렸다.

"보고 싶었어."

관측소, 혹은 옥탑방

날씨가 많이 풀렸다. 작년에 산 트렌치코트를 꺼내 입었다. 버스를 타고 홍대입구역으로 향하며 눈에 띄게 상쾌해진 봄 거리를 차창 밖으로 내다보았다. 주말 거리의 사람들은 하나같이 들떠 보였다. 버스가 신호에 걸려 멈추고 한 무리의 사람들이 길을 건넜다. 그 틈에서 커다란 케밥을 들고 울상을 짓는 여자가 눈에 띄었다. 보통 크기의 두 배쯤 되는 케밥은 속이 전부 헤쳐져서 양념이며 고깃덩어리가 바닥으로 뚝뚝 떨어지고 있었다. 옆에는 남자친구로 보이는 파란 패딩조끼의 남자가 서 있었다. 서 있는 모양새를 보아하니 아마 만난 지 얼마 안 된 사이인 듯했다. 둘은 케밥을 차마 버리지도 못하고 어쩔 줄 몰라하며 막 깜빡이기 시작한 신호등 불빛을 초조하게 바라보았다. 그 때였다. 남자의 얼굴에 결연한 표정이 스쳐지나가더니, 케밥을 든 여자의 손을 잡아 자기 쪽으로 끌어당겼다. 그리고 쩍 벌어지는 남자의 입을 본 순간, 나는 '히야!' 하고 감탄사를 내뱉었다. 여자의 얼굴만하던 케밥이 반으로 줄어들어 있었다. 남자는 얼굴이 달아오른 채로 입을 씰룩거리며 케밥을 씹고 있었고, 여자는 웃어야 할지 미안해해야 할지 모르겠다는 표정으로 남자를 쳐다보고 있다가, 한 발짝 가까이 다가서서 남자의 등을 두드려주기 시작했다. 사람의 입이 저렇게까지 커질 수 있다니 저건 사랑의 기적이다, 중얼거리는 사이 버스는 다음 정거장을 향해 출발했다.

재우는 지하철역 입구에 서 있었다. 오늘은 재우네 선배가 참여했다는 광고 이미지 기획전을 보러 가기로 했다. 재우가 버스에서 내리는 나를 발견하고 여유만만하게 웃으며 손을 흔들었다.

전시회가 열리는 갤러리는 홍대 앞에서 한참 떨어진 건물 이층에 자리하고 있었다. 홍대입구역에서 두 정거장쯤 더 지나서 만나는 편이 빨랐을 뻔했다. 구두를 신고 오래 걷다보니 슬슬 불편해진데다가 봄바람이 앞머리를 흐트러뜨리는 탓에 자꾸 신경이 쓰였다. 나는 입을 굳게 다문 채 걷기만 했다. 재우도 나름의 생각에 잠겨 있는 듯 말이 없었다. 어느 틈엔가 우리는 북적이는 거리를 빠져나와 한적한 보도블록을 따라 걷고 있었다.

"케밥 좋아해?"

내가 물었다.

"케밥? 있으면 먹지. 전에 몇 번 먹지 않았나?"

"한입에 다 먹을 수 있어?"

"그걸 어떻게 한입에 먹어."

재우가 웬 엉뚱한 소리냐는 듯 웃으며 대꾸했다.

"역시."

"근데 케밥은 왜? 배고파?"

나는 설렁설렁 고개를 저었다. 맞은편 건물 입구에 이미지 기획전을 알리는 현수막이 펄럭이고 있었다. 우리는 신호등이 없는 횡단보도를 건넜다.

기획전에 전시된 작품 수는 생각보다 얼마 되지 않았다. 나는 고전 영화 포스터를 패러디한 작품이 인상적이었지만 다른 사람들은 별로 눈길을 주지 않는 듯했다. 재우가 선배와 인사를 나누는 사이 나는 갤러리 밖 계단 창가에 붙어 서 있었다. 계단참에는 옅은 담배 냄새가 떠다녔다. 열린 창문 틈으로 바람이 불어와 다시금 앞머리를 흐트러뜨렸다. 건물 뒤편으로 작은 교회가 내려다보였다. 낡은 그네와 미끄럼틀, 등나무 벤치가 놓인 앞뜰에서 어린아이들 몇이 모여 놀고 있었다.

"같이 얘기하지, 왜 뻘쭘하게 혼자 서 있어."

이윽고 갤러리 밖으로 나온 재우가 나를 슬쩍 건드리며 말했다. 우리는 양념을 한 가지 빠뜨린 것처럼 싱거운 전시회를 뒤로하고 계단을 내려왔다.

얼마 전부터 재우가 카레를 먹고 싶다고 노래했기 때문에 홍대역 근처로 돌아가 카레집을 찾아보기로 했다. 우리는 역에 도착하여 이십 분 넘게 헤맨 뒤에야 카레와 돈가스를 함께 파는 전문점을 발견할 수 있었다. 나는 연두색 간판의 카레집 앞에서 걸음을 멈추었다. 막 문을 열고 들어서려던 재우가 힐끗 뒤를 돌아봤다.

"안 들어오고 뭐해?"

나는 트렌치코트 주머니에 두 손을 넣고 선 채로 별에 눈을 찡그렸다.

"카레는 너 혼자 먹어라."

"왜 또."

"너는 케밥도 한입에 못 먹잖아."

"뭐가 마음에 안 들어서 그래?"

재우는 내 쪽으로 돌아서며 달래듯 말했다. 나는 재우가 마치 내 행동 패턴을 뻔히 꿰뚫고 있다는 식으로 행동하는 게 우스웠다.

"헤어져."

내가 말했다. 지나가던 여자애들이 우리 쪽을 돌아보았다. 재우는 잠시 나를 물끄러미 쳐다보더니 내 팔꿈치를 잡아, 가게 입구에서 비켜난 곳으로 끌어당겼다.

"왜?"

"나 이번에 입사 지원한 거 또 떨어졌어."

"근데?"

"난 백수고 넌 직장인이잖아. 헤어져."

재우는 내 의중을 헤아리려는 듯 지그시 내 두 눈을 들여다보다가 고개를 짧게 끄덕였다.

"다른 이유는?"

"나 만나는 사람 있어."

"……잠깐. 어디 들어가서 얘기하자."

"그냥 여기서 해."

커피숍을 찾아 두리번거리던 재우가 한숨을 내쉬었다.

"그게 다야?"

"응."

나는 말해놓고도 좀 지나치다 싶을 정도로 명쾌하게 대답했다. 재우는 허리에 손을 얹은 채 잠시 길바닥을 내려다보았다. 납작해진 스피아민트 껌 포장지가 바닥에 뒹굴고 있었다.

"그런 거로 헤어질 필요 없어. 괜찮아."

재우는 마른기침을 두어 차례 내뱉은 뒤 말을 이었다.

"나도…… 만나는 사람 있어."

재우와 헤어진 뒤 나는 신촌까지 걸어가서 좋아하는 만두를 포장했다. 신호 때문에 버스 한 대를 놓쳐, 한동안 기다린 후에야 다음 버스에 탈 수 있었다.

항상 재우를 생각하면 드넓은 풀장이 떠올랐다. 초여름 아침 사람이 없는 풀장. 파랗게 흔들리는 물결 위로 눈부신 햇빛이 쏟아지고 이따금씩 산산한 바람이 불면 어깨와 등의 살갗이 오소소 일어나기도 하는 풀장. 소독약 냄새를 품은 공기가 이상하게 마음을 들뜨게 하고, 어디선가 날아온 연둣빛 나무 이파리가 수면 위로 떨어져 부드럽게 둥실거리는 오전의 풀장. 기분이 좋을 때나 심란할 때 수영복을 챙겨 찾아가면 풀장은 나만이 드나들 수 있는 문을 활짝 열어놓은 채 그 자리에 있었다.

그때 나는 미처 몰랐던 것이다. 사람들이 꼭 문으로만 드나드는 것은 아니라는 사실을. 풀장 속에 뛰어들기로 마음만 먹는다면 그깟 담을 뛰어넘는 것은 식은 죽 먹기일 터였다.

나는 다운받은 드라마를 보며 만두 두 상자를 먹어치웠다. 코트 주머니 속에서 휴대폰이 울렸다.

—집에 잘 들어갔어?

재우의 메시지였다. 나는 천천히 답장을 보냈다.

—응 무사히 도착. 만두 두 상자 해치움.

—난 배고프다. 밥 먹고 연락할게.

바닥에 드러누웠다. 이건 어딘가 잘못되었다, 비정상적인 연애다, 하는 생각이 들었다. 자리에서 일어나 인터넷 검색창에 '정상'이라는 단어를 쳐보았다. 뜻풀이가 너무 많았으므로 그만두고 다시 바닥에 드러누웠다.

우리가 서로의 또다른 연인을 묵인하는 것은 남들보다 쿨하다거나 함께 보낸 시간에 대해 지독한 미련을 갖고 있기 때문은 아니다. 그저 서로를 잘 안다고 생각하기 때문이다. 때때로 누군가를 안다는 착각은 넓은 아량을 베풀 수 있게 해주기도 한다. 서로에 대한 환멸을 견뎌내는 것이 위로가 될지 후회로 남을지는 모르는 일이지만 그것이 지금의 우리가 할 수 있는 유일한 소통의 방식이라는 것만은 분명하다.

다시 눈을 뜬 건 현관문을 두드리는 소리 때문이었다. 낮잠에서 깨어난 나는 꼭지가 떨어진 토마토처럼 누워 멍하니 천장을 올려다보았다. 어느새 여섯시가 훌쩍 넘어 있었다.

"전화도 안 받고, 뭔 일 있는 줄 알았잖아."

현관문을 열자마자 오빠가 성큼 들어섰다. 새삼스럽게 웬 걱정이야, 한마디 해주려고 했지만 귀찮아져서 화장실로 향했다.

오빠는 엄마가 보내왔다는 찬거리들을 식탁 위에 올려놓았다. 시큰둥하던 나는 양념게장도 있다는 말을 듣고 금세 표정을 풀었다. 오빠는 중요한 할 얘기가 있는 듯 식탁 의자에 걸터앉아 손으로 턱을 매만지고 있었다. 나는 쇼핑백 속의 반찬들을 꺼내 게장이 담긴 플라스틱

통을 찾아냈다.

"너 요즘도 그 사람 만나지?"

오빠가 슬쩍 나를 쳐다보며 물었다. 손가락으로 게장 양념을 찍어 먹던 나는 태연스럽게 냉장고로 향했다.

"누구?"

"그 강사라는 사람."

"뭐야, 나 스토킹하니?"

나는 반찬통들을 냉장고 속에 차곡차곡 집어넣었다. 텅 비어서 스산한 느낌까지 주던 냉장고가 그제야 활기를 띠고 돌아가는 듯했다. 오빠는 식탁 표면을 손끝으로 탁탁 두드리며 잠시 망설이는 눈치였다.

"얼마 전에 우연히 봤어."

"잘못 본 거야."

나는 딱 잘라 대답했다. 또 대충 넘겨짚어 떠보려는 심산이겠지. 요근래에는 서로 시간이 잘 맞지 않아 학교 주변에서 만난 적이 없었다. 그보다도 그가 강의를 나가는 다른 학교 인근의 번화가나 아예 시내에서 떨어진 한적한 곳을 찾아다녔다.

"아니야. 그 사람 맞아. 그저껜가 업소 사람들하고 회식하러 가던 길에 봤어."

오빠는 기억을 돌이키려는 듯 윗입술을 아랫입술로 지그시 누르고 있다가 말을 이었다.

"곱창 골목에 어떤 여자랑 있더라. 여자가 울고 있는 걸 안아서 달래주고 있던데."

순간, 밤늦은 시각 곱창 골목을 떠도는 기름 냄새와 왁자지껄한 사람들의 입에서 흘러나오는 소주 냄새, 사람들의 잇새에 낀 상추 쪼가리, 지글거리며 기름에 곱창을 볶아대는 소리, 손잡이에 양념이 눌어붙은 지저분한 팬 따위가 두서없이 머릿속을 스치고 지나갔다.

"그쪽에서도 날 봤어. 알은체하려는 거 같긴 했는데."

오빠는 말을 멈추고 나를 살폈다. 냉장고 앞에 엉거주춤 서 있던 나는 얼른 뒤돌아서서 전기밥솥을 열어보는 체했다. 깜빡 잊고 코드를 뽑아놓은 밥솥에는 반 공기가 채 못 되는 밥 덩어리가 식어 있었다.

"그때 여자가 그 사람을 때리더라고. 뺨 두어 대 때리는 것도 아니고, 무자비하게 패는 거야. 핸드백을 휘두르고, 구두로 걷어차고. 그 사람은 꿈쩍도 않고 맞기만 하는 걸, 식당 사람들이 나와서 말리더라."

말라붙은 밥알을 보며, 나는 심장이 찬밥 덩어리마냥 가슴속을 굴러다니는 것 같은 착각이 들었다. 갑자기 느낀 허기와 함께 슬그머니 떠오른 것은 충격이라든가 우울, 슬픔 같은 감정이 아니었다. '오늘 재수 더럽게 없는 날이네' 싶은 생각뿐이었다.

나는 딱딱해진 밥 덩어리를 손끝으로 만지작거리며 다시 되뇌었다. 이런 날은 얼른 씻고 일찍 자야 해.

오빠는 더 하고 싶은 이야기가 남은 듯했다. 괜히 휴대폰을 들었다 놨다 하고, 예전과 다름없는 집안 인테리어에 대해 시답잖은 소리를 하며 말을 끌었다.

"계속 만날 거야?"

"오빠랑은 상관없잖아."

"……그럼 이렇게 하자."

오빠는 처음부터 작정하고 온 말을 꺼내려는 듯 결연한 표정으로 입을 열었다.

"난 솔직히 그놈이 어떤 놈인지도 모르겠고, 마음에 안 들어. 너 그놈 계속 만날 거면, 일단 내가 제대로 한번 봤으면 싶어."

"무슨 헛소리야."

"네가 알아서 자리 만들어. 저녁이든 술이든. 약속 이틀 전에 미리 말해주고. 그래야 비번을 신청하니까. 그 자식 내가 볼 땐 좀 위험한 데가 있는 것 같아."

"싫다면?"

나는 빈정거리며 물었다. 오빠는 자리를 털고 일어나더니 신발을 꿰어 신었다.

"그땐 집에다 상의하는 수밖에. 그러잖아도 요즘 어머니가 네 걱정 많이 하던데. 갈게, 문 잘 잠그고."

문이 닫혔다. 오빠의 뒷모습을 향해 소리를 지르려던 나는 입을 다물었다. 입안에 게장 양념의 비릿한 맛이 남아 있었다. 쌀을 씻어 전기밥솥에 안쳤다. 밥이 익기를 기다리며 게를 두 토막이나 먹어치웠다.

오빠가 끼어들면 내 인생은 엉망이 된다. 늘 그래왔고 앞으로도 그럴 것이다. 오빠도 분명 그 사실을 알고 있을 텐데, 끊임없이 내 주위를 맴도는 것은 아무리 생각해도 고의적인 훼방이라고밖에는 생각할 수 없다.

박승안의 일만 해도 그렇다. 그가 얻어맞은 곳이 곱창 골목이든 횟집 골목이든, 차라리 아예 듣지 않았으면 좋을 얘기였다. 지금의 나는 그에 대해 속속들이 알고 싶은 마음도 그리할 여유도 없다. 오히려 그를 향한 애정에 맹목적이었던 과거의 내가 부럽다.

그의 구겨진 옷자락과 헝클어진 머리칼, 피로한 눈가에 어려 있는 무기력함, 허세와 자조, 불안감과 과시욕, 과다한 자기애가 노출시키는 비굴함, 정체를 알 수 없는 여러 가지 결핍. 그러한 것들이 있는 그대로 눈에 띌 때마다 나는 어느 틈엔가 그를 경멸하고 있는 스스로를 발견하게 되었다. 그렇다고 해서 그를 쉽게 저버릴 수 있게 되었는가 하면 그렇지도 않다. 오히려 아무것도 보지 않으려 했던 과거보다 더 많은 종류의 감정들이 진득하게 달라붙어버렸다. 연민이라든가 당신도 평범한 인간이구나, 하는 데서 비롯되는 안심 같은.

금요일의 저녁식사 자리에는 진아까지 동참했다. 모두들 고기를 구워먹기 바쁜 와중에 혼자 된장찌개에 밥을 말아 먹은 오빠는 식사 내내 못마땅한 기색이 역력했다. 진아는 여느 때처럼 일찌감치 술에 취해 실없는 소리를 해댔고 박승안과 오빠 사이에 대화는 거의 이루어지지 않았다. 처음에는 그에게 미안한 마음이 들었던 나도 식사 중반쯤이 되자 자포자기의 심정이 되었다. 이런 자리가 될 것을 뻔히 알면서 박승안을 보겠다고 고집을 피운 오빠가 한심했다.

박승안이 계산서를 들고 일어서자 오빠는 자기가 계산을 하겠다고 했다. 그러나 박승안이 괜찮다며 지갑을 꺼내자, 오빠는 '그럼 그러시든가' 하는 표정으로 박하사탕을 집어 입에 넣더니 식당 밖으로 휙 나가버리는 것이었다. 식사 제안을 한 것은 본인이면서 그렇게 뻔뻔스러울 수가 없는 행동이었다. 내가 조용히 노려봤지만 오빠는 외면했다. 나는 박승안에게 낯부끄러워져 한시라도 빨리 그를 끌고 자리에서 벗어나고 싶어졌다.

식당 밖으로 나와 슬슬 파장 분위기를 만들려 할 때였다.

"저희 집이 바로 앞인데, 술 한잔 더 하시죠."

오빠가 불쑥, 박승안에게 제안했다. 그는 나를 잠깐 돌아보더니 흔쾌히 고개를 끄덕였다.

"좋죠."

술에 취한 진아가 손뼉을 치며 날뛰었다.

"나 기가 막힌 찌개 끓일 줄 아는데!"

때 이르게 입고 나온 그애의 얇은 치마가 바람에 휘날렸다. 보라색과 연두색의 자잘한 꽃무늬가 새겨진 여름 치마였다.

오빠가 앞장서고 박승안이 그 뒤를 따랐다. 나는 재빨리 박승안의 옷깃을 잡았다. 그가 내 어깨를 두드리며 괜찮다는 듯 웃어 보였다. 골목 앞 슈퍼에 다다랐을 때 진아가 걸음을 늦춰 내 곁으로 다가붙었다.

"우린 안줏거리 좀 사갈게요. 먼저들 가 있어."

오빠는 무언가에 골이 난 사람처럼 뒤도 돌아보지 않고 골목 안으로 들어갔다. 박승안은 손가락 사이에 끼운 담배의 재를 털며 오빠 뒤를 따라갔다. 진아가 슈퍼로 들어가 술을 꺼내고 봉지에 든 땅콩이며 양파 과자, 끈에 꿰인 마른오징어를 골라 빼드는 동안 나는 밖에 우두커니 서 있었다. 슈퍼 밖 선반에는 텅 빈 선물용 주스상자들이 부연 먼지를 뒤집어쓴 채 진열되어 있었다. 계산대 앞에 서 있던 진아가 문을 열고 나를 불렀다.

"그 사람은 담배 뭐 피워?"

검은 비닐봉지 속의 술병이 맞부딪쳐 쟁강거렸다. 골목 저 안쪽 주택 옥상 위에 환하게 불을 밝힌 옥탑방이 올려다 보였다. 멀리 보이는 작은 옥탑방은 마치 전구를 넣어놓은 사과궤짝 같았다. 앞서 걷던 진아가 돌연 걸음을 멈추었다. 그애는 고개를 한껏 젖혀 밤하늘을 올려다보았다.

"가끔 보면 밤하늘이 꼭 물속 같지 않니? 누군가 방금 휘저어놓고 지나간 웅덩이 같은 거. 별도 잘 안 보이고 말이야. 난 밤하늘 볼 때마다 생각해. 기다리자, 기다리자, 하고. 시간이 지나고 흙모래가 가라앉으면 물이 맑아지겠지. 그럼 별도 더 잘 보일 테니까."

오래전 하늘이 둥근 돔 모양으로 생겼다고 믿었던 시절이 있다고 한다. 그중에는 하늘이 액체로 이루어져 있다고 생각했던 사람들도 있었다. 그들은 하늘이 높은 대기압 때문에 강물처럼 흐르지 못하고 있으며, 별들은 고요한 바다 위의 배처럼 그 위를 미끄러져가고 있다고 믿었다. 그 이야기를 들었을 때, 나는 언젠가 교양 수업에서 들은 적이 있는 고대 전설을 떠올렸다. 전설 속에는 천상의 바다로 향하는 길을 알고 있는 새들이 등장했다. 필기를 멈추고 책상을 톡톡 두드리고 있는데 이어 엉뚱한 기억이 머리를 스치고 지나갔다. 열네댓 살 무렵이었을까. 우리집에 놀러온 친구 한 명이 막 샤워를 마치고 나온 오빠를 보고는 내 귀에 입을 바짝 붙여 '니네 오빠 꼭 고니 같다'고 속삭였다. 허리에 수건을 두른 오빠는 귓속의 물을 털며 방안으로 들어갔다.

고니, 순백색의 겨울새. 누군가 하늘에 그어놓은 칼자국 틈으로 천상에서부터 떨어져나왔을 것만 같은 우아한 날짐승. 그런 새랑……

"닮았을 리가 없잖아!"

나는 친구 등을 떠밀다시피 하며 내 방으로 들어갔었다.

진아를 앞질러 걸었다. 진아는 뛰듯이 쫓아오더니 차가운 손을 내 어깨 위에 얹었다.

"그런데 물이 맑아지기도 전에 항상 아침이 먼저 와. 분해."

오빠와 박승안은 옥탑방에서 무슨 이야기를 나누고 있을까. 아마도 오빠는 샅샅이 탐색해내겠다는 기세로 박승안을 노려보고 있을 테고 그는 오빠를 아랑곳하지 않은 채 집안의 살림살이들을 휘휘 훑어보며 까닭 없이 만족스러운 표정을 짓고 있겠지.

"너희 오빠 몸속엔 별난 피가 흐르는 거 같아."

진아는 술병이 든 봉지를 다른 손으로 바꿔 들며 말했다.

"전에는 내가 오빠한테 심하게 빽간 거라고만 생각했는데 요즘은 다른 생각이 들어. 왜, 어른들이 여우에 홀렸느니 어쩌니 하는 것처럼 말야, 너희 오빠한테 홀린 거라고."

혼잣말처럼 중얼거린 진아가 잠시 간격을 두고는, 멍한 표정으로 같은 말을 반복했다.

"사람을 홀리는 데가 있어. 정말……"

진아는 칠이 벗겨진 대문을 열었다. 날카로운 마찰음이 공기를 가르고 사라졌다.

"별난 피 때문일까."

옥탑방의 술자리는 새벽 두시까지 이어졌다. 진아는 도중에 이불더미 위에 엎어져 잠이 들었고 술 마시는 게 따분해진 나는 철 지난 잡지책을 뒤적였다. 오랜만에 술을 마신 오빠의 얼굴은 붉게 달아올라 있었다. 그와 오빠 사이에는 서로 대화를 나누는 시간보다 침묵이 흐를 때가 더 많았으나 둘은 신경전이라도 하듯 자리를 파하자는 말을 먼저 꺼내지 않았고 술자리는 끈질기게 계속되었다. 잠들어 있던 진아가 화장실로 뛰어가 속을 게워내는 바람에 자리는 간신히 정리되었다.

여의도에는 벚꽃이 만발했다. 우리는 북적이는 사람들 속에 섞여 횡단보도를 건넜다. 길가를 따라 벚나무들이 줄지어 서 있었다. 하지만 예상했던 것처럼 굵은 줄기의 아름드리 벚나무들은 아니었다. 키가 작고 야윈 듯한 벚나무들은 영 유약해 보였고, 봄바람이 불 때마다 잔기침을 하듯 가지를 가늘게 떨며 꽃잎을 떨어뜨렸다. 하지만 지평선 너머로 끝없이 이어진 듯한 도로를 따라 빽빽하다고 해도 좋을 만큼 많은 벚나무들이 서 있었기 때문에 멀리서 보면 길가가 온통 풍성한 연분홍빛으로 보였다. 우리는 왼쪽으로는 벚나무를, 오른쪽으로는 솜뭉치 같은 오리 두어 마리가 떠다니고 있는 한강을 보며 걸었다. 짭조름한 번데기 냄새와 솜사탕 단내, 탑탑하고 고소한 뻥튀기 냄새에 섞여 날아든 봄철의 먼지가 손목과 목덜미에 소리없이 부드럽게 달라붙었다.

한강 가의 매점 모서리에 매달린 공룡과 다람쥐 모양의 헬륨 풍선이 서로의 끈을 휘감은 채 하늘 위를 둥둥 떠다니고 있었다. 어린아이들은 기다란 막대 끝에 매달린 플라스틱 나비를 바닥에 굴리며 뛰어다녔다. 바퀴가 굴러갈 때마다 날개가 탁탁 소리를 내며 접혔다.

"벌써 4월이다."

그가 내 어깨에 팔을 감은 채 말했다.

우리는 둑에 앉아서 강물을 바라보며 쉬었다.

"다시 태어나면 뭐가 되고 싶어요?"

나는 그의 몸에 기대어 물었다. 그는 한 치의 망설임도 없이 대답했다.

"도토리묵."

"왜요?"

"맛있잖아."

아몬드 모양의 헬멧을 쓴 남자가 경주용 자전거를 타고 우리 곁을 스쳐갔다. 윙, 하는 자전거 바퀴의 회전음이 마치 살아 있는 나비의 날갯짓 소리처럼 가늘게 귓전을 울렸다.

"넌 뭐가 되고 싶은데?"

"난 숫자로 태어나고 싶어요."

"숫자?"

"응."

그는 한쪽 팔을 뻗어 노를 젓듯이 휘저으며 기지개를 켰다.

"그럼 이렇게 하자."

그가 나른하게 강물을 바라보며 말했다.

"다시 태어나면 같은 숫자로 태어나자."

"우리 둘이 하나의 숫자로?"

"그렇지."

"좋네요."

그날은 4월 7일이었다.

유람선의 식당에서 내가 잠깐 자리를 비웠다가 돌아오는 사이, 그가 내 가방 속에 무언가를 넣어두는 모습을 보았다. 그와 헤어지고 집에 와서 가방을 열었을 때 가방 깊숙한 곳에서 네모반듯한 하얀색 봉투를 발견했다. 나는 가방을 그대로 놓아둔 채 양치를 했다.

언젠가 고깃집 '한계령'에서 그와 함께 보았던 여자를 떠올렸다. 나와 그를 돌아보며 머뭇거리다 집으로 돌아갔던 여자.

얼굴은 생각나지 않았다. 약간 뭉친 마스카라, 산 지 얼마 안 된 듯 몸에서 겉돌던 투피스, 바투 깎은 손톱, 덜 손질되어 뻗친 머리칼, 샐러드를 먹으려고 입을 벌릴 때마다 도드라지던 입술 위의 마른버짐 같은 것들만 기억에 남아 있었다.

애써 공통 화제를 찾기 위해 작은 화젯거리에도 유난스레 맞장구를 치던, 이마 위의 머리칼이 기름져 갈라진 것은 알아채지 못하고 이따금씩 그가 말을 걸면 눈을 크게 뜨고 예쁜 얼굴을 해 보이려던, 청양고추를 먹고 얼굴이 붉어져 손부채질을 하다가 눈이 마주치자 인중에 땀을 매단 채로 민망한 듯 웃던 여자.

봉투를 꺼냈다. 그의 이름 옆쪽으로 얌전히 벗어놓은 한 켤레 구두처럼 여자의 이름이 적혀 있었다. 외자라 흔치 않은 이름.

보름 후의 날짜로 예정된 결혼식을 알리는 그의 청첩장이었다.

장 보는 시간

"에이, 이러는 법이 어딨어. 환영회 자린데."

눈에 띄게 반듯한 자세를 고수하던 남자 사원은 술이 좀 들어가자 눈웃음을 지으며 옆자리에서 떨어질 줄을 몰랐다.

"죄송해요. 급한 일이 생겨서."

나는 가방까지 빼앗으며 못 가게 하려는 다른 직원으로부터 가까스로 가방을 끌어당겨 테이블을 빠져나왔다. 평일 오후 인턴을 뛰기로 한 중소기업 사무실에는 기껏해야 나보다 두어 살 많은 사원들이 정직원으로 근무하고 있었다. 그들을 보는 것만으로도 속이 갑갑해지는데 윗사람들이 빠져나간 술자리에서 사내 생존법이니 뭐니 가르쳐준답시고 거들먹거리는 것을 마주하고 있자니 속이 뒤집힐 지경이었다.

버스에 올라타기 무섭게 휴대폰이 울렸다. 전화를 받는 대신 전원 버튼을 눌러 꺼버렸다. 돌아가는 길은 차가 밀렸다. 차창에 머리를 부딪치며 졸던 나는 안내 방송을 듣고 눈을 떴다. 피로 때문인지 저녁으로 먹은 전골 탓인지 어디선가 바다 짠내가 풍기는 듯한 착각이 들었다. 몸속에 굵은소금이 가득찬 인형처럼 걸을 때마다 서걱거리는 소리가 나는 것 같았다. 나는 편의점에 들러 차가운 재스민 음료를 사 마셨다.

내일 아침에 먹을 크림빵이 담긴 봉지를 부스럭거리며 계단을 올랐다. 센서가 고장나 어두운 층계참을 지나는데, 복도 쪽에서 인기척이 느껴졌다.

"왜 전화를 안 받아."

현관문에 기대어 앉아 있던 그가 부스스 몸을 일으키며 말했다. 오래 앉아 있었던 모양인지 뼈마디 꺾이는 소리가 울렸다. 어둠 속에서 헝클어진 그의 머리카락이 눈에 들어왔다. 술냄새가 훅 끼쳤다.

그는 내 침대에 걸터앉아 컵라면을 먹었다.

화장을 지우고 샤워를 마치고 나왔을 때 그는 침대 한쪽에 웅크린 채 잠들어 있었다. 나는 질감이 되직한 크림을 왼쪽 뺨에서부터 천천히 펴 발랐다. 바닥에 이불을 깔고 눕자 온몸에 피로가 밀물처럼 몰려왔다. 아까부터 코끝에 맴돌던 짠내가 정수리까지 차올랐다. 고요한 어둠 속에 냉장고 돌아가는 소리가 울렸다. 피곤함에도 불구하고 침대 위에서 들리는 그의 숨소리 때문에 한참을 뒤척이던 나는 서서히 가수면 상태에 빠졌다. 잠든 줄 알았던 그가 조용히 침대 밑으로 내려왔다. 그는 손을 뻗어 내 목을 쓰다듬었다.

"자?"

나는 대답하지 않았다.

"오 년만 젊어졌으면 좋겠다."

그가 내 귀를 어루만지며 중얼거렸다.

결혼한다는 사실을 알았을 때 분명 그를 향한 배신감과 분노를 느꼈다. 그러나 나는 한편으로 그의 결혼에 대해 이상하리만치 안심하고 있는 스스로를 발견했다. 그에게 애정을 느끼고 있으면서도, 무언가가 강압적으로 끼어들어 그와의 인연을 그만 차단시켜주었으면 좋겠다는 아이러니한 바람이 있었던 것이다.

다음날 아침 눈을 떴을 때, 침대는 비어 있었다.

뷔페 음식은 다양하고 싱싱했다. 뷔페 중앙에는 부리를 맞대고 있는 고니 두 마리의 얼음 조각상이 장식되어 있다. 작년에 사두고 입을 일이 없어 옷장 속에 모셔두었던 원피스는 허리가 약간 꼈다. 나는 벽에 붙은 거울 너머로 박승안과 신부의 움직임을 좇았다. 둘은 피로연 자리를 돌고 있었다.

나는 포크로 접시에 담긴 음식을 깨작거렸다. 홍합찜과 봉골레 스파게티, 초고추장을 뿌린 연어회 두 점과 나박김치, 나박김치에서 흘러나온 김칫국물로 축축하게 젖은 김밥, LA갈비 두어 점이 거의 손대지 않은 채 남아 있었다.

오빠는 디저트 코너에서 카스텔라를 집어담고 있다. 업소 사람에게서 빌렸다는 검은 슈트가 오빠의 덩치보다 커서 몸을 초라해 보이게 만들었다. 그래도 진아까지 따라오지 않은 게 천만다행이었다.

약 두 시간 전 박승안과 나는 고층에 위치한 결혼식장 몇 층 밑의 비상구 계단에서 만났다. 그는 피로한 얼굴로 투정 부리듯 나를 끌어안았다. 그의 예복 셔츠 깃에서 좋은 냄새가 났다. 그가 다가와 입을 맞추었다. 나는 조금 어리둥절했지만 이내 그의 몸에서 풍겨오는 향긋한 냄새에 눈을 감았다.

"다음 주말에는 같이 바닷가에 가자."

한적한 서울 외곽으로 나가서 장어구이나 한방삼계탕 같은 거 먹고 별 볼 일 없는 강가 아니면 산언저리나 어슬렁거리게 될 게 뻔하지. 칸막이 쳐진 민속주점에서 막걸리에 파전이나 찢어 먹으며 어두워지길 기다리다가, 그뒤엔 어쩌겠어? 보나마나 근처 모텔로 기어들어가는 거지 뭐. 자가용 번호판 가려놓고 말이야. 야, 삼류 드라마가 따로 있는 줄 알아? 눈 한번 깜빡하면 니가 주인공이야. 너 설마 그게 낭만이라고 생각할 만큼 정신이 나간 건 아니겠지?

며칠 전 술에 취한 진아가 지껄이던 말이 머릿속을 스치고 지나갔다. 나는 쿡쿡 웃었다. 그가 의아한 눈으로 나를 쳐다보았다. 통유리창 너머로 비친 햇빛이 그의 뺨 위에 드리워졌다. 나이에 어울리지 않게 고운 뺨을 보자 나는 처음으로 그의 수업에 들어갔던 날이 떠올랐다. 강의실 안에 고여 있던 3월 초의 쌀쌀한 공기와 햇빛 속에 부유하던 먼지, 칠판 위를 지나던 분필 소리, 긴장과 웃음과 묘한 호기심으로 부풀어오르는 기대감.

하객석 뒤편에서 그의 결혼식을 지켜보는 내내 나는 덤덤했다.

그는 보라카이로 신혼여행을 떠났다.

피로연장에서 나오던 오빠가 나를 툭 쳤다.

"저 여자 좀 이상해."

오빠가 가리킨 곳을 돌아보니 중년의 땅딸막한 여자가 복도에 기우뚱하게 선 채로 이쪽을 쏘아보고 있었다. 숱이 없는 머리카락을 싸악

넘겨 한 올도 흘리지 않고 단단하게 쪽을 찌듯 말아올렸다. 어찌나 힘주어 당겨 묶었는지 빗자국이 남은 머리카락 속으로 하얗게 질린 두피가 들여다보일 지경이었다. 눈 밑이 처져 아이라인 문신이 흉하게 드러난 두 눈과 두툼한 코, 축 처진 볼살이 심히 탐욕스러워 보이는 얼굴이었다. 나는 여자의 크림색 투피스 위로 불거진 투실투실한 팔뚝과 배를 슬쩍 쳐다보았다. 목에 두른 두 줄의 진주목걸이가 답답해 보였다.

"아까부터 계속 노려보는데."

오빠가 이마를 긁적이며 말했다.

"냅둬."

"결혼식장에서부터 계속 따라다니길래."

땡, 하는 벨소리와 함께 엘리베이터 문이 열렸다. 나와 오빠가 들어서기 무섭게 복도에 서 있던 여자가 달려와 함께 올라탔다. 지독한 향수 냄새와 헤어스프레이 냄새가 뒤섞여 코를 찔렀다. 진주목걸이를 두른 뒷덜미가 땀으로 번들거리고 있었다.

"여기서 갈라지자. 나 들렀다 갈 데 있어."

나는 밖으로 나와 손차양을 한 채 오빠를 건너다보며 말했다.

"어디? 같이 갔다 가."

오빠가 재킷을 벗어 팔에 걸치며 말했다.

"됐어. 누구 만나기로 했어."

"누군데?"

"아, 몰라도 돼."

오빠는 소매 단추를 풀어 셔츠를 걷어올렸다.

"알았어. 들어가서 연락해."

"내가 애야? 간다."

오빠와 헤어져 가로수길을 따라 걸었다. 흘끗 돌아보니 오빠는 버스 정거장 앞에 서 있었다. 오빠 뒤쪽에 중년의 여자가 핸드백을 들고 몇 걸음 떨어져 서 있는 것이 보였다.

보라카이의 바닷물은 무슨 색일까. 나는 보도블록의 녹색 블록만 밟으며 걸었다.

사실 별다른 약속이 있는 것은 아니었다. 할 일 없이 거리를 배회하다가 동네에서 가까운 재래시장에 들렀다. 시장은 한산했다. 입구의 건어물가게 천장에 매달린 말린 문어와 북어포가 눈에 띄었다. 나는 콩나물과 딸기 한 상자를 샀다. 아침밥 대신 쪄 먹을 감자와 혼자서 백숙을 해 먹기 좋을 만한 작은 영계도 골랐다.

내가 시장에서 가장 좋아하는 곳은 생선 코너였다. 축축하게 젖은 길, 스티로폼 속에 가득찬 얼음 조각들이 내뿜는 냉기, 알전구 불빛 아래 빛나는 생선 비늘 같은 것들. 커다란 도마 위에서 쩍, 뼈가 갈라지는 소리를 듣고 있노라면 누군가에게 힘내라고 등짝을 한 대 얻어맞은 듯 오기 섞인 생기가 솟는 것을 느끼곤 했다.

나는 미더덕과 등껍질이 물 묻은 고무처럼 반질거리는 아귀를 한 마리 샀다. 오늘 저녁 메뉴로는 매운 아귀찜을 만들어볼 생각이었다. 물론 아직 만들어본 적은 없다. 어학연수 기간 동안 생긴 습관 중 하나는, 한창 배가 고플 때 내가 먹고 싶은 음식의 레시피를 꼼꼼하게 들여다보는 것이었다. 그리고 몇 가지를 골라 갈무리해둔다.

이따금씩 생활이 따분하다거나 머릿속이 복잡하고 우울할 때면 나는 모아둔 레시피 중 하나를 택하여 한 번도 만들어본 적이 없는 음식을 만들었다. 내가 만든 음식의 맛이 어떨까 하는 소박한 궁금증은 생각보다 기분 전환에 도움이 되었다.

요리는 장을 보는 데서부터 시작된다. 나만을 위해 장을 보고 일인분의 음식을 요리하는 것은 외로움을 가장 감미롭게 즐길 수 있는 방법이기도 하다.

"오빠가 연락이 안 돼."

프린트한 레시피를 들여다보며 아귀찜의 간을 맞추고 있을 무렵 진아에게서 전화가 왔다. 나는 낮에 했던 말을 고스란히 반복했다.

"오빠가 애냐?"

"이상해. 느낌이 안 좋아."

나는 전화를 끊고 국물이 넘치는 냄비의 가스레인지 불을 줄였다.

진아가 집으로 찾아온 것은 다음날 밤 열시가 가까워질 무렵이었다. 그애는 머리칼을 상투처럼 틀어올리고 잠옷 위에 오빠의 봄 점퍼를 걸치고 나타났다. 어두웠으니 망정이지 낮이었더라면 정신 나간 여자 취급받기 딱 좋은 옷차림이었다. 잠을 설친 듯 퀭한 두 눈이 불안하게 실내를 훑었다. 나는 스크랩하던 업무 관련 자료를 내려놓고 오빠에게 전화를 걸었다. 오빠의 휴대폰은 꺼져 있었다. 진아는 그거 보라는 듯 허리에 손을 얹고 나를 건너다보았다.

"혹시 무슨 일이 생긴 건 아니겠지?"

진아가 내 곁으로 성큼 다가서며 물었다.

"좀 기다려봐."

나는 스크랩을 계속했다.

"갑자기 없어져서 몇 년 동안 연락 끊기고…… 그러면 어떡하지? 설마 내가 지겨워진 건 아니겠지?"

지겨워지고도 남았겠지, 하고 핀잔하려던 나는 그애의 손끝이 달달 떨리는 것을 보았다. 손거스러미들을 잡아 뜯었는지 손톱 가장자리로 피가 배어나와 말라붙어 있었다. 형광등 아래 드러난 그애의 낯빛은 푸르스름하게 보일 정도로 창백했다.

"밥 먹을래."

진아는 다짜고짜 냉장고를 열며 말했다.

못 들은 척 스크랩을 계속했다. 그애는 냄비 속의 아귀찜을 데우고 밥솥의 밥을 퍼 담아 제가 먹을 상을 차렸다. 어느샌가 젓가락의 짝을 맞추는 그애의 두 볼 위로 눈물이 줄줄 흐르고 있었다. 나는 당황하며 자리에서 일어났다. 진아의 불안정한 상태가 심상치 않게 느껴졌다. 그애는 수저 한가득 밥을 퍼서 입안에 욱여넣었다.

"야, 천천히 먹어."

나는 얼굴을 찡그리며 말했다.

"오빠가 날 버린 건 아니겠지?"

진아가 불룩한 볼을 하고 나를 쳐다보았다.

"정신 좀 차려. 너 왜 이래?"

진아는 물과 함께 밥 덩어리를 힘겹게 삼켰다. 나는 냉장고에서 새 물통을 꺼내 식탁에 올렸다.

"원래 잘 안 들어오고 그런다며. 내일은 오겠지."

"그렇지, 맞아. 근데 왜 아귀찜에 아귀보다 콩나물이 더 많은 거야?

흐흐흑."

진아는 밥 먹는 것을 그만두고 울기 시작해 두 시간 가까이 눈물을 뺐다. 울다 지친 그애는 내 원룸에서 잠들었다. 오빠는 다음날 오후에 돌아와 내게 전화했다. 진아는 언제 우울했었냐는 듯 신이 나서 술판을 벌이는 중이었다. 나는 수화기 너머로 들려오는 그애의 흥얼거림을 듣다가 입을 떼었다.

"괜찮은 거야?"

"별일 아니었어. 그때 너 가는 거 보고 나서……"

"아니, 진아."

"아아, 난 또. 왜, 무슨 일 있었어?"

되레 오빠 쪽에서 물어오자 나는 맥이 빠졌다.

"아냐. 끊어."

박승안에게서 연락이 온 것은 금요일 오전이었다. 이른 아침으로 몰아놓은 수업시간 때문에 나는 바삐 다른 강의실로 이동중이었다. 그의 목소리는 눈에 띄게 들떠 있었다. 바닷가에 가자는 둥 했던 그는 정작 바다 여행에 대한 말은 꺼내지 않았다. 나도 신혼여행을 다녀오자마자 달래주듯 떠나는 바다 여행보다는 조용한 곳에서 이런저런 이야기를 나누는 게 낫겠다고 생각은 하고 있었으나 막상 이렇게 나오자 좀 얄미웠다. 내가 부루퉁해진 것을 알아차린 그가 말을 꺼냈다.

"내일은 경주에 가자."

뜬금없이 경주?

경주로 가족 여행을 간 적이 있다. 넓은 공원 한가운데 덩그러니 놓여 있던 첨성대. 잔뜩 기대를 품고 달려갔다가 생각보다 작은 첨성대를 보고 미간을 찡그리며 서 있었던 어린 오빠와 나. 무덤 속처럼 서늘하고 고요하던 박물관과 그 입구의 기념품가게에서 샀던 초록색 옥반지. 내게 남은 경주에 대한 기억은 불국사라든가 포석정 같은 문화유적들이 아니었다. 녹색의 드넓은 여백과 정수리 위로 작열하던 햇볕, 진돗개 두 마리가 뛰어다니던 주유소, 가족 넷이 끼여 자던 낡은 숙소 방 벽에 얼룩져 있던 알 수 없는 핏자국 같은 것뿐이었다.

"보여줄 데가 있어."

수업이 시작되어 통화를 끝내야 했다. 나는 건성으로 알겠다고 말하고 전공 서적을 펼쳤다.

예정대로라면 토요일인 내일 저녁에는 재우와 만나야 했다. 주말에 바다 여행을 가자고 했던 박승안의 말을 아주 믿지는 않았지만, 나도 모르게 마냥 그의 연락을 기다리게 될까 두려워 일부러 재우와 약속을 잡아놨던 것이다.

재우와 나는 일이 주에 한 번씩 만나 영화를 보거나 식사를 했다. 분위기 좋은 식당을 찾아 먼 동네까지 데이트 삼아 나가기도 하고 잠자리도 가졌다. 재우가 따로 만나는 여자는 같은 건물에서 일하는 두 살 연상의 여자라고 했다. 나는 재우에게 떼를 쓰듯 그녀에 관한 이야기를 캐묻고 막상 재우가 마지못해 여자 이야기를 꺼내기라도 하면 팽팽한 질투심을 느꼈다. 그럴 때마다 재우에게 숨김없이 화를 내거나 짜증을 부렸다. 재우는 어느 정도 나를 다독이다가 결국 마주 화를 내곤 했다. 우리는 자주 다투었다. 다투는 것이 시시해지면 그만두고 말없이 하늘을 올려다보기도 했다.

연장 근무를 마친 퇴근길에 진아에게서 전화가 걸려왔다. 망설이다가 통화 버튼을 눌렀다. 진아는 당장 옥탑방으로 와달라고 했다. 나는 한시라도 빨리 내 방으로 돌아가, 온종일 구두 속에 구겨져 있느라 뻐근해진 발을 주무르고 싶었다. 더운물로 샤워를 하고 얼마 전에 산 아로마 오일을 발라 몸 구석구석에 뭉친 근육을 마사지하며 금요일 밤의 여유를 즐길 생각이었다.

"니가 안 오면 내가 가고."

진아는 단호하게 말했다.

옥탑방은 여전히 너저분했다. 나는 진아가 그 좁은 공간 안에서 온종일 무엇을 하며 시간을 보내는지 의아했다. 정신이 이상해지는 것도 무리는 아니겠군, 중얼거리며 발끝에 닿는 옷가지들을 밀쳐냈다. 싱크대 밑으로 빈 술병들이 볼링핀처럼 쌓여 있었다.

"너희 오빠, 다른 사람 생겼지?"

진아가 바짝 다가오며 물었을 때, 나는 코웃음이 나오려는 것을 참았다.

"장난해? 새삼스럽게 왜 그래?"

"그냥 그렇게 놀고 마는 거 말고. 만나는 사람 생긴 거 아냐?"

진아는 신발장 위를 가리켰다.

"저거 봤어? 어제 오빠가 신고 들어온 거야. 너 저거 얼마짜린 줄 알어?"

신발장 위에는 부러진 구둣주걱과 굽 닳은 샌들 사이로 매끈한 남성 구두 한 켤레가 놓여 있었다.

"발리 거네. 능력 좋구만."

구두를 들어보던 나는 심드렁하게 말했다. 진아는 내가 메고 있던 가방을 낚아채듯 빼앗아 방구석에 던져놓았다.

"오빠 만나는 사람 있지? 누구야, 넌 알 거 아냐?"

박승안의 결혼식에서 봤던 중년의 여자가 머릿속을 스치고 지나갔다. 설마 그럴 리가 없지. 주춤거리며 바닥에 앉던 나는, 언젠가 교통사고가 났을 때 오빠의 곁에 앉아 있던 사람이 중년의 여자였다는 사실을 떠올렸다. 근지러움이 스멀스멀 등을 타고 기어올라왔다.

"누군지 내 눈에 걸리면……"

진아가 머리카락 끝을 만지작거리며 말을 이었다.

"그냥 죽여버릴 거야."

시력을 잃은 진아의 눈동자가 불투명하게 빛났다.

원룸으로 돌아와 샤워를 하고 오일로 마사지를 했다. 허브 향기가 온몸을 부드럽게 휘감을 즈음, 창밖으로 요란한 사이렌 소리가 들려왔다. 벌거벗고 있던 몸이 움츠러들었다. 구급차가 빠르게 멀어진 뒤에도 사이렌 소리는 방안으로 들어와 벽면에 부딪치며 오랫동안 귀를 울렸다. 살갗에 배어든 진한 허브 향기가 돌연, 병원의 새하얀 침대 시트 냄새를 연상시켰다.

나는 휴대폰을 쥐고 오빠의 전화번호를 찾았다. 통화 버튼을 누르려다 멈추고는 텔레비전을 켰다.

"비 오네요."

"트렁크에 우산 있어."

경주 시내를 지나 차가 멈춘 곳은 한적한 골목에 자리한 주택 안, 자갈이 깔린 마당이었다. 지은 지 오래된 듯한 이층 주택을 올려다보았다. 푸른 지붕 위로 구름이 낮게 깔려 있었다. 차문을 열고 부슬부슬한 빗속을 달려 현관 계단으로 들어섰다. 머리카락에 구슬처럼 맺힌 물방울을 털어냈다. 비에 젖은 흙냄새가 물씬 숨결 속으로 스몄다. 마당에는 푸른 잎으로 뒤덮인 나무 세 그루가 심겨 있었다. 나는 가벼운 탄성을 내질렀다. 화단의 싱싱한 장미 덩굴에 주먹보다 큰 붉은 꽃송이가 탐스럽게 피어 있었다. 비 오는 날의 우중충한 하늘 아래 젖은 채 피어 있는 붉은빛 장미는 관능적이었다. 꽃송이 하나하나가 꽃이 아닌 섬 같았다.

"들어와."

앞서 현관문을 열고 들어간 그가 현관의 불을 켜며 말했다.

거실에는 먼지 냄새와 냉기가 고여 있었다. 오래 비워져 있었나보다. 나는 짙은 남색의 두툼한 카펫이 깔린 거실을 가로질렀다. 탁 트인 실내에 놓인 소파며 진열장은 하나같이 사이즈가 큼직큼직했다. 부엌으로 이어지는 곳에 가느다란 나무 발이 쳐져 있었다. 발 사이를 헤치고 지나가자 촤르륵, 나무 부딪치는 소리가 울렸다.

"중학교 때까지 여기서 살았어. 재작년 가을까지는 할머니 혼자 사시던 집인데 돌아가신 뒤로 계속 비어 있었지."

그는 겉옷을 벗어 옷걸이에 걸어두며 말했다. 나는 식탁과 맞닿은 벽면에 걸린 큰 사이즈의 그림 액자를 들여다보았다. 금발의 여인이 어린 나무를 부둥켜안은 채 가지 끝에 매달린 나뭇잎을 핥고 있는 유화였다.

"비 그치면 지하실 창고에 내려가보자. 거기 별거 다 있어."

부엌 옆에 붙은 방문을 열자 어둠과 함께 고요한 기운이 베일처럼 이마에 와 닿았다. 방안에는 갖가지 크고 작은 도자기들이 발 디딜 틈 없이 놓여 있었다. 둥근 곡선을 따라 은은하게 윤기를 머금은 도자기 표면을 보고 있자니 깊은 숲속에 들어와 있는 것 같은 착각이 들었다. 도자기들의 숨결이 자아내는 부드러운 압력을 느끼며 숨을 죽였다.

"할머니가 도예를 하셨거든. 돌아가시고 가족들이 다들 나눠 가졌는데도 저만큼 남았어. 맘에 드는 거 있으면 골라봐."

어느샌가 등뒤로 다가온 그가 내 어깨를 감싸며 말했다.

그와 나는 불을 켜지 않은 채 거실의 널찍한 물소가죽 소파 위에서 커피를 마셨다. 몸을 움직일 때마다 가죽이 뿌드득뿌드득 맞비벼지는 소리와 함께 소파가 푹푹 꺼져서 우리 둘은 소파에 파묻힌 모양새가 되었다. 나는 거실의 통유리창 너머로 점점 어스름 속에 지워지는 빗줄기를 바라보았다. 뜨거운 커피의 김이 가느다랗게 피어올라와 콧잔등을 적셨다.

그에게 결혼식장에서 보았던 중년의 여자에 대해 물었다. 그는 잠깐 기억을 더듬는 듯하더니 이내 고개를 끄덕였다.

"고모님뻘 되지. 재혼했는데 남편이 일찍 죽었어. 유산으로 빌딩 몇 채를 남겼다던가. 아무튼, 자식이 없어서 지금은 혼자 산다고 하더라."

그는, 그래 봬도 젊었을 땐 가녀린 체구에 이목구비가 오밀조밀했던 미인으로 기억한다고 덧붙였다. 미망인 앞으로 남겨진 유산에 감탄하던 그가 "근데, 그건 왜?" 하고 물었다. 나는 대수롭지 않은 척 고개를 저었다.

빗줄기가 굵어졌다. 그가 거실의 불을 켰다. 불빛이 약간 침침했다. 그는 목을 젖히고 전구 상태를 확인했다. 그의 등이 마치 먼 곳 옥상에 걸려 펄럭이는 수건처럼 아득하게 느껴졌다. 나는 식은 커피를 내려놓고 그의 뒤로 다가가 등에 살그머니 노크했다.

"누구야?"

그가 장난스럽게 물었다. 괜히 속이 알싸해졌다.

"그러게. 누구?"

나는 짐짓 아무렇지 않은 척 뒤에서 그의 허리를 감싸 안으며 되물었다. 그가 내 손등을 쓰다듬었다.

"왜 그 여자랑 결혼했어?"

나는 그의 등에 머리를 기댄 채 물었다.

"돈이 필요해서."

그가 스스럼없이 대답했다.

"못됐네. 완전 저질이야. 그 여자가 부자예요?"

"아니."

"그럼?"

그는 내 팔을 허리에 감은 채 다시 소파로 향했다.

"아버지. 결혼 조건으로 이거저거 물려받기로 했거든."

나는 그에게서 팔을 풀며 웃음을 터뜨렸다.

"뭐야, 아버지 싫어한다면서요. 볼품없네, 정말."

"너무 그러지 마."

그가 손을 뻗어 내 머리칼을 만지작거리며 덩달아 웃었다.

경주의 이층 주택은 그가 물려받은 재산의 일부였다. 때로는 소유하고 싶은 것을 손에 넣기 위해 원하지 않는 것을 옆에 둬야 할 때가 있다고, 그는 패배자처럼 말했다. 잠시 망설이다가 그에게 물었다.

"그럼 왜 나한텐 결혼하자고 말하지 않았어요?"

그는 끙, 한숨을 쉬며 나를 품속으로 끌어당겼다.

"거절당할까봐."

빗소리를 들으며 눈을 감았다. 정말 천박하다고, 속으로 중얼거렸다. 나는 더 깊게 그의 품안으로 파고들었다. 긴 운전으로 피곤했는지 그는 졸기 시작했다. 나는 집주인들이 잠들기를 기다리는 도둑처럼 그의 팔 안에서 꼼짝하지 않고 있었다. 이윽고 완전히 잠든 듯 그의 호흡이 깊어졌을 때, 나는 몸을 일으켰다. 그의 얼굴을 찬찬히 들여다보았다. 내가 만일 그와 결혼했다면 지금 이 얼굴을 보며 무슨 생각을 하고 있었을까.

상상만 했을 뿐인데 불투명한 막막함이 순식간에 가슴속을 잠식해왔다. 나는 그를 흔들어 깨웠다. 그가 부스스 눈을 떴다.

"우리 놀러 나가요."

그는 잠이 덜 깬 얼굴로 비 내리는 창밖을 내다보다가 끄덕, 고갯짓을 했다.

우리는 큰 우산을 함께 쓰고 걸었다. 바람에 몸을 누인 빗줄기 탓에 어깨와 바짓자락은 이미 축축하게 젖어 있었다. 흙바닥에 떨어진 나뭇잎과 꽃잎들이 뒤섞여 밟혔다. 가로등 불빛에 드러난 나무들이 짙은 풀내음을 뿜어냈다. 나뭇가지 사이로 부서지는 빗줄기가 은빛으로 빛났다. 안압지의 연못 위로 비 떨어지는 소리가 요란했다. 물과 물이 만나는 소리는 이른 아침 막 잠에서 깨어 좌라락, 커튼을 열어젖힐 때의 소리를 닮았다. 소녀의 눈길처럼 앙칼지면서도 청순한 아침 햇빛과 지금 바라보고 있는 어둠 속 연못 위의 쓸쓸한 조명 불빛은 영 다른 것 같으면서도 비슷한 데가 있다.

"여기 본래 지명은 안압지가 아니라 월지래."

박승안이 내 어깨에 손을 얹고 연못을 바라보며 말했다.

"신라가 망하고 나서 새들만 남아 날아다니는 버려진 연못이란 뜻으로 안압지라 불린 거지."

나는 뺨에 튄 빗방울을 손끝으로 닦아냈다.

"여기가 연못 바닥에 흙이 고이는 지형이야. 박정희 때 수립된 경주관광개발계획에 연못 준설작업이 포함되어 있었거든. 거의 천삼백 년 만에 연못 청소에 손을 댄 거지. 근데 들어가자마자 연못 밑바닥에서 뭔가 걸리는 듯하더니, 통일신라시대 유물들이 막 쏟아져나온 거야."

박승안이 감탄조로 말했다. 나는 진흙이 엉겨붙은 구두 밑창을 바위에 긁어냈다. 연못이 크게 술렁이더니 제법 큰 바람이 우리 쪽으로 허리를 꺾어 몰려왔다. 그는 뒤집히려는 우산을 단단히 잡았다. 나는 몸을 움츠렸다. 비에 젖은 옷이 살갗에 찰싹 달라붙었다.

"고등학교를 서울로 갔는데 그해 수학여행을 경주로 왔어. 경주라면 뭐가 어디 있는지 눈을 감고도 찾아다닐 만한 때였지. 근데 다들 들떠서 유적지 구경하고 있는 걸 옆에서 보고 있자니 참 재밌데."

그가 안압지 주변을 돌며 중얼거리는 동안 나는 보라카이 해변의 부드러운 흰모래를 상상하고 있었다. 눈부신 빛과 푸르고 흰 파도, 선글라스를 끼고 누워 한가로이 태닝을 할 수 있는 수영장, 커다란 창 너머로 해변이 내려다보이는 근사한 리조트 같은 것들. 그러고 보니 해변에서 노닐다 온 사람답지 않게 그의 피부는 여전히 하얗다.

연못가를 빠져나올 무렵 진아에게서 문자가 왔다. 아무래도 오빠가 이상하다는 내용이었다.

"그 고모님이라는 분 말이에요."

나는 휴대폰을 다시 주머니에 넣으며 입을 열었다.

"응?"

"그분……"

삐삣. 박승안이 리모컨 키를 눌러 차문의 잠금장치를 풀었다.

"응, 말해봐."

그가 조수석 문 가까이로 우산을 갖다 댔다. 나는 차문을 열고 올라타며 고개를 저었다.

"아무것도 아니에요."

다음날 서울로 올라오는 길은 유난히 길게 느껴졌다.

도로를 타고 달리며 알 수 없는 음악을 반복해 들었다. 집에 돌아갈 때가 가까워지니 그에게 하고 싶은 말이 많아졌다. 어쩐지 이대로 헤어지고 나면 한동안 얼굴을 보기가 어려울 것 같다는 생각이 들었다. 그러나 나는 언제부터인가 전하고 싶은 이야기가 많아질 때면 오히려 겁이 나서 입을 다물어버리는 습관이 생겼다. 말을 꺼낸 뒤에 후회하는 것보다는 차라리 아무 말 하지 않고 놓쳐버린 뒤에 손톱을 깨무는 편이 낫다고 생각했다. 언젠가는 마음을 전할 수 있으리라는 일말의 기대감이 기다림을 좀더 버틸 만하게 만들어주기 때문이다.

하지만 기대는 스스로에 대한 희망고문일 뿐, 때를 놓친 대부분의 말들은 입안에 고여 충치처럼 썩어 바스러져버리리라는 것도 나는 알고 있었다.

다이아몬드 피어스

졸업한 선배 언니가 홍대에 카페를 차렸다. 그리 넓지는 않지만 제법 공들인 에스닉풍의 인테리어에 분위기 있는 미니 테라스까지 갖추고 있었다. 낮에는 생과일주스와 커피, 밤에는 맥주를 팔았다. 집에서 자금을 조달받아(선배 말에 의하면 투자를 받아) 차린 카페라고 했다. 나는 일을 마치고 카페를 찾았다. 만나기로 했던 동기 두 명이 먼저 자리를 잡고 맥주를 마시고 있었다. 키가 큰 갈색 머리의 남자 아르바이트생이 휘적휘적 걸어다니며 서빙을 했다. 선배는 우리 테이블에 끼어 서비스로 나초를 내려놓았다.

카페 벽에는 여자의 매끈한 등을 찍은 흑백사진이 걸려 있었다. 목에서부터 허리까지의 윤곽을 따라 가느다란 빛이 흐르고 있었다. 여자의 등은 누군가 오르길 기다리고 있는 하얀 길 같았다. 부드러운 에로틱함이 느껴지는 그림이었다. 친구는 선배의 남자친구가 찍은 선배의 반라 사진이라며 속삭이는 시늉을 했다. 약간 취기가 오른 다른 친구가 재밌어죽겠다는 듯 킬킬거리며 선배를 흘끗 돌아보았다. 선배는 땅콩을 집어먹으며 어깨를 으쓱했다. 선배의 남자친구는 두 살 연하의 대학생이었다. 선배가 졸업하기 전 학교 식당에서 그 둘과 함께 밥을 먹은 적이 있었다.

둘이 몽골로 여행을 갔던 이야기는 우리들 사이에서 유명했다. 몽골 사막에서의 몹시 추웠던 밤, 선배는 발이 몹시 시려서 벌벌 떨며 잠을 설쳤다고 한다. 연하의 남자친구는 양말을 몇 겹 껴 신은 선배의 발을 주무르고 문지르고 제 품이며 겨드랑이 사이에 껴서 녹여도, 도저히 냉기가 사라질 기미가 보이지 않자 최후의 비상책을 썼다. 차가워진 양말을 벗겨 제 엉덩이에 깔고 데우는 동안 선배의 작은 발가락을 자기 입속에 넣어 녹인 것이었다. 여러 차례 들은 이야기이지만 우리들은 매번 들을 때마다 야유와 비명과 감탄을 아낌없이 내질렀다.

테이블 가장자리에 켜놓은 촛불 램프의 연기가 밤바람에 흔들리며 멀어졌다. 선배와 아르바이트생은 카페에 틀어놓을 노래를 선곡하는 일로 잠깐 투닥거리기도 했다. 밤이 깊어질수록 우리들은 카페 안의 몽롱하고 나른한 분위기에 젖어들었다. 자유로움을 좋아하는 선배의 성격이 실내 공기에서 물씬 배어나오는 듯했다. 음료 냉장고에서 맥주병을 꺼내들고 챙챙 병을 맞부딪치며 다가오는 선배를 보고 있자니, 나도 모르게 '선배는 참 좋겠다' 하는 말이 흘러나왔다. 술기운에 약간 발그레해진 선배의 두 뺨이 은은한 조명 아래서 싱그럽게 빛나는 듯했다. 나는 무심코 내 뺨을 만져보았다. 메마른 나무 같은 거친 감촉과 뻣뻣함이 손을 무색하게 만들었다.

"난 선배가 더 치열하게 살 줄 알았는데."

여러 병째 맥주를 비운 친구 한 명이 병뚜껑을 쌓아올리며 종알거렸다.

"선배는 화끈한 데가 있고 리더십도 있어서 한자리하겠다고 생각했지. 성적도 좋았고. 선배, 등록금 내본 적이 없죠?"

다른 친구가 맞장구를 치며 물었다. 선배는 고개를 약간 기울이고 맥주병에 붙은 스티커를 손톱으로 갉작거렸다.

"글쎄, 난 카페 화장실에서 좋은 냄새 나게 할 방법 궁리하는 것만 해도 충분히 치열하게 살고 있다고 생각해. 니들 그 기분 아냐? 가게 화장실을 관리하다보면 인간 존재에 대해 다시금 생각하게 된다니까."

"에이, 그걸 누가 몰라요. 왕년에 아르바이트 안 해본 사람 있나?"

"맞아. 저는요, 스무 살 때 호프집 알바하면서 화장실의 모든 진상을 다 봤어요."

자꾸 화장실 얘기가 나와서인지 아랫배가 당겼다.

화장실 문을 열고 들어가자 긴 술을 늘어뜨린 휘장이 쳐져 있었다. 선배 말대로 재스민 꽃 향기가 났다. 거품이 뭉글뭉글 솟는 물비누로 손을 씻고 있는데, 선배가 들어왔다. 목덜미를 긁고 있던 선배는 거울 속에서 나와 눈이 마주치자 싱긋 웃었다.

"요즘 잘 지내?"

"선배도 참, 아까 물어봤잖아요."

"에, 그랬나?"

선배는 화장실 칸 안에 들어가 볼일을 보며 내게 말을 걸었다.

"그 영문과 강사는 아직도 학교에서 수업하니?"

수건에 손을 닦던 나는 멈칫했다.

"누구요?"

"그 있잖아, 키 좀 크고 멀쩡하게 생긴. 박 뭐시기."

"……누구지?"

"잡아떼기는. 나도 애들한테 들었는데, 둘이 예전에 뭐 좀 있었다며."

물 내리는 소리가 들리고 선배가 옷매무새를 정리하며 나왔다.

"그런 거 아니에요."

"왜, 너 연수 가고 나서 한창 신나가지고들 그 얘기 하던데. 우리 과에 몇 명 있잖아, 소문 중독자들."

나는 선배가 선반에서 꺼내 내민 핸드크림을 손에 바르고 오랫동안 비볐다. 물기가 다 가시지 않았던 모양인지 손이 미끈거렸다.

"뭐 지나간 일은 관두고. 재우랑은 잘돼가는 거 맞아? 아니다 싶으면 말해. 괜찮은 애 소개시켜줄게."

"그건 좋네요."

선배가 활짝 웃으며 내 어깨에 팔을 둘렀다. 달콤한 향기가 훅 풍겨왔다. 나는 얼른 집으로 돌아가고 싶어졌다.

선배가 본격적으로 마시자며 가게문을 닫았다. 아르바이트생은 큼직한 헤드폰을 끼고 어슬렁어슬렁 먼저 돌아갔다. 선배는 가게 오픈하고 이래저래 정신이 없었던 탓에 오랜만에 마시는 술이라고 했다. 다들 에라 모르겠다, 하는 심정으로 선배가 내미는 공짜 술을 받아 마셨다. 술이 더 들어가자 선배는 담배를 꺼내 물었다. 나는 조금 졸려졌다. 테이블 위에 잠깐 이야깃거리가 사라지자, 선배가 내 쪽을 쳐다봤다.

"나 대학원 선배한테 그 강사 결혼했다고 들었는데. 기분이 어떻디?"

선배는 '술도 들어갔으니 우리 이제 솔직해져보자' 하는 투로 물었다.

"뭐가요?"

"내가 광철이를 오래 사귀기는 했지만, 사실 그전에 좋아하는 남자 있었거든. 니들도 알지, 지후 선배."

"아, 그 등산 양말 종아리까지 올려 신고 다니던 오빠요?"

친구가 맞장구를 치자 선배가 가늘게 눈을 흘겼다.

"지후 선배 결혼하던 날 나 완전 취해서 떡 됐잖아. 그래 봬도 스무살 첫사랑이었는데. 선배가 다른 여자 남편이 돼서 슬픈 것보다도 왠지 내 풋풋한 한 시절이 정말 끝나버린 것 같아서 우울하더라구."

선배는 알루미늄 재떨이에 담뱃재를 톡톡 두드려 떨었다.

"그래서, 어땠니 넌?"

세 명의 시선이 나에게로 집중되었다. 뭐 이렇게들 눈이 반짝거려, 이 사람들 술 취한 거 맞아? 장난스럽게 분위기를 밀어넘기려 했지만 모두들 끈질기게 내 입언저리를 주시하고 있었다.

"난 좋아하는 사람 결혼식 봐도 그냥 그럴 거 같은데. 어쩔 수 없는 거니까."

나는 대충 얼버무렸다. 그러자 선배가 코웃음을 쳤다.

"그렇게 쿨해?"

잠시 멍하게 선배를 건너다보다가 시간을 확인했다. 나는 쿨하다는 말을 쓰는 사람을 좋아하지 않는다.

"그 말 너무 진부해요. 선배가 말하는 쿨하다는 건 뭐예요?"

"방금 네 말처럼. 미련 없이 깔끔하고, 어떻게 보면 상처받지 않고 잘 도망치는 법을 아는 거. 할 줄만 안다면야, 좋은 거 아니겠어?"

선배가 약간 빈정대듯 말했기 때문에 나는 다시 입을 다물었다. 친구 한 명은 일어나 화장실에 가고, 다른 한 명은 멀찍이 떨어진 곳에서 전화를 받았다. 선배는 불이 꺼진 램프를 기울여 다시 심지에 불을 붙여놓았다.

"그런 건 잘 모르겠지만요. 저는 매번…… 환상이 깨지는 순간 사랑도 멈출 수 있었으면 좋겠다고 생각했어요."

"너 뭔가 많이 참고 있는 모양이구나. 상처도 많고."

"네?"

"왠지 그런 거 같아."

선배가 다 이해한다는 눈으로 나를 건너다보았다.

"연애할 때 참지 마. 주도권을 네가 잡으라고. 그 강사 같은 경우만 해도 그래. 야, 말 안 들으면 학교에 확 소문낸다고 협박도 하고 했어야지, 너 그런 적 없지?"

"……"

"원래 연애라는 게 다 겁주고 겁먹고 하면서 끌고 나가는 거야. 뭐 별거 있냐."

친구가 자리로 돌아와 아는 후배의 유학생활에 대한 이야기를 꺼냈다. 술에 취한 선배는 금세 그쪽으로 관심을 돌렸다. 나는 미지근해진 맥주병을 기울였다.

즐거운 자리였건만 집에 돌아오는 길에는 야근을 했을 때보다 더 질은 피로감이 온몸을 휘감았다.

원룸으로 가는 골목 저 안쪽에서 어떤 남자가 어슬렁거리고 있는 것이 보였다. 나는 잠시 머뭇거리다가 어둠에 잠긴 골목 안으로 향했다. 그쪽에서 나를 발견한 듯 성큼성큼 다가왔다. 움칠, 하는 순간 오빠의 모습이 드러났다. 평소와 다르게 말쑥한 옷차림에다가 머리까지 말끔하게 자른 모습이었다. 가로등 불빛 아래 드러난 오빠의 셔츠에는 핏자국이 얼룩져 있었다. 오빠는 한쪽 귀를 가리고 있던 손을 떼어냈다. 귀에서부터 목까지 온통 피투성이였다. 나는 비명을 삼켰다. 피어스 박힌 귓불이 찢긴 듯 퉁퉁 부어올라 있었다.

“미쳤어, 병원에 안 가고 뭐하는 거야!”

“좀 들어가자.”

오빠는 차가운 손으로 내 등을 떠밀었다.

오빠가 피를 씻어내는 동안 나는 서랍을 뒤져 과산화수소수와 연고, 오래전에 사둔 항생제를 찾았다. 피 묻은 피어스가 딸각, 소리를 내며 세면대 위로 떨어졌다. 오빠는 과산화수소수를 부어가며 찢어진 귓불을 소독했다.

이윽고 퀭해진 얼굴의 오빠가 쓰러지듯 침대에 누웠다.

“어떻게 된 거야?”

“사고.”

“설마, 진아야?”

“아니.”

“오빠 진짜 요란하게 산다.”

나는 혀를 차며 바닥에 떨어진 수건을 집었다.

“잠깐 이리 와봐.”

오빠가 눈을 감은 채 나를 불렀다. 왜, 또! 나는 귀찮은 기색을 감추지 않고 다가갔다. 오빠가 팔을 뻗어 내 손을 잡았다.

"미안하다, 늘."

"뭐냐, 징그럽게."

내가 손을 뿌리치자 오빠는 맥없이 웃었다.

화장실로 들어가려던 나는 망설이다가 물었다.

"혹시나 해서 묻는 건데. 아줌마들한테 돈 받고 몸을 판다거나, 그런 짓은 안 하지?"

대답이 없었다. 나는 세면대 컵에 꽂혀 있던 마른 칫솔을 입안에 넣었다.

원룸에 재워서는 안 될 인물들의 블랙리스트에 오빠와 진아를 추가하기로 했다. 새벽에 득달같이 달려와 현관문을 부술 듯 두드려대던 진아는 밤새 집에서 오빠를 기다렸다며 내게 한바탕 욕을 퍼부었다. 그애는 오빠의 귀를 보더니 얼굴이 붉어져서는 나의 옷깃을 잡아끌고 밖으로 나왔다.

"요즘 오빠한테 무슨 일 생긴 거 맞지?"

"야, 나 졸려죽겠어."

진아는 입술을 잘근잘근 깨물었다. 눈 아래가 거무스름한 것이 꼭 좀비 같았다.

진아의 사랑을 지속시키는 것은 불안이다. 진아는 불안 속에 안주한다. 오빠를 향한 불안이 사라지는 순간, 그애는 돌이 되어버릴 것이다.

"둘 사이 일은 알아서들 좀 해라."

나는 탄식조로 말했다. 집으로 들어가려 하자 진아가 거칠게 문을 밀어 닫았다.

"너 참 무서운 애야."

진아가 문을 막고 선 채 말했다. 어디서 무언가를 태우는지 공기중에 매캐한 냄새가 희미하게 떠돌았다.

"넌 참 편하겠어. 니가 보고 싶은 것만 보고, 다른 건 외면해버리잖아."

진아가 말을 할 때마다 제멋대로 헝클어진 긴 머리칼이 흔들렸다. 나는 건조해져서 두 볼이 따끔거리는 얼굴을 마른세수했다. 그리고 건전지가 다 된 싸구려 인형처럼 위태롭게 서 있는 진아를 향해 천천히 입을 열었다.

"난 말이야. 너처럼 남의 삶에 편승하는 인간을 경멸해. 너는 툭하면 과거 일이며 사랑 타령이며 팔자 좋은 어리광이나 부리면서 민폐 끼치는 게 고작이잖아. 오빠한테 묻어가는 것도 이제 작작 해."

진아를 밀치고 현관문을 열었다. 얇은 슬리퍼 끈 위로 파란 핏줄이 도드라진 진아의 발등이 눈에 들어왔다. 나는 담배 냄새가 밴 그애의 머리칼 가까이로 입을 갖다 대고 나직이 중얼거렸다.

"솔직히 진실을 외면하는 건 너도 마찬가지 아니야?"

진아가 오빠를 끌고 돌아간 뒤 나는 화장실 세면대 위에 놓인 오빠의 다이아몬드 피어스를 발견했다. 진아가 난리를 쳐대는 통에 잊고 두고 간 모양이었다. 피어스는 침이 가늘어서 일반 귀고리만 끼우는 내 귓불 구멍에도 들어갔다. 나는 피어스를 낀 채 샤워를 했다. 거울에 비친 피어스가 반짝, 빛났다. 이렇게 아름답게 반짝이는 보석이라면 누구라도 가지고 싶은 게 당연할 것이다. 문득 피어스를 입에 넣고 이 사이에서 달그락거리는 느낌을 맛보고 싶다는 충동이 들었으나 그만두었다. 깨끗이 닦아냈다고는 해도 지난밤 내내 피에 젖어 있던 보석이 아닌가.

도서관에 사람이 넘치는 통에 출근이 늦어졌다. 나는 가방끈을 움켜잡고 버스 정거장을 향해 부리나케 달렸다. 학교 앞만 아니라면 구두를 벗어 들고 맨발로 뛰고 싶은 심정이었다. 엊그제도 조 모임 때문에 삼십 분쯤 늦었다가 진절머리 나게 잔소리를 들어야 했다. 취업난은 사회시스템이 아니라 능력 없는 개개인에게서 비롯된 문제라는 심기 뒤틀리는 말에서부터 젊은 시절 신발 장사를 해서 지금은 거대 브랜드를 유통시키고 있다는 중국 모 회장의 성공담, 덤으로 티슈와 두루마리 휴지를 비교분석하듯 그와 나의 삶을 대조하는 것까지 고스란히 듣고 있느라 귓바퀴의 물렁뼈가 다 녹아버리는 줄 알았다.

다행히도 이번엔 나 외에 다른 인턴 한 명이 몇 분 더 늦게 출근한 덕에 쓴소리를 덜 들었다. 나는 책상 앞에 앉아 컴퓨터를 켰다. 모니터 주변에 붙여놓은 노란색 포스트잇 몇 장이 내 책상을 제법 열심히 일하는 사원의 것처럼 보이게 했다. 사무실 구석에 앉아 아직 손에 덜 익은 일을 더듬거리며 하다보면, 다디단 믹스커피 몇 잔보다 더 깊게 와 닿는 것이 바로 이 포스트잇의 위로다. 그래도 내가 뭔가를 하고 있긴 한가보다 싶은 안도감.

"어? 귀고리가 하나 더 생겼네?"

복사할 서류를 건네던 여사원이 내 양쪽 귀를 번갈아 보며 물었다.

얼마 전 귀를 한 군데 더 뚫었다. 오빠에게서 연락이 없기에 잊은 척하며 며칠 동안 다이아몬드 피어스를 하고 다녔다. 나는 귀를 만지작거리며 복사 버튼을 눌렀다.

회식 도중 모르는 번호로 전화가 왔다. 고깃집 밖으로 나왔다. 어두운 길가에 전신주 한 개가 비스듬히 서 있었다.

"그때 와주셔서 감사하다는 말도 못하고. 저 기억하시죠?"

흘러내린 머리칼을 귀 뒤로 넘기던 나는 '아!' 하고 말을 삼켰다. 박승안의 아내였다.

순간 수만 가지 생각들이 머릿속을 스쳐지나갔다. 이제 와서 하객들 명단을 하나씩 짚어가며 고맙다는 인사를 돌리고 있을 리는 만무하고, 무슨 일로 연락을 한 걸까. 그보다 내 연락처는 어떻게 알아낸 것인지 의아했다.

"혹시 금요일에 시간 괜찮으세요? 저녁식사에 초대하고 싶은데."

자신의 영역 안에 나를 불러앉혀다가 삼자대면을 하겠다는 것인가. 무슨 반응을 보여야 할지 몰라 잠자코 있자 여자는 재빨리 덧붙였다.

"집들이 겸사해서요."

일 핑계로 둘러대자 여자는 내가 거절하리라는 것을 알고 있었다는 듯 다급히 말을 이었다.

"그럼 토요일은요? 같이 저녁하자니까 그이도 좋아하더라구요."

그의 성격으로 미루어 봤을 때 보나마나 건성으로 '그러든지' 하며 넘겼을 것이 뻔하다. 아무리 우유부단한 성격이라고는 해도 이건 좀 심하다는 생각이 들었다. 신혼집에서 나란히 상 앞에 둘러앉아 함께 저녁식사를 하는 모습이라니, 생각만 해도 진땀이 흘렀다. 죄책감이라든가 질투에 관한 문제가 아니다. 그런 자리에는 우리가 숨을 만한 낭만이 없다.

후텁지근한 공기가 목덜미에 감기는 것을 느끼며 전화를 끊었다.

나는 고기를 먹는 둥 마는 둥 하다가 자리를 옮길 때쯤 슬그머니 빠져나와 버스 정거장으로 향했다.

지독히 불쾌한 꿈을 꿨다. 박승안의 고모님이라던 여자가 오빠와 함께 알몸으로 뒹굴고 있었다. 둘은 내 원룸의 침대 위에서 거친 숨소리를 뿜어냈다. 오빠가 늙고 뚱뚱한 여자의 목덜미와 젖가슴, 늘어진 허벅지를 부지런히 핥았다. 여자는 바다표범의 울음 같은 신음소리를 냈다. 침대 밑으로 박승안의 결혼식에서 보았던 그녀의 크림색 투피스와 큼직한 속옷들이 흩어져 있었다.

'역겨워!'

나는 인상을 쓰며 진저리쳤다. 오빠의 귓불에서 다이아몬드 피어스가 반짝, 빛났다. 해질녘의 석양이 오빠의 벗은 등을 타고 흘러내렸다. 이윽고 오빠의 몸이 그녀 위에서 움직이기 시작했다. 오빠가 움직일 때마다 여자의 주름진 살이 물결치듯 흔들렸다.

갈증을 느끼며 깨어났다. 한밤중이었다. 창문을 열고 잠시 창가 앞에 서 있었다. 방충망이 더러웠다.

나는 땀으로 끈적이는 몸을 씻었다. 샤워기에서 쏟아지는 더운물이 부연 김을 피워냈다. 숨을 크게 들이마셔 수증기 냄새를 삼켰다.

내가 좋아하는 것은 더운물의 냄새, 마른 흙의 냄새, 입고 벗어둔 옷에 밴 로션 냄새, 여름 밤바람 냄새, 새책의 종이 냄새, 머리칼을 묶었다 풀었을 때 번지는 샴푸 냄새, 그리고…… 생각나는 것이 없을 때쯤 '냄새'에서 '소리'로 옮겨갔다.

다시 잠자리에 누운 뒤에도 한동안 잠을 설치던 나는 날이 밝아올 무렵에야 겨우 눈을 붙였다.

거실 테이블 위의 바구니 속에는 사과 세 알이 담겨 있었다. 검고 투박한 테이블 위의 사과 세 알은, 저희들이 어쩐 일로 거기 놓여 있는지 모르겠다고 멋쩍어하는 듯 보였다. 아무리 봐도 급조한 소품으로밖에 보이지 않았다.

"한 십 분만 더 기다리면 돼요."

앞치마를 두른 여자가 거실로 나와 해사하게 웃으며 말했다. 집안에 기름 냄새가 진동했다. 집들이 겸사라고 하더니 초대한 손님은 나뿐이었다.

박승안과 나는 거실 소파에 앉아 퀴즈 프로그램을 시청했다.

"자, 2단계 질문 나갑니다. 다음 네 개의 보기 중에서 바다가 아닌 곳은? 1번 사해, 2번 지중해, 3번 오호츠크 해, 4번 카리브 해."

"1번 사해."

박승안이 중얼거렸다.

"3단계로 넘어가겠습니다. 흔히 오랜 세월 함께한 아내를 두고 '조강지처'라는 말을 사용하는데요. 여기서 '강'은 어떤 음식을 뜻하는 걸까요? 보기 드리겠습니다. 1번 감자, 2번 옥수수……"

"쌀겨."

"……그렇죠! 정답입니다!"

소파에 어중간하게 걸터앉아 있던 나는 박승안을 힐끗 쳐다보았다.

"잘 맞히시네. 한번 나가봐요."

"이 정도 가지고 뭘."

"상금이 천만원이라잖아요."

"나갈까?"

그의 아내가 다시 나타나 식사 준비가 다 되었음을 알렸다. 점심을 먹고 내리 굶은 터라 배가 고프긴 했지만 부엌으로 가는 걸음이 어쩐지 최후의 만찬을 향해 내딛는 것만 같아서 등골이 묵직했다.

식탁 위에는 푸짐한 해물찜이 놓여 있었다. 뱃속이 요동치기 시작했다. 우리는 유리 갓을 씌운 조명등 아래서 식사했다. 여자가 새우 껍질을 벗겨 박승안의 그릇에 놓아두었다. 그는 새우를 간장에 찍어 먹었다. 다른 신혼부부들과 다를 바 없는 평화로운 식사 장면이었다. 여자는 계란말이를 잘 만들었다. 촉촉하고 달달한 계란말이는 입에 착착 감겨서 씹는 맛이 황홀했다. 여자는 그와 내가 보고 있던 퀴즈쇼에 대해 이야기했다. 그녀가 만든 음식을 먹으면 먹을수록 나는 불청객으로서의 내 위치를 서서히 자각해가기 시작했다. 그러나 그들 부부 앞에서 움츠러들거나 불편한 내색을 보일 만한 용기는 없었다.

여자는 내 컵에 보리차를 따라주다가 나와 눈이 마주치자 생긋 웃었다.

"선생님이 프러포즈는 어떻게 하셨어요?"

내가 묻자 여자가 두 볼이 간지럽다는 듯 웃었다.

"이이가 좀 무뚝뚝하잖아요. 결혼하잔 말도 정말 재미없게 했어요."

어쩐지 상상이 되었다.

"그때 둘이 삼척에 갔었거든요."

여자는 말을 멈추고 잠시 간격을 두며 나를 살폈다.

"왜, 지난주에 친한 제자들하고 다 같이 스터디 휴가 다녀왔다고 했죠? 삼척에 있는 별장에."

그녀는 내 반응을 기다리는 눈빛이었다.

"스터디요?"

나는 말실수를 할까봐 한 박자 늦게 되물으며 그들 부부를 번갈아 보았다. 밥그릇을 비운 박승안이 수저를 탁, 소리나게 내려놓았다.

"얘는 이번에 인턴 들어가서 빠졌어."

이건 또 무슨 소리람. 그가 여는 스터디인지 뭔지 하는 것에 참석한 적은 한 번도 없었다. 뿐만 아니라 스터디에 관련된 이야기도 들은 적이 없다. 그는 학생들과 어울리는 것을 좋아하는 편이 아니었다. 오히려 성가셔하는 편에 가까웠다.

박승안이 먼저 식탁에서 일어나 거실로 가버렸기 때문에 그녀와 나는 조금 민망한 채로 둘이 남게 되었다. 아무리 박승안이라고 해도 보통때는 생각할 수 없는 무례한 행동이었다.

"오징어회 먹다가 청혼받았어요."

여자는 멋쩍게 웃으며 말했다.

"이층 횟집이었는데 늦은 시간이라 손님이 없었거든요. 비수기라 그런지 동네가 조용했어요. 주인아줌마는 옆에서 텔레비전 보면서 라면을 먹고 있었고, 주방일을 보는 아저씨는 구석자리에서 방석을 겹쳐 깔고 잠들어 있었죠. 근데 저이가 결혼하자고 말하니까 주인아줌마가 라면을 먹다 말고 이쪽을 힐끗 쳐다보더니……"

"서비스 안주라도 내줬나요?"

"채널을 돌리더라구요."

나는 그녀를 도와 식탁을 치웠다. 그녀는 몇 차례 거절하다가 그만두고 설거지는 괜찮으니 차 끓이는 것을 도와달라고 했다. 찬장에는 둥근 유리병 속에 갖가지 차 이파리들이 종류별로 담겨 있었다. 무엇을 골라야 할지 몰라 망설이자, 그녀가 가장 바깥쪽에 있는 병을 꺼내 주었다.

"스터디에서는 주로 뭘 하나요?"

그녀가 식탁을 행주로 훔치며 물었다.

"글쎄, 주제에 따라 다르긴 한데."

나는 그가 드라마를 시청하고 있는 거실 쪽을 돌아보았다. 적당히 둘러댈 말을 찾는데, 주전자의 물이 끓기 시작했다. 나는 이때다 싶어 찻잔에 새겨진 파랑새 무늬를 칭찬하며 말을 돌렸다.

"신혼여행은 잘 다녀오셨어요?"

찻잎은 찻잔 속에 작은 소용돌이를 그리며 떠올랐다. 쭈글쭈글하던 잎들이 금세 불어나며 물은 노란 기가 섞인 연둣빛으로 물들었다. 여자는 식기세척기의 문을 밀어 닫고 숙였던 허리를 폈다.

"어? 저이가 말하지 않았나요?"

그녀와 내 시선이 허공에서 마주쳤다. 나는 문득, 꽃잎이 전부 떨어지고 푸른 이파리만 남은 벚나무를 떠올렸다. 여전히 푸르지만 꽃잎 떨어진 자리에 햇볕이 내리쬐면 가느다랗게 몸서리치는 듯한 벚나무. 여자는 물비누로 손을 씻고, 한쪽에 걸려 있는 앞치마에 물기를 닦았다.

"저이 일 때문에 못 갔어요. 연구비 지원받으려면 꼭 해야 하는 중요한 발표가 있다고 해서."

그녀는 말하는 도중에 힐끗 내 쪽을 쳐다보았다. 그리고 다시 눈이 마주치자 반사적으로 쑥스러운 미소를 지었다.

"이번 일을 많이 도와주셨다고 들었는데 내가 잘못 들었나보네."

그녀는 혼잣말처럼 중얼거렸다.

여자는 냉장고의 과일 칸에서 알이 굵은 포도를 꺼냈다. 주머니 속의 휴대폰이 울렸다. 휴대폰을 꺼내드는데, 무언가 또로록 발치로 굴러떨어졌다. 포도를 감싼 종이를 벗겨내던 그녀가 몸을 굽혀 바닥에 떨어진 것을 주웠다. 그녀의 손바닥에 놓인 것이 반짝, 빛났다. 여자는 그것을 한참 동안 들여다보다가 고개를 들었다.

"피어스네요. 다이아몬드, 맞죠?"

잠깐 빼놓은 걸 깜빡했다. 휴대폰 너머로 재우의 목소리가 들려왔다. 그녀는 내게 피어스를 돌려주며 말을 이었다.

"저이한테도 똑같은 게 한 쌍 있어요. 귀도 뚫은 적 없는 사람이 그런 건 뭐하러 가지고 있나 했는데……"

"피어스가 원래 다 비슷하죠."

여자는 잠시 간격을 두고 입을 뗐다.

"뒷부분에 각인 보이죠? 같은 브랜드예요. 피어스는 안 나오는데, 주문 제작한 거예요."

나는 휴대폰을 들고 있던 손을 천천히 떨어뜨렸다. 재우의 목소리가 희미하게 멀어졌다.

코뿔소, 노란 뱀, 그리고 양파

나는 잠이 오지 않을 때면 아주 커다란 직육면체의 나무토막을 떠올린다. 손에는 한 뼘 길이의 조각칼이 쥐어져 있다고 상상한다. 그리고 숨을 한 번 내쉴 때마다 사각, 한 번의 부드러운 칼질. 나무는 연필밥처럼 밀려나간다. 나무토막이 매끄럽고 완벽한 구가 될 때까지 인내심 있게 깎아내야 한다. 거칠고 두꺼운 겉면을 벗겨내면 곧 하얗고 촉촉한 속살이 드러난다. 쌉쌀한 나무 향내가 물씬, 풍겨온다. 상상 속의 나무 깎기를 계속하다보면 잡생각이 사라진다. 텅 빈 공간에 나무와 나와 조각칼만 남는 것이다. 조금 더 이어가다보면 조각칼은 사라지고 구와 나만 남는다. 그쯤 되면 나는 가벼운 진공상태에 빠진 듯한 기분이 된다. 모든 걸 있는 그대로 바라보고, 거부감 없이 받아들일 수 있는 마음이 되는 것이다. 하지만 아량이나 이해심과는 좀 다른 차원이다. 몸과 머릿속이 해파리처럼 투명해져서 모든 것을 통과시키는 느낌이랄까.

보통은 반도 채 다듬기 전에 깊은 잠의 나락으로 빠져들곤 하지만 말이다.

시계를 확인했다. 새벽 세시가 훌쩍 넘어 있었다. 나는 자리를 털고 일어나 컴퓨터를 켰다. 모니터가 피곤한 눈을 부릅뜨듯 푸른빛 시작 화면을 띄웠다. 인턴 동기에게 빌린 영화 DVD를 재생시키고 무릎을 모아 앉았다. 장 피에르 주네 감독의 〈델리카트슨 사람들〉이었다. 영화는 안개가 낀 듯 뿌연 배경에서 시작되었다. 나는 재채기를 했다.

해물찜이 올라왔던 저녁식사를 마지막으로 박승안과는 일주일 가까이 연락을 하지 않았다. 그날, 불편한 디저트 시간을 간신히 견뎌낸 나는 도망치듯 그의 집에서 나와 엘리베이터에 올라탔다. 그들 부부는 현관문 앞에 엉거주춤 서서 나를 배웅했다. 엘리베이터 문이 닫힐 때 그 좁고 긴 틈으로 그의 아내와 눈이 마주쳤다. 그녀는 무슨 말인가 꺼내려는 듯 입을 벌렸지만 문 닫히는 속도가 더 빨랐다.

조금 전 박승안에게서 전화가 걸려왔다. 그는 내일 좀 만났으면 좋겠다고 띄엄띄엄 말했다. 나는 싫다고 대답했다. 그는 나의 퇴근시간에 맞춰 사무실 근처에서 기다리겠다고 말하고는 먼저 전화를 끊었다. 집에 돌아오자마자 목욕을 하고 긴 시간 공들여 손톱을 다듬었다. 새삼 그가 나를 너무 함부로 대한다는 생각이 들었다. 나는 그를 상처 입힐 수 있을 만한 말들을 떠올렸다. 많은 사람들 앞에서 그의 얼굴을 후려치고 순한 눈을 가진 그의 아내에게 독설을 퍼붓는 모습을 그려보았다. 종국에는 눈덩이처럼 불어난 상상이 그의 차 밑바닥에 폭탄을 장착하는 데까지 이어졌다. 유치하군. 나는 방바닥에 드러누우며 중얼거렸다. 차라리 유치한 게 나았다. 현실적인 것들은 너무 뻔하다.

모니터 속의 영화는 클라이맥스로 치닫고 있었다. 푸줏간 주인은 시커먼 칼을 들고 주인공을 쫓아다녔다. 그들이 사투를 벌이는 장소마다 낡은 계단 난간이며 문짝이 맥없이 떨어져나갔다. 나는 물을 한 잔 따라 들이켰다. 물은 미지근해서 마치 유령을 삼키는 기분이었다.

그는 구석진 자리에서 책을 들여다보고 있었다. 기둥 옆의 테이블은 다른 자리보다 소파가 작았다.

"빈자리도 많은데 이런 델 앉았대."

나는 서류철이 든 쇼핑백을 바닥에 내려놓았다. 종업원이 메뉴판을 들고 왔다. 그는 책을 덮고 안경을 벗었다.

"일찍 들어가봐야 돼요."

나는 아이스 아메리카노를 주문했다. 그가 고개를 끄덕였다.

"퀴즈쇼에 나가보기로 했어."

그가 진지한 표정으로 말했다.

"정말요?"

"농담이야."

"……웃기네."

"화났어?"

나는 핸드백 옆주머니 속에 손을 넣었다. 굴러다니던 피어스가 잡혔다. 다이아몬드 피어스에 관해 물어보고 싶은 게 많았다.

"귀 뚫은 적 있어요?"

그가 무슨 소리냐는 듯 나를 건너다보았다.

"이거 본 적 있죠?"

나는 피어스를 꺼내 테이블 위에 내려놓았다. 순간 그의 표정 너머로 보라색 그림자가 스쳐가는 것을 놓치지 않고 보았다.

"아, 그거."

커피가 나왔다. 나는 진한 아메리카노에 시럽을 듬뿍 넣고 휘휘 저었다.

"어디서 났어?"

"오빠가 내 방에 두고 갔어요."

"그랬어?"

그는 찻잔을 들었다. 그러고는 마시는 것을 잊기라도 한 듯 창밖을 내다보았다. 나는 빨대를 휘저어 잔 속의 얼음을 요란하게 달그락거렸다. 그가 찻잔을 테이블 위에 내려놓았다.

"니가 지금 무슨 말을 하려는 건지 알아."

"다행이네요. 난 무슨 말을 해야 할지 모르겠거든."

그는 가볍게 웃었다. 나는 비틀어진 감정을 감추기 위해 휴대폰을 들여다보는 척했다.

"이상한 생각 하지 마."

그가 테이블 가까이로 몸을 기울이며 말했다.

"너 주려고 산 거였어."

나는 고개를 들고 그를 바라보았다. 하지만 그는 적절한 순간에 시선을 부드럽게 피하는 법을 알고 있었다.

"근데 그 사람한테 더 잘 어울릴 것 같아서, 줬어."

"……그게 말이 된다고 생각해요?"

그날은 박승안이 교토에서 돌아온 다음날이었다. 그는 학교 근처에서 선배를 만나고 돌아가는 길에 편의점에 들렀다. 냉장고 문을 열고 드링크제를 집어들던 그는 낯익은 얼굴을 발견했다. 오빠는 식품 코너에 서서 삼각김밥과 훈제 계란을 고르고 있었다. 오빠가 슬리퍼를 끌며 카운터로 갔다. 그러고는 주머니를 뒤져 주섬주섬 천원짜리를 꺼냈다. 돈이 모자랐던 모양인지 삼각김밥 한 개를 빼서 밀어놓으려는 순간, 등뒤에 서 있던 박승안이 얼른 들고 있던 지폐를 내밀었다.

"또 뵙네요."

박승안이 넉살 좋게 웃으며 알은체를 했다. 오빠는 편의점 봉지를 받아들며 민망한 듯 마주 웃었다.

"그리고 포장마차에서 술 한잔 했지."

"술김에 피어스도 주고?"

"기가 막히게 잘 어울리더만. 보석을 달고 나니까 사람이 좀 우수에 젖어 보인다고 할까."

잔에 맺힌 물방울이 비틀거리며 미끄러져내렸다. 밑에 대어놓은 냅킨이 금세 흥건히 젖었다. 내가 오빠였더라면 절대 그 피어스를 달지 않았을 것이다. 내게 전해주었어야 했다.

나는 눈꺼풀을 문질렀다. 오랜 컴퓨터 작업 때문인지 눈 속에 시큰한 통증이 퍼졌다.

처음으로 피어스를 달고 거울을 들여다보았을 오빠를 상상할 수 있다. 오빠는 거울 속에 비친 자신의 모습을 오랫동안 응시하였을 것이다. 화려하게 빛을 반사하는 피어스와 그 보석으로 인해 한층 더 창백해 보이는 자신의 뺨, 보석과 함께 별자리처럼 절묘한 각도를 이루는 두 동공을, 양 귓불의 피어스 사이에 갇힌 듯 도드라진 콧대와 목선을. '참 잘 어울리시네요.' 누군가 옆에서 부추기듯 한마디했을 테지. 오빠는 피어스를 만지작거리다가 말없이 돌아섰을 것이다.

"그럼, 똑같은 건 왜 가지고 있는 거예요?"

나는 마지막 기대를 걸고 물었다.

"웃기게 들릴지 모르겠지만."

그가 자세를 고쳐 앉으며 말을 이었다.

"그 사람이 한 걸 보니까 나도 하나 가지고 싶었어. 다른 뜻은…… 없었어."

내가 원하던 대답이 아니었다.

그가 계산을 하는 동안 먼저 밖으로 나왔다. 커피숍 정원에 환한 조명등이 밝혀져 있었다. 불빛 주변으로 날벌레들이 날아다녔다. 잘 다듬어진 나무와 덤불에서 이제 막 여름에 접어든 식물의 싱그러운 향기가 물씬 풍겨났다. 그 사이에 유독 비쩍 마른 나무 한 그루가 눈에 들어왔다. 죽은 게 분명했다. 죽은 나무는 지난 계절에 시든 꽃을 아직도 매달고 있었다. 꽃은 마지막으로 받은 햇볕의 결을 몸에 새긴 채 말라 있었다. 말랐지만 시들었다는 느낌은 들지 않았다. 나무와 함께 죽었기 때문일 것이다. 얼어붙는다는 건 이런 게 아닐까. 나무는 지난 계절 피었던 꽃과 함께하기로 마음먹은 순간부터 제 몸속에 바깥과는 다른 계절을 품기 시작했을 것이다.

그가 차를 가져오지 않았기 때문에 우리는 가까운 정거장까지 함께 걸었다. 그는 담배를 연달아 피웠다.

"전요, 겁이 많아요."

"사람이 다 그렇지, 뭐."

"정말 그럴까요?"

나는 하늘을 올려다봤다. 어설픈 보름달이 떠 있었다. 하늘이 얼룩덜룩했다.

그러고 보면 어렸을 때 오빠와 함께 미술학원에 다닌 적이 있었다. 좋은 향기가 나던 젊은 여선생은 그림의 완성도를 위해서는 밑그림보다 색칠이 중요하다고 말했다. 붓자국을 잘 낸 그림이 잘 그린 그림이라고도 했다. 오빠는 그림을 나보다도 못 그렸다. 아예 미술에는 흥미가 없는 듯했다. 그런데도 여선생은 내 것보다 오빠의 그림을 더 좋아했다. 내 그림을 평가할 때는 색상 선택이나 꼼꼼한 색칠에 대해서 조곤조곤 칭찬했지만 정작 원장실 안에 걸어놓는 것은 오빠의 그림이었다. 내가 옷자락을 잡고 따지고 들면 선생은 '다른 애들도 아니고 네 오빠 건데 남매끼리 왜 그러니' 하며 웃었고, 엄마는 '네가 그림을 잘 그리는 건 다 아는 사실이니까, 오빠 자존심도 좀 북돋워주면 좋잖냐' 하고 어깨를 두드렸다.

"가끔, 나한테 상처 주는 사람들을 용서할 수가 없어요."

"너무 그러면 너만 피곤해져."

버스가 왔지만 나는 타지 않았다. 그도 별말 하지 않았다.

"왜 둘이 친한 거 나한텐 말 안 했어요?"

"네가 물어본 적이 없잖아. 물어봤음 말했지. 별것도 아닌데. 아, 그러고 보니……"

"네?"

"예전에 네가 그런 얘기 한 적 있잖아. 잠이 안 올 때 나무 깎는 상상을 하면 금방 졸려온다고."

나는 고개를 끄덕였다.

"나도 시도해봤거든. 별로 효과가 없더라. 그래서 다른 방법을 찾았는데, 나 같은 경우에는 노란 구렁이나 코뿔소를 떠올리니까 그렇게 잠이 잘 오는 거야. 그때 심야 다큐멘터리에서 본 적이 있었거든."

셔츠 윗주머니에서 휴대폰 액정이 빛났지만 그는 슬쩍 발신자 이름을 확인했을 뿐 받지 않았다.

"황금빛으로 펼쳐진 사막에 거대한 노란색 구렁이가 똬리를 틀고 있는 거야. 뜨거운 볕이 그 위로 작열하고, 바람 한 점 불지 않아. 구렁이는 노란 비늘을 반짝이면서 죽은 듯 꼼짝도 하지 않아. 코뿔소? 아, 그건 좀 간단해. 텔레비전에서 코뿔소떼가 줄지어 행렬하는 모습을 봤거든. 양을 세듯, 코뿔소를 세는 거지. 단 그놈들은 양보다 더 조용하고 느려. 덩치가 크기 때문에 수를 세는 속도도 자연히 느긋해지지. 네 말대로 수면제보다 더 효과가 좋더라, 하하."

"그런 것들을 떠올리면, 왠지 악몽을 꿀 것 같은데."

나는 시큰둥하게 대꾸했다. 그는 주머니에 손을 찔러넣으며 말을 이었다.

"근데 언제부터인가 뜬금없이 다른 게 떠올라. 잠자리에 눕기만 하면 말야. 구렁이나 코뿔소가 그려지긴커녕, 일부러 다른 잡생각을 끌어오려 해도 오직 한 가지 생각밖에 안 난단 말이지."

"그게 뭔데요?"

그는 나를 흘끔 쳐다보았다.

"양파."

아, 그 눈물나는 채소 말이죠. 나는 비꼬듯 중얼거렸다. 정거장 옆 오락실에서 우르르 한 무리의 사람들이 몰려나왔다.

하얗게 부푼 치마를 입은 어린 소녀처럼 무방비해 보이는 양파. 손끝에서 얇게 벗겨지는 껍질이 실크처럼 부드러운, 더이상 벗기지 말아달라고 애원하는 것 같은, 한 꺼풀씩 떼어낼수록 이상한 절망과 집착을 느끼게 하는.

"그래서 양파를 생각하면 잠이 잘 와요?"

"아니, 전혀. 불면증이 아닐까 의심될 정도야."

그는 얼굴을 찡그렸다.

"그거요."

응? 그가 휴대폰의 착신 기록을 확인하며 건성으로 반응했다.

"양파 껍질은 꼭 열어도 열어도 계속 나타나는 문 같잖아요. 나는 그거, 양파의 폭력성이라고 생각해요."

"그래?"

그는 멀리서 다가오는 버스를 살폈다. 그러고는 가볍게 내 등을 두드렸다. 자, 이제 집에 갈 시간이야.

나는 지갑을 꺼내들었다. 그리고 정거장에 조금 못 미쳐 멈춰 선 버스를 향해 걸음을 옮기다가 문득, 박승안을 돌아보았다. 그가 손을 들어 보였다. 쓸쓸해 보였다.

학교 식당에서 그날 메뉴로 나온 떡국을 쟁반에 옮겨 받고 있었다. 눅눅한 김가루와 잘게 썬 달걀지단이 들어간 떡국은 걸쭉하고 미지근했다. 대학원에 다니는 선배는 아침부터 푹푹 찌는 더위에 대해 불평

하고 있었다. 선배의 짧은 티셔츠 소매 밑으로 발갛게 부어오른 모기 물린 자국이 보였다.

그릇을 반쯤 비웠을 때 집에서 전화가 걸려왔다. 나는 입에 든 음식을 씹으며 통화 버튼을 눌렀다. 평소에는 낮에 수업이 있는 것을 알기 때문에 엄마는 주로 퇴근시간에 맞춰서 안부 전화를 걸어오곤 했었다.

"너 지금 좀 내려와야겠다."

엄마의 목소리가 갈라졌다. 좋지 않은 일에 대해 얘기할 때면 엄마는 보통때보다 더 느리고 분명하게 말하는 습관이 있다. 입에서 흘러나오는 단어 하나하나가 앞일에 영향을 미칠 수도 있다고 생각하여 지나칠 만큼 조심성을 띠게 되는 것이다.

"아버지가 쓰러지셨어."

아버지는 목욕탕 앞 삼거리에서 쓰러졌다고 했다. 숱이 적은 머리카락은 덜 마른 채 샴푸 냄새를 풍기고 있었고. 엄마는 늘 아버지의 혈압에 대해 이야기하곤 했다. 아버지는 엄마가 건강에 대해서 주의를 줄 때마다 지겹다는 듯 텔레비전 채널을 바꾸거나 슬그머니 일어나 자리를 떴다. 아버지의 건강에 대해 집요하다 싶을 정도로 집착하는 것은 오빠나 나, 의사도 아닌 엄마 한 사람뿐이었다.

엄마의 전화를 끊자마자 오빠에게서 연락이 왔다. 오빠는 지금 남부터미널에서 만나자고 했다. 식당을 나서자 매미 울음소리가 요란하게 귀청을 울렸다. 나는 무심코 하늘을 올려다보았다. 진득한 땀줄기가 목덜미를 타고 흘러내렸다. 여름은 어떤 일이든 일어날 수 있는 계절 같다.

오빠는 먼저 도착해 있었다. 오빠가 미리 사놓은 버스표를 건넸다.

나는 창가 자리에 앉자마자 거친 재질의 커튼을 쳤다. 냉방을 시작한 버스 안은 곧 콧등이 시릴 만큼 추워졌다.

"아버지랑 피어스 갖고 싸울 일 없겠네."

나는 차창 밖에 시선을 둔 채로 말했다. 오빠는 대꾸하지 않았다.

"그거 잃어버렸거든."

그제야 오빠가 나를 쳐다보았다. 힐난하는 듯한 눈빛이었다.

"지금 그게 중요한 게 아니잖아. 의식이 없으시다는데."

오빠가 핀잔했다. 차가 멈추었다가 다시 움직일 때마다 커튼 틈 사이로 날카로운 햇빛이 찌르듯 들이비쳤다. 나는 미간을 찡그렸다.

"진아는?"

"나갔어."

"별일이네. 걔 요즘 일해?"

"아니. 짐 싸들고 나갔어."

오빠는 더이상 말을 시키지 말아달라는 듯 눈을 감고 잠을 청했다. 나도 곧 눈을 감았다. 진아와 오빠가 다툰 모양이다. 홧김에 가방을 싸들고 나가 집 근처를 서성이고 있을 테지. 서울에 돌아가면 다시 옥탑방에서 늘어난 티셔츠를 입고 오빠를 기다리고 있을 것이다.

깜빡 잠이 들었다. 강물 같은 잠이었다. 시간이 얼마나 지났을까. 오빠의 주머니 속에서 울리는 진동 때문에 둘이 동시에 깨어났다. 나는 커튼을 살짝 젖히고 이정표를 확인했다. 전화를 받은 오빠가 내 손목을 잡았다. 나는 반사적으로 오빠를 떨쳐냈다.

"아버지 돌아가셨대."

터미널까지는 아직 십이 킬로미터가 더 남아 있었다.

*

내가 처음으로 장례식을 본 것은 아홉 살 때였다. 중풍을 오래 앓았던 할아버지의 장례식이었다. 늦가을에 접어든 선산은 쓸쓸해 보였다. 나는 메뚜기를 찾아보려고 나뭇가지로 풀숲을 두드렸다. 튀어오르는 벌레는 한 마리도 없었다. 나뭇가지를 던져버리고 관이 내려가는 모습을 지켜보며 엉뚱한 생각을 했다. 모두들 죽은 줄 알고 하관을 마쳤는데, 관 속에서 다시 눈을 뜨면 어떻게 될까. 흙의 무게에 눌린 관 속에서 이번엔 제대로 숨이 끊기기를 기다려야 하는 걸까.

산에서 내려온 나는 할머니 댁의 부엌 문지방에 걸터앉아 있었다. 불 위에는 커다란 냄비가 끓고 있었다. 작은엄마가 할머니에게 드릴 뼛국을 우려내는 중이었다. 기름지고 뜨거운 연기가 흘러와 몸에 달라붙었다. 방안에서 막내고모의 울음소리가 들려왔다. 오빠가 고무슬리퍼를 끌고 부엌으로 나왔다. 나는 오빠 쪽을 쳐다보지 않은 채 짐짓 시큰둥한 말투로 물었다.

"할아버지 말야, 다 썩고 나면 어떻게 되지?"

오빠는 바닥에 굴러다니는 소쿠리를 발로 밀쳐냈다.

"뼈만 남겠지."

"아니, 진짜 할아버지 말야. 영혼 같은 거."

"그런 게 어딨어. 뼈만 남지."

나는 생전의 할아버지와 별로 친하지 않았지만 그때만큼은 오빠를 쥐어박아주고 싶은 충동을 느꼈다. 다시 어린아이가 될 때까지 깊고 달콤한 잠을 잔다든가, 바람이 되어 섬나라를 여행한다는 등의 대답을 기대한 것은 아니었으나 성의 없는 대답은 원치 않았다.

"뼈에서는 무슨 냄새가 날까?"

오빠가 끓는 냄비를 바라보며 물었다. 나는 나란히 모은 무릎에 턱을 괴고 부엌 바닥에 뚫린 초록색 수챗구멍을 응시했다. 우리는 한동안 잠자코 있었다. 마당에서 아버지와 큰아버지가 목소리를 낮춰 무어라 다투고 있었다. 내가 앉아 있던 문지방은, 그해 가장 낮은 음계였다.

*

다음날 저녁 재우가 내려왔다. 재우는 장례식이 끝나기까지 남은 이틀 내내 머무르며 일을 도와주었다. 할머니는 빈소의 쪽방 안에 누워 있었다. 장지에 나가는 날 오전부터 왼쪽 눈이 쑤시더니 선산에 도착했을 때는 제대로 뜰 수 없을 정도로 부어올랐다. 흰자위에 붉은 잉크를 떨어뜨린 듯 눈이 충혈되었다. 모두들 내가 너무 울어서 눈이 잘못된 것이라 여기는 듯했다. 눈병이었다. 눈물을 흘리자 심한 통증과 함께 머리와 입천장까지 지끈거렸다. 관 위에 흙이 덮이는 순간, 나는 '쩍!' 하는 소리를 들었다. 나무 문짝이 떨어져나가는 듯한 소리였다. 주위를 돌아보았지만 다른 사람들은 듣지 못한 눈치였다. 나는 산을 내려갈 때까지 그 소리의 근원을 찾아 두리번거렸다.

일요일이어서 문을 연 병원이 없었다. 나는 고맙다는 인사도 제대로 하지 못한 채 재우를 서울로 보냈다. 항생제를 먹고 누워 있으려니 소낙비처럼 졸음이 쏟아졌다. 나는 집에 배어 있는 아버지의 체취를 느끼며 이마에 팔을 얹었다. 베개 밑에서 휴대폰이 울렸다. 액정에 뜬 것은 낯선 번호였다. 받지 않은 채로 두었다. 전화는 끊어졌다가 다시 울렸다.

"여보세요."

박승안이었다. 그는 휴대폰 배터리가 떨어져 공중전화 부스에 들어왔다고 했다. 나는 아무 대꾸도 하지 않았다. 그는 지금 이곳에 내려와 있는 모양이었다. 뒤늦게 얘기를 듣게 되어 이제야 아버지의 장례를 치른 병원 앞에 도착해 있다고 했다. 나는 왼쪽 눈에 안대를 하고 집을 나섰다. 병원까지는 버스로 세 정거장 거리였는데, 걷다가 정신을 차려보니 어느 틈엔가 정거장을 지나쳐 있었다.

걸음을 멈추었다. 지나친 정거장으로 돌아갈 것인가, 다음 정거장까지 걸어갈 것인가 갈등했다. 아버지가 담배를 사곤 하던 슈퍼마켓 앞이었다. 유리문 안쪽으로 주인 여자가 부채질을 하며 텔레비전을 보고 있었다. 털이 누런 개도 여느 때처럼 여자의 발치에 엎드려 있었다. 여자의 등뒤로 각종 담배가 나란히 꽂힌 진열장이 보였다. 속이 쓰리더니 갑자기 헛구역질이 치밀었다. 나는 슈퍼 옆 골목으로 들어갔다. 온몸이 따끔거리며 식은땀이 흘렀다. 숨을 고르고 건물 벽에 기대어 섰다. 온 신경을 눈의 통증에 집중시켰다. 통증이 좀더 심해져도 괜찮을 것 같다고 생각했다. 시간이 조금 지나고 나자 몸에 왼쪽 눈만 남은 것 같은 착각이 들었다.

대학에 입학하여 서울로 집을 옮기고 난 후, 아버지와는 긴 이야기를 나눈 적이 거의 없었다. 사실 어렸을 적에도 아버지와 나는 썩 살가운 사이가 아니었다. 아버지가 워낙 무뚝뚝한데다가 집에 머무르는 시간도 길지 않았기 때문이다. 얼굴을 마주하는 건 기껏해야 저녁 밥상 앞에서뿐이었는데, 고등학교에 들어가 독서실에 다니기 시작하고서부터는 그조차도 어려워졌다. 나는 마지막으로 들었던 아버지의 농담을 떠올렸다. 내가 어학연수를 끝마치고 집에 내려갔을 때였다.

딱히 할말이 없어 어색한 분위기를 이어가던 저녁식사 시간이었다. 아버지가 실수로 '기러기 아빠'를 '갈매기 아빠'로 잘못 말한 적이 있었다. 나는 그날 처음으로 웃음을 터뜨렸다. 아버지는 멋쩍은 표정을 지었다. 그리고 몇 분 후에 다시 똑같은 실수를 했다. 누가 봐도 일부러 반복한 티가 역력했다. 나는 다시 웃는 척했다. 아버지는 시치미를 뚝 뗀 채 '기러기나 갈매기나 그게 그거지' 하고는 웃고 있는 나를 슬쩍 살폈다.

보통때 아버지는 채소가게를 자주 들여다보는 편이 아니었는데, 얼마 전부터 곧잘 가게에 나와 엄마 곁에서 신문을 읽거나 텔레비전을 보곤 했다고 한다. 전화로 그 이야기를 자랑하듯 꺼내는 엄마는 기분이 좋아 보였었다.

나는 병원으로 향하는 것을 그만두고 다시 집 쪽으로 돌아섰다. 도중에 전화가 몇 차례 걸려왔지만 받지 않았다.

"와주셔서 감사했어요."

"에이 뭘, 눈은 왜 그래요?"

회사 선배이자 평소 촐싹거리기로 유명한 '똥파리' 최성철이 안대를 가리키며 물었다. 엘리베이터 문이 열렸다. 나는 대충 얼버무리며 먼저 내렸다. 그는 내 인턴 동기와 함께 아버지의 장례식에 찾아왔었다.

인사만 하다시피 하고 그들을 챙길 새가 없었는데, 장례식이 끝나고 이틀 뒤에야 그가 내 앞으로 선물을 남기고 갔다는 것을 알게 되었다.

상자에 들어 있는 것은 손바닥 크기의 탁상시계였다. 나는 알람 버튼을 만지작거리며 대체 무슨 생각으로 이런 생뚱맞은 선물을 두고 간 것인가 의아해했다. 탁상시계를 아무렇게나 팽개쳐둔 채 잊고 서울에 올라왔다.

그날 박승안은 나와 연락이 되지 않자 그냥 서울로 돌아간 모양이었다. 그뒤로 연락이 없었다.

"그거 혹시 옮는 거예요?"

최성철이 잰걸음으로 곁에 따라붙으며 슬쩍 물었다. 한마디를 해도 꼭 밉상이었다.

"전염되는 거 아니니까 걱정 마세요."

"장난인데. 병원 가봤어요?"

나는 대답하지 않고 로비를 가로질러 걸었다.

"좀더 쉬지 그랬어요."

최성철은 회전문을 지나쳐 대로변으로 나올 때까지 끈질기게 따라왔다. 나는 노골적으로 싫은 기색을 내비쳤지만 전혀 아랑곳하는 눈치가 아니었다. 최성철과 나란히 횡단보도 앞에 서게 되었다. 나는 그의 말을 가로막기 위해 휴대폰을 꺼냈다. 마침 오빠의 번호가 눈에 띄었다. 별생각 없이 통화 버튼을 누르고 길 건너편을 바라보는 척하고 있는데, 웬일인지 평소에는 연락할 사람도 없을 것 같던 오빠가 통화 중이었다. 길을 건너 버스를 기다리며 다시 전화를 걸었을 때까지도.

"왜 그렇게 안절부절못해요."

함께 버스를 기다려주겠다고 나선 최성철이 재미있다는 눈으로 나를 바라보며 말했다.

"내가 언제요."

"아까부터 계속 그러잖아요."

"그런 거 아니에요."

"에이, 맞는데."

"아니라니까요."

"이거 봐, 또 안절부절못하네."

"적당히 좀 하세요, 진짜!"

나도 모르게 빽 소리를 지르며 그를 노려보았다. 최성철은 입을 약간 벌린 채 멍청하게 나를 쳐다보았다. 가슴 저 깊숙한 곳에서 석유 냄새 같은 것이 울컥 솟구쳤다.

"사람이 왜 그래요? 그렇게 분위기 파악을 못해요?"

최성철이 한 발짝 다가서며 무슨 말인가 꺼내려 했지만, 듣고 싶지 않았다.

"나한테 왜 이래요? 내가 뭘 어쨌다고 자꾸 이래요!"

나는 와락 울음을 터뜨렸다. 단단한 매듭처럼 뭉쳐 있던 몸이 물에 젖은 휴지처럼 맥없이 풀어지는 기분이었다. 손목으로 눈을 가린 채 소리내어 울었다. 사람들이 수군거리는 것이 느껴졌다. 최성철은 차마 나를 달래지도 못한 채 어쩔 줄 몰라하며 서 있었다. 안대가 축축하게 젖었다. 저녁 바람에 고등어 굽는 냄새가 실려왔다. 분명 이 근처에 있는 낙원식당이나 고향정식집에서 풍기는 냄새겠지. 원룸으로 돌아가면 냉장고 청소를 해야겠다. 냉장고 깊숙한 곳에는 엄마가 몇 달 전에 보내준 김치와 반찬 몇 가지가 거의 손도 대지 않은 채 고스란히 묵어 있다. 전부 버리고 반찬통을 깨끗이 씻어 말려야지. 음식 냄새가 빠지고 나면 새로 장을 봐다가 물김치를 담가서 넣어두어야겠다.

때마침 버스가 도착했다. 나는 도망치듯 차에 올라탔다. 붐비는 사람들을 헤치고 뒷자리로 가서 서자 누군가 자리를 양보해주었다. 다들 내가 눈이 너무 아파서 우는 줄 아는 모양이었다.

"약은 챙겨 먹었어요?"

나는 황급히 고개를 들었다. 최성철이 가쁜 숨을 고르며 나를 내려다보고 있었다. 간신히 멈추었던 울음이 또다시 터져나왔다.

"쫓아오지 말라구요. 나 좀 그냥 내버려둬요."

"알아요, 알아. 아무 말 안 하고 여기 서 있기만 할게요."

최성철은 '이거 봐요, 이렇게'라고 말하듯 손잡이를 잡고 짐짓 차창 밖을 쳐다보는 척했다.

그는 내가 동네에서 내린 것을 확인하고는 길 맞은편으로 건너가 버스를 타고 돌아갔다. 나는 거의 뛰다시피 원룸 건물을 향해 걸었다. 술을 한잔 걸친 학교 새내기들이 왁자지껄 웃으며 내 곁을 스쳐갔다.

원룸에 도착하자마자 박승안에게 전화를 걸었다. 야채죽과 차가운 사이다를 사들고 지금 당장 찾아와달라고, 전에 없던 투정을 부려보고 싶었다. 그러나 긴 신호음 끝에 전화를 받은 것은 그의 아내였다. 나는 숨을 죽인 채 전화를 끊으려 했다. 전화기 너머의 여자가 내 팔을 움켜쥐듯 다급히 말했다.

"끊지 마세요!"

그녀는 떨리는 목소리로 말을 이었다.

"혹시 학교에 무슨 일 있나요? 그이가 어제저녁에 전화를 받고 나간 뒤로 연락이 없어요. 휴대폰도 일부러 두고 간 것 같고. 갑자기 안 좋은 일이 생겼나 해서."

나도 모르는 일이었다. 전화를 끊고 난 뒤 안약을 넣었다. 침대 위에 암모나이트 화석처럼 몸을 둥글게 말고 누워 눈을 감았다. 곧 입안으로 씁쓸한 약맛이 내려왔다. 휴대폰을 만지작거리다가 오빠에게 다시 전화를 걸었다. 신호음이 굴러가기 무섭게 오빠의 목소리가 들려왔다. 뒤편이 시끌벅적했다.

"오빠 지금 어디야?"

"일해."

"아, 그렇구나."

"무슨 일이야?"

"별건 아니고…… 진아는 돌아왔어?"

"아니. 바쁘니까 내가 나중에 전화할게."

누군가 오빠의 이름을 불렀고, 지저분한 낙서처럼 귓속을 어지럽히던 소음 속에서 전화가 끊겼다. 일을 하고 있었구나. 괜히 이런저런 걱정을 했네. 나는 혼잣말을 중얼거리며 뒤척였다. 말과는 다르게 한숨이 흘러나왔다. 정확히 짚어낼 수는 없으나 그 무언가가 놓여 있지 말아야 할 자리에 잘못 배치되어 있다는 직감이 들어 불안해졌다.

너는 어떻습니까?

방학이 시작되었다. 인턴 근무시간이 오후에서 종일로 바뀌었다.

원룸의 보증금이 훌쩍 오르는 바람에 가까운 곳으로 방을 알아보러 다녀야 했다. 장마에 접어든 날씨가 습했다. 새로 찾은 방은 사층 주택의 삼층 원룸이었다. 건물 주인은 코가 무릎에 닿을 만큼 허리가 굽은 할머니였는데 성격이 무척 털털했다. 부엌과 욕실이 좁은 것이 흠이었지만 좁으나마 베란다가 붙어 있다는 게 마음에 들었다.

이사를 하는 김에 쓸모없는 짐을 줄이고 낡은 물건들을 교체하기로 했다. 먼저 팔걸이가 망가진 책상 의자를 새것으로 바꾸는 게 우선이었다. 오래 쓴 거라 정이 들긴 했지만 바퀴 한쪽이 곧 빠질 이처럼 덜그럭거리는 게 영 불안했다.

"이거 예쁘다, 아담한 게."

재우가 보라색 일인용 소파를 가리켰다.

"지금 책상 의자를 고르는 거라고. 소파 둘 자리 같은 건 없어."

재우는 떠밀듯 나를 소파에 앉혔다. 푹신한 쿠션이 기분좋게 등과 엉덩이를 감쌌다. 벨벳 재질이 부드럽게 살갗을 간질였다. 약간 떨어진 곳에서 우리를 살피고 있던 매장 직원이 때를 놓치지 않고 다가와 소파에 대한 찬사를 늘어놓았다.

"일인용 소파라니 좀 청승맞다."

나는 괜히 트집을 잡으며 자리에서 일어났다.

"곧 생일 다가오잖아. 선물로 사줄까?"

재우는 소파가 상당히 마음에 든 모양이었다. 나는 소파의 가격표를 흘끗 확인하고 식겁했다. 일인용임에도 옆에 진열된 삼인용 소파보다 값이 비쌌다. 내 생각을 눈치챈 직원은 슬그머니 값이 저렴한 소파 쪽으로 우리를 안내하려 했다. 나는 재우의 옷자락을 끌고 다른 매장으로 걸음을 옮겼다.

재우와 나는 스탠드바와 미용실 의자에서부터 식탁 의자, 사무실 의자, 도대체 어디에 엉덩이를 붙이고 앉아야 할지 난감한 디자인 의자까지 수많은 종류의 의자들을 구경했다. 두 시간 남짓 매장들을 돌아다닌 끝에 내가 고른 것은 자세 교정 기능이 있다는 파란색 등받이의 듀오백이었다. 어느 매장에서나 쉽게 볼 수 있는 흔한 모델이었다.

배송 주문을 마치고 매장에서 나오자 속이 허기졌다. 우리는 가까운 패스트푸드점으로 들어갔다. 이층 테이블에 앉아 햄버거 세트와 샐러드를 먹으며 창밖을 내다보았다. 말끔한 유리창 너머로 빗방울이 하나둘씩 떨어졌다.

"이미주씨 결혼한대."

새 케첩을 짜놓던 재우가 입을 열었다. 나는 손가락에 묻은 마요네

즈를 빨아먹다가 재우를 빤히 쳐다보았다. 이미주는 재우가 만나고 있던 연상의 여자였다. 재우는 덤덤한 척했지만 동요하고 있는 기색이 역력했다.

"팥빙수 사올게."

재우가 지갑을 들고 일어섰다. 창밖으로 둥근 우산들이 내려다보였다. 이윽고 재우가 일회용 그릇에 든 팥빙수를 들고 올라왔다. 팥과 통조림 과일이 잔뜩 덮인 얼음산 꼭대기에는 붉은 체리 한 알이 살짝 얹혀 있었다. 윤기를 띤 체리의 색깔이 너무 선명해서 왠지 기가 죽었다.

"그 강사는 자주 만나?"

재우가 플라스틱 숟가락을 푹 꽂으며 물었다. 나는 가볍게 웃었다.

요즘은 박승안보다도 그의 아내에게서 걸려오는 전화가 더 잦았다. 그는 학교에 살다시피 한다고 했다. 나는 전처럼 그와 자주 만나지 못했다. 내가 그와 함께 있지 않다는 것을 확인할 때마다 전화기 너머의 그녀가 안도하는 게 느껴졌다. 한번은 따로 만나자고 해서 딱 잘라 거절을 했더니 어떻게 알아냈는지 내 원룸으로 포도가 가득 든 상자를 보냈다. 고향집에서 보내준 건데 둘이 먹기엔 양이 많아 나눠주는 거라고 했다. 유약한 것 같으면서도 한편으로 사람을 질리게 만드는 데가 있는 여자였다. 그녀는 박승안을 정면으로 마주볼 용기가 없어서 자꾸 내 쪽으로 몸을 틀어 앉는 것 같았다.

"남편은 다섯 살 연상이고 학교 선배래. 전부터 미주씨를 쫓아다녔다더라."

재우가 붉은 시럽이 뿌려진 얼음을 고명과 함께 섞으며 중얼거렸다.

"보통 일이 아니지. 사람 만나고 헤어지는 거."

나는 빙수를 한 숟가락 입에 넣으며 대꾸했다.

"그래서 말인데."

재우가 쟁반 위에 젖은 숟가락을 내려놓았다. 새로 출시된 버거 세트를 주문하면 무료 영화티켓을 준다는 광고지가 물기로 얼룩졌다.

"이제 그만 만나자."

재우가 말했다. 나는 빙수 속에 잠긴 체리를 찾으며 잠자코 있었다.

"지금이 아니면 너랑 헤어지기가 힘들 것 같아."

"쇠뿔도 단김에 빼랬다고, 나까지 묻어가는 거야?"

농담조로 물었다. 재우는 그 와중에도 힘없는 웃음을 짓더니 "아냐, 아니지" 하고 부인했다.

"만일 우리가 결혼하면 오래오래 행복하게 살 수 있을까?"

내가 물었다. 재우는 가만히 생각하는 눈치더니 진지하게 되물었다.

"그 생각도 해봤는데, 넌 어때?"

나는 어려울 것 같아, 하고 대답했다. 재우도 천천히 고개를 끄덕였다. 빙수는 천천히 녹아갔다. 매끈매끈한 팥알 사이로 체리가 둥실 떠오르듯 드러났다.

"거봐. 언젠가는 헤어질 건데."

나는 빗물이 흐르는 유리창을 손끝으로 훑어내리며 중얼거렸다.

"꼭 그게 오늘일 필요는 없잖아."

토요일 오전, 진아에게서 전화가 걸려왔을 때 나는 중요한 짐들을 따로 싸두던 중이었다. 진아의 목소리는 축 가라앉아 있었다. 그애는 지금 오빠의 옥탑방에 있다고 했다. 잠깐 들러줄 수 있겠느냐고, 어울리지 않게 얌전한 말투로 부탁했다.

긴 우산을 바닥에 직직 끌며 집을 나섰다. 밤새 내리던 비는 그쳐 있었다. 주말 정오의 동네는 한산했다. 오빠의 옥탑방은 오랜만이었다. 선뜻 가겠다고 한 것은 진아의 부탁을 거절하기 어려워서라기보다 그간 무슨 일이 있었는지 궁금했기 때문이다. 골목에 들어서자 비에 젖은 개 한 마리가 혓바닥을 내밀고 전봇대 밑을 기웃거리고 있었다. 나는 열려 있는 대문 안으로 들어섰다.

옥탑방으로 향하는 계단에는 전에 없던 화초 화분 몇 개가 놓여 있었다. 끝날 줄 모르는 장마 때문에 들여놓은 모양이었다. 화초들은 잠에서 덜 깬 어린아이처럼 하나같이 찌뿌듯한 기색이었다.

진아는 옥상 난간에 기대어 서 있었다. 긴 머리칼을 한데 올려 묶었다. 빛바랜 체크무늬 짐 가방 두 개가 앞에 놓여 있었다. 나는 문이 활짝 열려 있는 옥탑방 쪽으로 시선을 옮겼다.

평소의 오빠는 한여름에도 절대 현관문을 열어놓는 법이 없었다. 문을 열어놓고 있으면 이상하게 목덜미가 서늘하다고 했다. 내가 현관문과 진아를 번갈아 바라보자, 그애는 들어가보라는 듯 턱짓을 했다. 집안에 들어서자 시큼한 김치 냄새가 코를 찔렀다.

"앗, 따가워!"

부엌의 문턱을 넘어서던 나는 진저리를 치며 물러났다. 날카로운 통증이 발바닥을 타고 올라와 복사뼈를 울렸다. 반찬 그릇이 산산조각 난 채 뒹굴고 있었다. 뒤엎어진 밥상이 네 다리를 허공에 쳐들고 문지방에 걸쳐져 있고, 누런 밥덩이와 시금치무침, 보시기에서 쏟아진 김치가 장판 위며 구석에 쌓인 이불 더미에 흩어져 있었다. 한쪽

구석에는 서랍장 위에서 떨어진 로션 병이 박살나 있었다. 순간 나는 입을 틀어막으며 숨을 멈추었다. 바닥에 어지러이 떨어진 핏자국이 눈에 띄었다. 핏자국은 화장실 앞까지 이어져 있었다.

뒤집힌 슬리퍼와 고무 대야가 덩그러니 놓여 있는 화장실. 오빠는 집에 없었다.

"이게 어떻게 된 거야?"

진아는 대답하는 대신 핫팬츠 주머니에 손을 꽂은 채 나를 물끄러미 건너다보았다.

"니가 보는 그대로."

"오빠는 어딨어?"

"도망쳤어."

이제 보니 진아의 입술 한쪽이 금붕어 배처럼 두둑하게 부어올라 있었다. 진아는 난간 너머로 아슬아슬하게 몸을 기울이고 섰다.

"너도 슬슬 현실을 직시할 때가 되지 않았니? 언제까지 모르는 척할 거야."

웃음기 섞인 진아의 목소리가 바람을 타고 휘청거렸다.

"박승안 그 남자가 자꾸 너희 오빠한테 선물을 사주더라. 그래놓고 오빠를 좋아하느냐고 물었더니만 도리어 날 이상한 사람 취급하는 거야. 남자끼리 그럴 리가 있겠느냐고. 뭐 그 사람은 그렇다고 쳐. 그런데 말야, 너도 알다시피 너희 오빤 좀 다르잖아."

나는 옥탑방의 현관문을 요란하게 닫는 것으로 진아의 말을 잘랐다. 하려는 말이 무엇인지, 듣지 않아도 알 수 있었다. 계단 쪽으로 돌아섰다. 황급히 걸음을 옮기는 바람에 옥상 한편에 세워둔 장대가 발에 채어 쓰러졌다.

"난 오빠를 무지 사랑하고, 넌 오빠를 엄청 싫어하니까 우리 좋은 파트너가 되겠는데."

무슨 뜻이야? 장대를 주워 세우던 나는 눈짓으로 물었다.

"오빠, 죽여버리는 거야."

나는 꼼짝하지 않은 채 진아를 노려보았다. 진아는 소리내어 웃었다. 그애는 머리카락이 닿은 목덜미를 긁적이며 어깨를 으쓱했다.

"농담이야, 농담. 뭘 그렇게 정색하고 그래? 심하게 다치진 않았어."

하늘은 여전히 젖은 수건처럼 습했지만 입안에서는 건조한 모래맛이 났다. 진아는 오빠와 다투다가 잠깐 몸싸움을 하게 되었다고 말했다. 가만히 듣고 있으려니 혼란스러웠다. 홧김에 물건을 집어던졌는데 오빠의 콧등에 맞았다는 건지 일부러 오빠의 코를 노리고 내려쳤다는 건지, 도통 알아들을 수가 없었다. 나는 불안하게 흔들리는 진아의 눈동자를 보고 서둘러 자리를 피했다.

옥탑방에 다녀온 지 나흘째 되는 날이었다. 오빠는 핏자국을 남기고 사라진 뒤로 연락이 되지 않았다. 가뜩이나 몸이 약해진 엄마가 걱정할까봐 집에는 내가 적당히 둘러댔다.

월차를 내고 이사를 도와주기로 했던 재우는 오지 않았다. 용달을 끌고 온 이사업체 사람이 오만원을 추가로 받고 짐 옮기는 것을 도와주었다. 짐을 풀고 화장실 청소까지 마치고 나니 자정이 넘어 있었다. 참치 캔을 뜯어 햇반과 함께 늦은 저녁을 먹었다.

냉수로 입을 헹구는데 문밖에서 발소리가 들렸다. 나는 숨을 죽이고 귀를 기울였다. 발소리는 내 방 현관문 앞에서 멈추었다. 지익직, 신발 밑창 끄는 소리가 들렸다. 신경이 바짝 곤두서는 것을 느끼며 등을 움츠렸다. 슬그머니 문손잡이를 돌리는 기척이 느껴졌다. 등을 움츠린 채 조심조심 현관문 쪽으로 다가갔다. 이중으로 된 잠금장치는 제대로 걸려 있었지만 금방이라도 낯선 침입자가 문을 열고 성큼 들어설 것만 같은 불안감이 엄습했다. 나는 리모컨을 더듬어 찾아 텔레비전을 켜고 볼륨을 있는 대로 높였다. 얼마 있지 않아 문 앞을 맴돌던 발소리가 천천히 멀어졌다. 심장이 숨막히게 방망이질 쳤다. 휴대폰을 찾아 재우에게 전화를 걸었다. 잠든 모양인지 연결이 되지 않았다. 아까까지만 해도 덥던 방안이 서늘하게 느껴졌다. 바닥에 웅크리고 앉아 박승안에게 전화를 걸었다. 기대하지 않고 있었는데 신호음이 떨어지기 무섭게 그의 목소리가 들려왔다.

"밤늦게 죄송해요."

침착하게 말하려 애썼지만 목소리가 엉망으로 떨렸다. 나는 이사한 주소를 알려주곤 지금 바로 와줄 수 있겠느냐고 물었다. 잠시 사이를 둔 뒤, 그는 알겠다고 대답했다.

"정말 괜찮겠어요?"

나는 재차 물었다. 그가 오지 못한다면 다른 누구에게라도 연락을 해서 와달라고 하고 싶은 심정이었다. 그는 자기도 집이 아닌 다른 곳이기 때문에 곧 올 수 있다고 했다. 전화를 끊고 나자 한결 마음이 놓였다. 이래서 내가 박승안을 쉽게 떠날 수 없는 것이라며, 평소와 다르게 감상적인 생각이 솟기도 했다. 옷 정리가 덜 되었지만 방을 꾸밀 마음이 나지 않았다. 나는 침대에 기대앉아 재차 시간을 확인했다.

그날 밤, 박승안은 오지 않았다. 내가 눈을 뜬 것은 가구 배송업체에서 걸려온 전화 때문이었다. 직원은 골목에 도착했다며 자세한 위치를 묻고 문을 열어주기를 부탁했다. 나는 부스스 몸을 일으켰다. 앉은 채로 잠든 탓에 목과 허리가 뻐근했다. 큼직한 베란다 창문으로 눈부신 아침 햇살이 들이치고 있었다. 커튼을 사다가 달아야겠다고 생각했다.

박승안은 부재중 전화도 한 통 남기지 않았다. 나는 좀 멍한 기분이 되어 휴대폰을 들여다보았다.

"계십니까!"

직원이 기운차게 문을 두드렸다.

내 앞으로 배달되어 온 것은 보라색 일인용 소파였다. 생일 축하한다, 이번에는 함께 있어주지 못해서 미안하다는 재우의 카드가 동봉되어 있었다. 내 생일은 내일이었다. 나는 소파를 방 한가운데 두고 난감하게 서 있었다. 방안에 두었다가는 부엌이나 화장실에 갈 때 소파 위로 넘어 다녀야 할 지경이었다.

이윽고 소파를 놓을 장소를 결정했다. 빨래건조대를 세워둔 베란다였다. 빨래는 전처럼 옥상에 널어 말려야 할 것 같았다. 소파를 옮겨놓으니 베란다가 꽉 찼다. 나는 창문을 활짝 열고 소파에 앉았다. 그나마도 베란다가 좁아서 두 다리를 소파 위에 모아 올린 채 앉아야 했다. 지대가 높아서 사거리의 약국과 캠퍼스 뒤편의 숲까지 바라다보였다. 이런 소파는 허세라니까. 속으로 중얼거리면서도 어느 틈엔가 힘을 쭉 뺀 채 소파에 몸을 맡기고 있었다. 바람이 불어와 뺨을 살살

어루만졌다. 나는 흐트러진 머리카락을 귀 뒤로 넘기며 눈을 감았다.

어제 순순히 찾아오겠다던 박승안의 목소리가 떠올랐다. 화가 나기는커녕 피식 웃음이 흘러나왔다.

집 청소를 마저 하려는데 휴대폰이 울렸다.

"오늘 저녁에 올 거죠?"

전화기 너머로 똥파리 최성철이 물었다.

"네."

"환송회니까 꼭 와야 돼요. 안 그럼 월급 주지 말라고 할 거야."

"갈게요."

나는 화장실에서 걸레를 빨아 들고 나오며 어깨에 휴대폰을 낀 채로 대답했다. 그저께 날짜로 인턴 기간이 끝났다. 팀에 맡겨진 중요한 계약 건 때문에 환송회 날짜는 부득이하게 오늘로 잡혔다. 솔직히 정사원으로 들어가지 못한 마당에 환송회 같은 걸 할 기분은 아니었다. 당장의 앞일이 걱정이었다. 취직자리를 알아봐야 하는데, 일자리를 구하기가 반년 전보다도 더 어려웠다. 집에 내려가서 채소가게나 이어받을까 하는 맥빠지는 생각이 자꾸 들었다.

호프집에 도착했을 때는 최성철과 너구리 같은 부장만 남아 있었다. 긴 테이블은 빈 술병과 안주 그릇들로 난잡하게 어질러진 채였다. 자정이 조금 넘은 시각이었다. 부장은 손을 휘저으며 이야기하는 폼이 잔뜩 취한 것 같았다. 사람들이 많이 남아 있다는 말에 늦게나마 달려왔는데, 최성철의 허풍이었다. 그는 뻔뻔스럽게 웃으며 자리를 권했다.

일부러 늦은 것은 아니었다.

오후에 젖은 머리를 말리며 욕실에서 나왔을 무렵 한 통의 전화가 걸려왔다. 박승안의 아내였다. 그녀는 지금 학교 앞에 와 있다며 잠깐 나와줄 것을 부탁했다. 그녀와 나는 정문 근처의 커피 전문점에서 만났다. 여느 때처럼 그녀는 말 한마디 똑 부러지게 꺼내지 못한 채 유리잔만 만지작거렸다. 어쩌면 앞으로도 계속 이 여자에게 시달리게 되는 게 아닐까. 나는 막막한 생각이 들어 연신 시계를 확인했다. 그녀의 말을 못 들은 척 일부러 이리저리 시선을 옮기며 딴전을 피우기도 했다. 카운터에서는 아기를 등에 업은 젊은 여자가 메뉴판을 들여다보고 있었다. 아기의 땀띠 돋은 목덜미가 불그죽죽했다. 여자는 녹차라테 두 잔을 포장 주문했다. 박승안의 아내가 짐짓 부러운 눈길로 아기를 바라보았다.

"얼마 전에 오빠분이 집에 오셨어요."

나는 휴대폰을 만지작거리던 손을 멈추었다.

"꽤 늦은 시간에. 비도 안 오는데 옷이 흠뻑 젖어 있더라구요. 목욕을 하시는 동안 뭐라도 대접하려고 음식을 준비하려는데, 그이가 신경질을 내더군요. 성가시게 왔다갔다하지 말고 방에 들어가 있으라고. 무뚝뚝하긴 하지만 큰소리를 내는 사람은 아닌데…… 아무튼 오빠분 몸이 좀 안 좋았나봐요? 그이가 약통을 뒤지더라구요. 그날 작은방에서 자고 새벽같이 없어지셨어요. 그이가 이불이 잘 개켜져 있는 빈방을 보더니, 병원에 데려갔어야 했다고 후회를 하던데."

그녀는 고개를 기울인 채 잠시 입술을 물고 있다가 말을 이었다.

"그이가 당신을 참 아끼는 것 같지요?"

곤란했다. 나는 곧 약속이 있다는 눈치를 주었다. 가방을 챙기고 남은 음료를 마셔버리는 등 채비를 서두르자, 그녀는 의자를 당겨 앉으며 조바심을 드러냈다.

"저는 일이 있어서."

나는 자리에서 일어났다.

"꼭 중요한 일이 아니면!"

그녀가 잉거주춤 따라 일어서며 입을 열었다. 목소리가 너무 커서 옆 테이블 사람들이 이쪽을 돌아보았다.

"앞으로 그이를 만나지 말아줘요."

그녀는 더듬더듬 말을 이었다.

"중요한 일이어도 만나지 않았으면 좋겠어요. 지저분하게 오해해서 미안한데, 내가 원래 좀 약한 사람이에요. 이해해줘요."

속이 울렁거렸다.

"그이한테는 말하지 말구요. 사람 하나 살린다 치고, 그래줘요. 지금은 어려서 잘 모르겠지만 나중에 사랑하는 사람이 생기고 또 결혼을 하게 되면 알게 될 거예요. 사람 마음이란 게……"

구구절절한 그녀의 애원을 뒤로한 채 나는 빠른 걸음으로 커피 전문점을 빠져나왔다. 큰 거리를 벗어나 길모퉁이로 들어섰을 때까지도 그녀의 시선이 실밥처럼 등에 붙어 있는 기분이었다.

발이 가는 대로 돌아다니다가 정신을 차리고 보니 오빠의 옥탑방 앞에 다다라 있었다. 나는 천천히 옥탑방의 계단을 올랐다. 옥상에서는 주인 여자가 배추를 다듬고 있었다. 물을 채운 붉은 고무 대야 속에 시든 이파리가 둥둥 떠다녔다.

"그저께 방 뺐어. 짐두 거의 다 버리고 달랑 가방만 들고 나가는 거 같드만. 참, 동생이라 했지? 잘 왔네. 이것 좀 변상해줘야 쓰겄는데."

청소비니 깨진 변기 뚜껑 값이니, 트집을 잡는 주인 여자에게 이만 원을 건네주고 나왔다. 블라우스가 땀으로 축축하게 젖어 있었다. 눈앞이 어질어질한 것을 견디며 박승안에게 전화를 걸었다. 그는 지금 학교 도서관에 있다고 했다. '어제는 못 가서 미안. 배터리가 다 돼서 연락도 못했네' 하며 대수롭지 않게 사과하는 그의 말이 채 끝나기도 전에 나는 전화를 끊었다. 머리카락이 흘러내려 시야를 가렸다. 도서관에 도착했을 때 입구에 서서 자판기 커피를 든 채 담배를 피우고 있는 그를 발견했다.

"어? 웬일이야?"

나는 그에게 달려들어 목덜미를 물어뜯고 싶은 충동을 간신히 억눌렀다.

"오빠 어딨어요?"

그가 들고 있던 담배를 끄며 어설프게 웃었다.

"나야 모르지."

"도대체 무슨 생각을 하고 있는 거예요?"

나는 날카롭게 쏘아붙였다. 벤치에 앉아 있던 학생들이 이쪽을 기웃거리는 눈치였다. 그의 얼굴이 일그러졌다. 그는 도서관 건물 뒤쪽으로 자리를 옮겼다. 원통형의 재떨이와 철제 분리수거함이 놓여 있는 곳이었다.

"너 왜 이래?"

"알면서 그러는 거죠? 오빠가 어떤 사람인지."

"알아듣게 말을 해."

"오빠랑 처음 만났을 때 기억하죠? 학교 앞에서 충돌사고 났을 때 말이에요."

그가 천천히 고개를 끄덕였다. 나는 그의 얼굴에서 시선을 떼지 않은 채 말을 이었다.

"그때 오빠 차 조수석에 앉아 있던 사람, 봤어요?"

그는 대꾸하지 않았다. 주위의 잔디밭에서 벌레 우는 소리가 들려왔다.

"그럴 상황이 아니었어. 뭐, 중년 여자가 타고 있었다며. 나이 많은 애인 사귀는 게 그렇게 흠이야?"

박승안은 빈정거리듯 물었다.

"오빠 옆자리에 있던 사람, 여자가 아니었죠? 블랙박스 확인하셨을 거 아니에요."

"뭐?"

"선생님도 알잖아요."

"무슨 소리 하는 건지 모르겠다. 그만하자."

"남자였잖아요."

그가 새 담배를 입에 물었다. 라이터를 꺼내 불을 붙이려다 말고, 어처구니가 없다는 듯 소리내어 웃었다.

"탓하려는 게 아니에요."

나도 모르게 고개를 떨어뜨렸다.

"문제는 오빠니까. 오빠는 같이 있는 사람들을 이상하게 만드는 재주가 있어요."

음료수 캔을 버리러 왔던 학생이 우리를 발견하고는 노골적으로 의심스러운 눈빛을 보냈다. 시선을 느낀 박승안이 걸음을 옮겼다. 도서관 건물을 지나, 상경대 뒤뜰과 상수리나무가 심어진 숲을 가로질렀다. 나는 놓칠세라 그의 뒤를 따랐다. 방학, 게다가 저녁 무렵의 캠퍼스 안에는 학생들이 거의 눈에 띄지 않았다. 그의 걸음걸이에는 노기가 배어 있었다. 나는 블라우스 앞섶의 리본이 풀려 나풀거리는 것도 알아채지 못한 채 뛰다시피 그의 걸음을 따라잡았다.

그가 들어선 곳은 인문대 건물이었다. 학생 두 명이 로비에서 이야기를 나누고 있을 뿐 건물 안은 고요하다못해 적막했다. 그는 엘리베이터를 지나쳐 계단을 올라갔다. 어두운 층계참에 놓인 사물함이 마치 짐승들을 가둬놓은 우리처럼 느껴졌다. 유독 문이 찌그러진 사물함 한 칸이 눈에 띄었다. 나는 가쁜 숨을 몰아쉬었다.

성큼성큼 계단을 오른 그는 강의실이 있는 삼층 복도로 들어섰다. 긴 복도에는 서늘한 냉기가 흐르고 있었다. 엘리베이터 옆의 음료수 자판기가 비현실적으로 느껴질 만큼 환한 빛을 내뿜었다.

나는 그가 복도 끝의 발코니로 나갈 것이라 생각했다. 학교 뒤편의 언덕 쪽으로 나 있는 발코니라면, 사람들의 눈에 띌 염려가 없었다.

그러나 그의 걸음이 멈춘 곳은 307호 강의실 앞이었다. 방학중의 강의실 문들은 전부 잠겨 있기 마련이었다. 나는 몇 걸음 떨어진 곳에서 그를 지켜보았다. 그가 손잡이를 돌리자 문은 간단히 열렸다. 그가 먼저 들어간 뒤, 나도 손잡이를 돌려보았다. 맥없이 휙휙 돌아가는 것이, 보아하니 잠금장치가 고장난 듯했다.

그는 창가에 드리워진 녹색 커튼을 쳤다. 나는 반사적으로 벽을 더듬어 세 개의 형광등 스위치를 동시에 켰다. 그가 신경질적으로 다가와 스위치를 껐다. 그가 돌아서자마자 나는 반항하듯 맨 위의 스위치를 다시 켰다. 강단 위의 형광등이 두어 차례 깜빡이다가 몸을 밝혔다. 희미한 분필 자국이 남아 있는 칠판이 드러났다. 그가 물끄러미 나를 쳐다보았다. 왠지 온몸의 힘이 쭉 빠지는 기분이었다. 그런 내 기분을 알아채기라도 한 듯 그가 다가와 입을 맞추었다.

"하지 마요."

우리는 잠시 몸싸움을 벌였다. 실랑이 끝에 그는 리본이 풀린 내 블라우스를 벗겨냈다. 부드러운 천으로 감싼 콩알단추 한 개가 툭, 떨어져나갔다. 그가 강단 쪽으로 나를 밀쳤다. 벗은 등에 촘촘히 돋은 땀으로 칠판 위가 얼룩졌다. 나는 그를 뿌리치고 바닥에 떨어진 블라우스를 주웠다. 그도 더이상은 다가서지 않았다. 그의 숨결은 여전히 달달했고 손길은 힘이 있으면서도 부드러웠다. 좋지 않은 상황이지만, 좀더 안겨 있고 싶다고 생각한 것도 사실이었다.

그러나 그뒤의 일이 나를 두렵게 했다. 무슨 일이 일어날 것을 우려한 게 아니었다. 오히려 그 반대였다. 그의 품에 안기고 난 뒤로도 아무 일도 일어나지 않으리라는 사실이 나를 겁나게 했다. 그가 나를 위해 어떠한 달콤한 반전도 남겨놓지 않았다는 것을 알고 있었다.

그는 한참 동안 입에 물고 있어 필터가 축축해졌을 담배에 불을 붙였다. 매캐한 연기가 부옇게 퍼져나갔다. 창문과 문이 굳게 닫힌 실내에서 담배 연기는 빠져나갈 곳을 찾지 못하고 허우적거리다가 서서히 엷어졌다. 강의실 뒤편의 어둠이 연기에 희석되어 보라색으로 보였다. 내가 블라우스의 단추를 잠그며 느낀 허무함과 불안의 빛깔도 보라색이었다.

"오빠는 참 당당해요. 늘 나한테 자기 이야기를 하지 못해 안달이었어요. 듣기 싫다고 그렇게 외면하고 욕을 퍼붓는데도, 틈만 나면 슬그머니 다가와서 입을 열었죠. 자기가 만나고 사랑했던 사람들에 대해서."

역겹다고 생각했다. 동네 골목이며 독서실 부근에서 오빠가 남자와 함께 있는 모습을 우연히 목격하게 될 때마다 나는 노골적으로 그들을 못 본 척했다. 언제부터인가는 오빠가 내게 의도적으로 그런 모습을 보이려 한다는 것을 눈치챘다. 오빠는 그럴 때마다 나의 반응을 살폈고 대수롭지 않은 일인 양 이야기를 꺼내려 했다. 오빠의 그런 면이 더 심한 거부감을 불러일으켰다.

"오빠는 분명 매력적이죠. 청승맞은 인상이 있긴 하지만 아름다운 사람이에요. 오빠를 본 사람들은 남녀 가릴 것 없이 그 인간을 좋아하지 않고는 못 배기니까. 보아하니 선생님도 그중 하나인 것 같네요. 그렇지만요, 사람들이 오빠한테 접근하는 이유가 단순한 애정 때문이라고 생각하세요?"

그는 대답하지 않았다. 나는 끝자락에 구두 발자국이 남은 리본 끈을 털어냈다.

"호기심이에요. 오빠는 그저 재밌고 예쁜 장난감이라구. 하나같이 덤벼들고 집착하긴 하지만, 그중 누구도 오빠 곁에 오래 머물지를 못해요. 아까도 말했듯이 오빠는 주변인들을 불행하게 만드니까."

"너는……"

그가 담배꽁초를 바닥에 짓이겨 끄고는 나를 건너다보았다. 나는 헝클어진 머리칼을 정리했다.

"오빠를 정말 싫어하는구나."

"그렇게 보이나요?"

"응."

"좋을 대로 생각하세요."

나는 강단에서 내려왔다. 분필 토막 한 개가 바닥에 떨어져 짓뭉개져 있었다. 커튼 틈으로 푸른빛 짙게 섞인 어둠이 실내를 기웃거렸다.

"그럴 만도 하겠다. 네가 원하는 사람들이 전부 너희 오빠를 더 좋아했었다면."

입에서 물큰, 단내가 났다. 휴대폰의 진동이 울렸다. 아까부터 언제 오느냐고 재촉해대던 최성철이었다.

"그래서 오빤 지금 어디 있어요?"

그는 고개를 저었다.

"본인 마음 가는 곳에 있겠지."

나는 강의실 문을 열고 나왔다. 엘리베이터를 기다리며 서 있는데 몹시 갈증이 났다. 곧 박승안이 뒤따라 나왔다.

"오빠가 그렇게 솔직하게 나오면, 너도 좀 받아주는 게 어때. 진심이 중요한 거잖아."

그가 내 어깨를 툭툭 두드리는 듯한 말투로 얘기했다. 나는 슬쩍 웃었다.

"진심이라니, 그런 말 쓰는 거 안 어울리네요."

그는 어깨를 으쓱했다. 땡, 소리와 함께 엘리베이터가 멈추었다. 그와 나는 환한 불빛 속으로 걸어들어갔다. 엘리베이터 거울에 비춰 보니 화장이 조금 지워져 있었다. 눈 밑에 번진 아이라이너를 대충 닦아 냈다.

"어차피 판타지 아닌가요."

그는 '뭐가?'라고 묻는 눈빛으로 나를 돌아보았다.

"진심 같은 거."

우리는 건성으로 인사를 나누고 헤어졌다. 얼마쯤 걸어가던 나는 뒤돌아서서 그의 뒷모습을 지켜보았다. 멀어지는 뒷모습을 바라보고 있노라니 싱거운 유행가라도 한 구절 불러야 할 것 같은 기분이 들었다.

나는 근처 상가 건물의 화장실에 들어가, 세상에 갓 나온 곤충처럼 울었다. 그리고 화장을 고쳤다.

당근주스 200cc

"그런 거 안 믿는데."

"맞는 데가 있다니까. 내가 맞혔잖아. 딱 봐도 B형 같은데 진짜 B형이잖아."

최성철은 거 보라는 듯 말하고는 유리 접시 위의 피자를 소리내어 씹어 먹었다. 나는 잔에 반쯤 남은 김빠진 맥주를 바라보았다. 묵묵히 시계만 힐끔거리는 나를 앞에 두고 최성철은 두 시간 가까이 혼자 이야기를 이어나가고 있었다. 그가 묻는 말에 나는 주로 단답형으로 대답했다.

최성철은 질문거리가 떨어지자 드디어 자기가 알고 있는 심리테스트며 혈액형별 성격 이야기까지 모조리 끌어내 풀어놓기 시작했다. 술을 꽤 마신 것 같은데 별로 취한 기색이 아니었다. 슬슬 집에 돌아가야겠다고 생각할 때였다.

"맞다, 이거."

그가 가방 속을 뒤적이더니 작은 쇼핑백을 테이블 위에 밀어놓았다.

"생일이라면서. 수현씨가 말해줘서 알았어요."

수현은 내 인턴 동기였다. 나는 예상치 못한 선물에 당황하여 선뜻 손을 뻗지 못했다.

"별건 아니고, 그냥 머리핀이에요."

최성철은 쑥스러운 듯 술잔을 비웠다. 나는 그에게 허튼 기대를 심어주고 싶지 않았다. 물을 한 모금 마시고 천천히 입을 열었다. 그의 지나친 호의가 부담스럽다, 지금은 아직 정리되지 않은 만남이 이어지고 있다, 하지만 일단 보여준 관심은 고맙게 받아들이겠다는 둥 내가 생각해도 빤한 둘러댐이었다. 최성철은 묵묵히 내 이야기를 듣고 있다가 빈 술잔을 채웠다.

"그런 거 아니고."

그는 턱을 만지작거리며 입을 열었다. 금세 표정이 굳은 게, 말 몇 마디에 삐친 눈치였다.

"불쌍해서 주는 거야. 크게 해석하지 마."

최성철이 인심 쓰듯 말했다. 관자놀이로 발끈 피가 몰리는 것이 느껴졌다. 그럼 그렇지, 똥파리는 어쩔 수 없는 똥파리다.

"뭐가요?"

나는 애써 화를 누르며 물었다.

"그렇잖아. 다 큰 어른이 길거리에서 울지, 취직도 안 되지, 보아하니 애인하고도 삐걱거리는 거 같은데."

나는 그의 말이 끝나기 무섭게 자리에서 일어났다.

"진짜 별 꼴같잖은 새끼를 다 보겠네."

그를 향해 사납게 눈을 흘기고는, 가게문을 박차고 나왔다. 최성철이 뒤따라 나올까 싶어 서둘러 걸음을 옮겼는데 다행히 쫓아 나오지는 않았다. 집으로 돌아가는 길에는 기가 막혀서 웃음이 다 나왔다. 그야말로 지금의 나는 섭씨 36.5도의 우울 덩어리였다.

라디오를 들으며 옷을 다렸다. 블라우스와 티셔츠, 구김이 쉽게 가는 치마들을 꺼내 전부 다렸다. 생일의 정오가 약간 지나 있었다. 등 위로 미지근한 바람이 불었다. 아침 일찍 엄마에게서 전화가 걸려왔다. 엄마는 미역무침과 장조림 등 밑반찬을 택배로 부쳤다고 했다. 엄마에게는 인턴 기간이 끝난 것을 알리지 않았다. 곱게 다려서 고상한 분위기까지 뿜어내는 옷들을 서랍장 속에 넣으며, 제발 앞으로의 내 인생이 이 옷들만큼만 말끔했으면 좋겠다고 생각했다.

방 청소까지 마치고 냉커피를 한 잔 탔다. 일인용 소파에 앉아 베란다 난간 너머 동네를 바라다보았다. 커피를 다 마신 뒤 나는 등받이에 머리를 기댄 채 까무룩 잠이 들었다. 심한 몸살에 시달리는 꿈을 꿨다. 인디언과 푸른 강과 우리집 채소가게, 뒷짐을 지고 선 아버지와 어릴 적에 키웠던 뽀리, 냄비 가장자리에 세워둔 국자가 꿈에 나왔다. 베란다 소파에 앉은 내 모습과 오빠가 입원했던 병원, 인턴생활을 하던 사무실 창가의 블라인드도 나왔다. 분주한 식당 한구석에서 뚝배기불고기로 점심을 먹고 있다가 어느 순간, 습한 공기로 가득찬 열대식물원 안으로 옮겨져 잎이 넓은 나무 곁에 한참 동안 서 있기도 했다.

눈을 뜬 것은 휴대폰 벨소리 때문이었다.

"여보세요."

나는 잠이 덜 깬 채 전화를 받았다.

"나야."

오빠였다.

"생일 축하해."

내가 '고마워'라고 대답을 했던가.

"지금 어디야?"

눈을 감은 채 몽롱한 목소리로 물었다.

"……경주."

계절에 어울리지 않는 찬바람이 발가락 끝을 스쳐가는 것을 느끼고, 나는 눈을 떴다. 대낮의 볕이 발등 위로 내리쬐고 있었다. 빈 커피잔 주위로 날벌레 한 마리가 날아다녔다. 박승안과 함께 찾아갔던 경주의 이층집 앞마당에 흐드러지게 피어 있던 붉은 장미들이 떠올랐다.

"혹시 거기 비 와?"

내가 묻자, 오빠는 짧은 침묵 끝에 '아니'라고 대답했다.

"거기 혼자 있어?"

"응."

"어쩔 생각이야?"

오빠는 묵묵히 있었다.

"엄마한테 전화해드려."

말을 마친 나는 이마를 짚어보았다. 꿈속에서 열이 끓던 이마는 미지근했다.

저녁 무렵이 되자 생일 술이나 한잔 하자는 친구들의 연락이 왔다. 나는 종일 미역국도 케이크도 먹지 않았다는 사실을 새삼 깨달았다. 대충 옷을 챙겨 입고 밖으로 나왔다. 서너 명의 친구들과 함께 학교 앞의 칵테일 바에서 모였다. 마르가리타를 두 잔 마셨다. 저녁 대신 생크림이 잔뜩 발라진 케이크를 먹고, 나와 비슷한 처지인 친구들과 함께 취업이 안 돼서 환장하겠다고 죽는소리를 했다. 먼저 취업한 친구들의 이야기를 꺼내며 '그런 데 들어가려면 나도 벌써 입사했지' '걔는 아무래도 그쪽에 줄이 있는 것 같다' 따위의 이야기를 주고받기도 했다. 뒤늦게 찾아온 후배 한 명이 유학을 결정했다는 이야기를 꺼내서, 자리는 자연스레 환송회를 겸하게 되었다.

돌아오는 길에 치킨집에 들러 프라이드와 양념을 반반씩 주문했다. 저녁을 제대로 먹지 않은 탓에 속이 허전했다. 나는 무라카미 류 원작의 영화 〈식스티 나인〉을 보며 다이어트 콜라와 함께 치킨을 먹어치웠다. 콜라는 시원했고 치킨은 바삭바삭했다.

"좀 만납시다."

이력서를 작성하던 나는, 최성철의 뻔뻔스러움에 감탄을 금치 못했다. 그보다도 뻔히 액정에 뜬 그의 이름을 확인했으면서도 전화를 받아버린 나의 어리석음이 원망스러워졌다.

"됐습니다."

나는 최대한 사무적인 말투로 대답했다.

"일에 관련된 거란 말입니다."

"전화로 얘기하세요."

이 남자도 참 애쓴다, 애써. 나는 속으로 중얼거리며 이력서에 증명

사진을 부착했다. 그저께 미용실에 찾아가 지저분한 머리카락 끝을 다듬고 새로 찍은 사진이었다.

"그때 거기로 가면 되죠? 버스에서 내렸던 정거장."

"저 밖이에요."

나는 발가락 끝으로 텔레비전 리모컨을 끌어당기며 대답했다. 전화 너머로 짧은 한숨 소리가 들려왔다. 내가 전화를 끊으려 하자 그는 재빨리 말을 꺼냈다.

"혹시 편지의 법칙이라고 알아요?"

"모릅니다."

"기가 막힌 문장이 떠오르는 건 꼭 편지봉투를 풀로 붙이고 난 다음이래요."

"근데요?"

"지난번엔 미안했어요."

통화를 마치고 완성된 이력서를 책상 위에 올려놓았다. 사진 속 립스틱 색깔이 좀 나이들어 보이나 싶은 생각이 들었다. 옷장에서 편한 옷을 골라 침대 위에 던져놓았다. 최성철과 종각역에서 만나기로 했다. 저녁식사는 피하고, 간단하게 차나 한잔 마실 생각이었다. 더이상 못 먹는 감 주변에서 윙윙거리는 헛수고를 이어가지 않도록 만나는 남자가 있다고 확실하게 못박아두는 편이 좋을 듯했다.

몇 시간 뒤 종각으로 향하는 버스에 올라타던 나는, 사이드미러에 비친 내 모습을 보고 아차 싶은 마음이 들었다. 내가 입고 나온 옷은 작은 주머니가 달린 원피스였다.

나는 은근히 징크스에 약했다. 기억에 남을 만큼 안 좋은 일이 있었던 날 착용한 옷이나 머리끈 등은 어쩐지 액운을 담고 있는 것 같아 손이 가지 않았다. 생각해보면 아버지가 돌아가시던 날 내가 입고 있었던 남색 티셔츠는 어학연수 시절에 밤샘 공부를 마치고 나가다가 도서관 계단에서 구른 날 입고 있던 옷이기도 했다. 그때 코피가 한참 동안 멈추지 않아서 병원까지 찾아가야 했었다.

어쩌다 빨래가 밀려 그런 옷을 입게 되기라도 하는 날이면 집 앞을 나서는 순간부터 무슨 일이 일어나지 않을까 싶은 생각에 긴장하게 되곤 했다. 오늘 입고 나온 원피스는 이 년 전 박승안과 헤어지던 날 입었던 옷이다. 그전까지는 애지중지하며 아껴 입던 옷이었는데 그 일 이후로 선뜻 꺼내 입게 되질 않았다. 하도 오랫동안 입지 않아서인지 옷장의 나무 냄새가 배어 있었다.

나는 창가 자리에 앉아 가방을 무릎 위에 얹었다. 조금 찜찜하긴 했으나 최성철이랑 이 이상 더 나빠질 일이 뭐가 있겠느냐 싶어 될 대로 되라는 심정이었다.

우려와 달리 최성철과의 만남은 순조로웠다. 냉방이 잘되는 커피숍에 앉아 꽤 향이 좋은 허브티를 마셨고, 그는 가방 속에서 주섬주섬 종이봉투에 든 쿠키를 꺼내놓기도 했다. 가시덤불처럼 잔뜩 곤두서 있던 경계심은 어느새 가라앉았다. 최성철은 취미가 요리라고 했다. 전혀 어울리지 않아서 나는 소리내서 웃었다. 그는 매일 아침 출근 전에 당근이나 녹즙을 갈아 마시고, 주말이면 반나절 동안 공들여 색다른 음식을 요리한다고 했다.

"당근을 갈아 마신다구요? 그게 목으로 넘어가요?"

나는 인상을 찡그리며 물었다. 당근을 몹시 싫어하는 내게 당근주스란 생각만 해도 진저리가 쳐지는 메뉴였다. 특유의 비릿한 냄새며 혓바닥에 엉기는 껄끄러운 입자, 들척지근하면서도 쌉쌀해서 도대체가 맛을 종잡을 수 없는.

내가 너무 과하게 거부반응을 보였던 모양인지 최성철이 웃고 있었다. 그는 각설탕을 싸고 있던 얇은 종이를 반으로 접으며 엉뚱한 이야기를 했다.

"왜, 당근주스는 그런 느낌이 있잖아요. 이상적인 일상을 닮았달까."

나는 '그건 또 무슨 소리야?' 생각하며 쿠키를 조금 부숴 먹었다. 고소했다. 최성철은 내 머릿속을 읽기라도 한 듯, 자리를 조금 당겨 앉으며 설명을 덧붙였다.

"달고 비리고 쌉쌀하고, 속을 두둑하게 만들면서도 뒷맛이 조금은 허전하기도 한 게. 하루하루의 생활을 맛으로 표현한다면 당근주스만 한 게 없지 않을까요."

'그런 생각을 하다니, 의외네요.' 나는 입 밖으로 나오려는 말을 삼키고 고개를 끄덕였다.

최성철이 만나자고 한 이유는 따로 있었다. 자신의 형이 사무실을 차리는데, 사원으로 들어와 같이 일을 해볼 생각이 없느냐는 것이었다. 그는 형의 경력과 사업 취지에 대해 조목조목 이야기를 늘어놓았다. 평상시의 실없는 모습과는 또다른 면이었다. 그의 말을 끊은 것은 내 휴대폰 벨소리였다. 낯선 번호가 찍혀 있었다.

"여보세요?"

빠앙— 전화 너머로 경적 소리가 울렸다. 등 위로 날카로운 한기가 지나갔다.

"해냈어."

진아의 목소리였다.

"뭐?"

통화음이 작아서 나는 다른 쪽 귀를 막은 채 휴대폰에 바짝 귀를 갖다 댔다.

"죽였어, 오빠."

"……뭐?"

"그 모습을 너도 봤어야 하는 건데. 미친듯이 도망을 치다가 뚝, 떨어졌어. 막 팔을 허우적거리고. 아무튼 나 지금 무지 슬프니까."

진아는 이야기 끝에 킬킬 웃었다.

"너 어디야?"

"걱정 마. 내 발로 너한테 찾아가고 있어. 나 뜨거운 누룽지탕 먹고 싶어. 누룽지탕 먹고 한숨 자고 나면, 네 앞에서 영영 사라져줄게."

"야, 헛소리 좀 하지 마. 너 어딘데?"

"니 방으로 가고 있다니까."

"나 이사했어."

"그러니?"

"응. 그리고 오빠를 죽이긴 뭘 죽여. 걔가 어디 있는 줄 알고."

"분명히 죽였는데."

"쓸데없는 얘기 그만하고 돌아가."

"끊지 마. 나 누룽지탕."

최성철이 무슨 일이냐는 눈빛으로 나를 건너다보고 있었다. 나는 서둘러 전화를 끊었다. 경주에서 유유자적하고 있을 오빠를 제까짓 게 무슨 수로. 나는 코웃음을 치며 식은 허브티를 마셨다. 근래에 진아가 하는 말이야 전부 근거 없는 이야기들이라는 것을 알면서도, 짙은 불안이 고깃덩어리의 핏물처럼 소리없이 배어나왔다. 역시 이 원피스를 입고 나오는 게 아니었어. 나는 속으로 중얼거리며 창밖을 내다보았다. 밤하늘은 깨끗하고 거리의 사람들은 하나같이 유쾌해 보였다. 일어나선 안 될 일들은 꼭 이런 날 일어난다.

커피숍에서 나와 광화문을 향해 걸었다. 별말 없이 역사박물관 앞을 지나치던 최성철과 나는 더 걷는 것도 좀 우스울 것 같아 서로의 눈치를 보았다. 무얼 하기에도 애매한 저녁시간이었다. 게다가 그 주변은 딱히 마음이 끌려 들어갈 만한 조용한 술집도 눈에 띄지 않았다.

내친김에 정동까지 걸어가자는 최성철의 말에 나는 싱겁게 고개를 끄덕였다. 사거리를 지나 정동에 다다랐지만 결국 시간을 보낼 만한 곳을 찾지 못하고 정동교회까지 내리 걸었다. 최성철은 목덜미를 긁적이며 주변을 두리번거리는 폼이, 나에게 미안해하고 있는 것 같았다. 그럴 필요 없는데.

최성철이 음료수를 사러 간 사이 박승안에게서 오빠를 찾는 전화가 걸려왔다.

"연락 못 받았어?"

그는 다급하게 물었다. 이제 아주 대놓고 오빠를 찾네요. 나는 비아냥거리듯 중얼거렸다. 오빠 문제에 관해서만큼은 의연할 수 있다고 생각했는데 막상 그의 목소리를 듣자 배신감과 서운함으로 가슴속에

김이 서렸다.

"짐도 안 챙겨들고 사라졌어. 돈도 없을걸."

"걱정 마요. 정글에 버려도 살아남을 인간이니까."

"와이프가 경주에 왔다 간 거 알고 있었어?"

"내가 선생님 와이프 일을 어떻게 다 알아요!"

나는 빽 소리를 지르고 통화 종료 버튼을 눌렀다. 음료수 캔을 들고 오던 최성철이 놀란 눈으로 나를 바라보았다.

"무슨 일이에요?"

최성철이 이온음료를 내밀며 물었다. 캔은 손바닥이 얼얼할 만큼 차가웠다. 그를 흘끗 돌아보던 나는 맥없이 웃고 말았다. 내가 겪어온 지리멸렬한 연애와 주변의 모든 일들이 우스울 만큼 사소하게 느껴졌다. 크림 덩어리처럼 몸에 붙어 있는 모든 관계들을 떼어내고 지난 일들에 대해 아무것도 모르는 사람들 속에서 새로운 만남을 갖고 싶다는 욕구가 일었다. 최성철은 덕수궁 돌담길을 걷고 싶지 않다고 말했다. 덕수궁 돌담길을 함께 걸은 남녀는 인연의 끈이 닿지 않는다는 속설이 있다고 했다. 앞서가지 말라고 한마디 해주려다가 그만두고 음료수를 한 모금 마셨다.

"연애상담 해도 돼요."

최성철의 뜬금없는 말에, 음료수를 뿜을 뻔했다.

"내가 이래 봬도 학교 다닐 땐 애들 연애상담 무지 많이 해줬어요. 사랑의 카운슬러였다니까."

웃긴다. 여자라고는 참새 다리 수만큼도 못 만나봤을 것 같은 남자가.

·

그는 말해놓고도 쑥스러운지 슬쩍 웃으며 덧붙였다.

"거 있잖아요, 실전파랑 이론파. 난 뭐 이론파에 좀 가까웠지."

최성철은 집까지 데려다주겠다고 했다. 나는 적당히 둘러대며 거절했다. 그는 아쉬운 기색을 감추지 못한 채 정거장 앞까지 천천히 걸었다. 헤어질 때가 되자 어디서 흘러들어왔는지 모를 어색한 기류가 새삼스럽게 우리 둘의 주변을 감쌌다. 그는 길 저 끝에서 버스가 나타나기라도 하면 얼른 번호판을 살폈는데, 내가 타야 할 버스가 아닌 것을 확인할 때마다 안도하는 눈치였다. 나이도 어리지 않은데, 어쩜 이렇게 속마음이 그대로 드러날까. 저녁 내내 분위기를 살리기 위해 애쓴 최성철을 생각하자, 나는 그간 무뚝뚝하게 행동한 것이 조금 미안해졌다. 먼지 때문에 칼칼해진 목소리를 가다듬고 입을 열었다.

"이론에 빠삭하다니까 하나 물어볼게요."

최성철은 싱글거리며 무엇이든 물어보라고 말했다.

"사랑하는 사람을 죽이고 싶다는 마음이 드는 건 왜일까요?"

잠깐, 침묵이 흘렀다. 너무 살벌한 질문을 했나. 짧은 후회가 스쳤다. 매미 소리가 귓전을 울렸다. 미지근한 저녁 바람이 불어와 원피스 자락을 흔들었다.

"어리광이죠."

그가 대답했다.

나는 샌들을 내려다보았다. 오래 걸어서인지 아이보리색 리본에 그새 때가 탔다.

예쁜 옷을 입고 잘빠진 구두를 신고 신나는 음악을 듣고 멋진 남자와 팔짱을 끼고 좋은 차를 타고 아름다운 곳을 여행하는 것만으로 삶이 행복하고 충만해질 수 있다면 좋겠다. 설령 얼마의 시간이 걸리든, 그런 꿈들은 이루어질 가능성의 여지를 가지고 있으니까 말이다. 하지만 나는 그런 것들만으로는 행복해질 수 없다. 결국 타인을 이해하고 소유하고 싶다는 욕망, 꼭 그렇게 대책 없는 데에 의미를 두게 되는 것이다. 그러고 보니 칸트가 그랬더랬다. 행복은 이성의 이상이 아니라, 상상력의 이상이라고. 오래 마음을 주고받아 이제 그를 잘 알고 그의 마음속에 들어왔다고 생각하는 순간 고개를 들어보면, 나는 아직 내 안의 달팽이 계단 위에 머물러 있고 그는 건너편에서 멀거니 나를 바라보고 있다. 절망적이고, 환상적이다.

"간절히 바라면 이루어진다거나 뭐 그런 말 믿어요?"

내가 심드렁하게 물었다. 최성철은 고개를 저었다.

"바라던 게 이루어지는 순간 사랑이 온다고 생각해요?"

그가 짐짓 사유하는 여고생처럼 되물었기 때문에 나는 픽 웃고 말았다. 버스가 도착했다. 최성철에게 가볍게 손을 들어 보이고 버스에 올라탔다. 냉방이 잘된 버스 안은 상쾌했다. 차창 너머로 그가 손을 흔들었다. 나는 마주 고개를 숙여 보이면서, 사람 관계란 참 알다가도 모를 것이라고 생각했다. 누가 그랬더라, 이성 간에 처음 대면한 짧은 순간 연애 감정을 느끼지 못하면 남녀관계로 발전할 수 있는 가능성이 희박하다고. 나는 사무실에서 최성철을 처음 봤던 때를 떠올리며 손끝으로 핸드백을 톡톡 두드렸다. 더위가 가시며 몰려온 얕은 피로감에 조금 몽롱해졌다. 그때, 평온함을 꼬집기라도 하듯 무릎 위에 얹어둔 휴대폰이 울려댔다.

"너 어디야? 나 지금 그 사거리 앞 편의점에 와 있어. 담배랑 라면 골랐는데 돈이 모자라. 와서 좀 내줘."

진아였다. 나는 휴대폰을 꺼버릴까 하는 충동에 휩싸였지만, 이내 '편의점 어디?' 하고 뻔한 질문을 했다. 전화를 따돌린다고 해도 이애라면 집요하게 동네를 뒤져 내가 이사한 집을 찾아내고도 남을 것이다. 그놈의 집착에 소비되는 에너지만 모아도 공장 하나는 돌리겠다, 나는 끊긴 전화에 대고 중얼거렸다.

편의점에 들어서자 진아보다 더 나를 반가이 맞이한 것은 편의점 아르바이트생이었다. 돈도 내지 않은 채 바깥 간이 테이블에 앉아 담배를 뻑뻑 피워대는 진아를 보며, 앳된 얼굴의 아르바이트생은 어지간히도 마음을 졸인 모양이었다. 테이블에 널브러져 있는 것은 담배와 컵라면뿐만이 아니었다. 값도 비싼 아사히 캔맥주 세 개에 육포, 한입 베어먹고 던져둔 핫바, 봉지를 대충 뜯는 바람에 테이블 위에 쏟아진 감자칩……

"이건 왜 샀어?"

나는 영수증을 들여다보고 기겁했다. 진아가 별생각 없이 집어들었을 파란색 소화기 모형의 라이터가 무려 오천원이나 했다.

"시끄러. 예뻐서 샀어."

"왜, 아예 가게를 통째로 털지."

"그럴 걸 그랬나? 너무 따지지 좀 마."

뭐 한 놈이 성낸다고, 진아는 성가시다는 듯 손을 휘저었다. 그애는 남은 맥주를 입안에 털어넣고 일어났다. 간이 테이블 옆에 놓인 짐 가방을 들고 입맛을 다시며 내 뒤를 쫓아왔다. 휘적휘적 빠른 걸음으로 앞서 걷던 나는 건널목 앞에 멈춰 서서 진아를 돌아보았다. 저멀리 뒤처진 그애는 양손에 들고 있던 두 개의 가방을 잠시 내려놓고 손을 바꿔 다시 들었다. 보아하니 무게도 그게 그거인 것 같은데.

"부탁인데."

내가 먼저 입을 떼었다. 그애는 산만하게 드리워진 머리카락을 귀 뒤로 넘기며 나를 쳐다보았다.

"내 방엔 안 왔으면 좋겠어. 니 사정 모르는 건 아닌데, 싫어."

"왜?"

"내가 왜 너를 돌봐줘야 되는데?"

"돈 갚을게, 오빠만 찾으면."

진아는 파란불로 바뀐 건널목을 비틀비틀 건너며 말했다. 그 뻔뻔스러움에 넌덜머리가 났다.

"진작 너희 집에 가 있을걸. 나 어디서 지냈는 줄 알아?"

나는 못 들은 척했다. 진아는 멀리 학교 후문 쪽을 턱짓했다.

"저어기, 여관 하나 있거든. 거기서 며칠 있었어. 얼마 있지도 않은 돈 다 썼다, 야."

대답 없는 나의 반응에도 아랑곳하지 않고 그애는 쉴새없이 재잘거렸다.

"근데 오빠 어디 간 거지? 원래 우리는 싸웠다가도 금방 화해하고 그랬는데."

진아에게서 조금 떨어진 채로 가로등 불빛 아래를 걸었다. 그애한테서 풍기는 땀냄새가 싫었다.

"어제, 여관에 혼자 누워 있는데 갑자기 그 생각이 나더라?"

진아가 다시 바짝 다가붙었다.

"고등학교 때 니가 좋아했던 경재 오빠 있었잖아. 왜, 너희 오빠가 골목에서 때려눕혔던."

골목의 언덕길을 올랐다.

"가만 보면 그 얼굴이 딱 오빠 취향 아니냐? 니가 좋아하는 스타일이랑 비슷하잖아."

나는 걸음을 멈추었다. 진아는 태연스럽게 몇 걸음 더 나아가다가 '응? 왜 그래?' 하며 나를 돌아보았다. 원룸 건물 입구에 오빠가 앉아 있었다. 어둠 속에 가려 잘 보이지는 않았지만, 오빠라는 것을 확신할 수 있었다. 진아는 알아채지 못한 것 같았다. 나는 급히 돌아섰다. 샌들이 땀으로 미끄러워지도록 올라왔던 골목길을 되돌아 내려가기 시작했다. 진아는 영문도 모른 채 내 뒤를 허둥지둥 따라왔다. 골목 입구에 다다른 나는 편의점으로 갔다. 현금인출기에서 돈을 뽑아 진아의 주머니에 쑤셔넣었다.

"무슨 짓이야?"

진아가 얼굴을 찌푸렸다.

"난 할 만큼 했어."

나는 집 쪽으로 다시 몸을 틀었다.

"잠깐."

진아가 내 어깨를 움켜쥐었다. 여윈 손의 어디에서 그만한 힘이 나오는지, 나도 모르게 움칠하고 말았다. 손에 밴 담배 냄새가 훅 끼쳤다.

"잊지 마."

간판 불빛에 비친 그애의 머리칼 속 두피가 땀으로 반짝였다.

"내 왼쪽 눈."

지갑을 든 손에서 땀이 났다. 이 지긋지긋한 더위.

"이 눈이 마지막으로 본 세상의 모습이 바로 너였다는 거. 내 불행의 근원은 오빠가 아니라 너야."

원룸 건물로 돌아왔을 때, 입구에 앉아 담배를 피우고 있는 남자는 오빠가 아니었다. 나는 고개를 설레설레 저으며 계단을 올랐다.

샤워를 마치고 엄마에게 안부 전화를 걸었다. 오빠는 뜻밖에도 집에 내려가 있었다. 엄마는 이번 주말에 집에 내려올 수 있겠느냐고 물었다. 다음 주말쯤 가겠다고 했다. 엄마를 보살피고 챙겨야 하는 게 당연했지만 나는 아직까지 아버지의 흔적이 남아 있는 집에 돌아갈 용기가 나질 않았다.

"오빠는 괜찮아?"

슬그머니 물었다.

"니 오빠야 별일 있냐. 밥도 두 그릇이나 비우고 드러누워서 텔레비전 보다가 자고 있어. 난 니가 걱정이다. 요즘 꿈자리가 뒤숭숭한 게 자꾸 니가 보이고. 너 이사 간 방을 한번 보러 가야 할 텐데."

"됐어. 허리도 안 좋다며…… 다음주에 내려갈게요."

아침 일찍 빨랫감을 들고 옥상으로 올라갔다. 옥상 한가운데서 스트레칭을 하던 옥탑방 여자가 알은체를 해왔다. 나는 빨랫감을 탈탈 털어 건조대에 널었다. 바로 옆 건조대가 옥탑방 여자 것이었는데, 냉면 사발만한 크기의 브래지어며 고급 브랜드의 티팬티들이 줄줄이 걸려 있었다. 나는 스트레칭을 하고 있는 여자의 뒷모습을 흘끗 훔쳐보았다. 작은 키에 비해 상당히 육감적인 몸매였다. 나는 아직까지 속옷을 밖에 널어두는 것이 신경쓰여서 꼭 비좁은 방안에 걸어놓고 말렸다. 때문에 한여름에는 습기 때문에 잘 마르지 않아서 눅눅해진 속옷을 입고 나가야 할 때도 있곤 했다.

"저 여자는 왜 아까부터 똥 마려운 개처럼 저러고 있대?"

옥탑방 여자가 땀에 젖은 티셔츠를 쥐고 펄럭이며 말했다. 나는 빈 빨래 바구니를 들고 난간 밑을 흘끗 내려다보았다. 머리카락을 질끈 묶은 여자의 정수리가 보였다. 시선을 느꼈는지 여자가 고개를 들었다. 햇빛 때문에 눈을 거의 감다시피 한 채였다. 나를 알아본 여자는 머뭇거리다가 손을 들어 보였다. 순간, 나는 하늘에서 동아줄이라도 내려와줬으면 싶었다. 정말이지 다시 보고 싶지 않았던 얼굴, 그의 아내.

"이것밖에 없네요."

나는 오렌지주스를 따라 여자의 앞에 밀어놓았다. 식탁 유리 귀퉁이에 고추장 말라붙은 자국이 신경쓰였다. 그녀는 손가방을 무릎에 얹은 채 말없이 앉아 있었다. 볕에 그을려 불그레한 목에 가는 금목걸이가 걸려 있었다. 그녀를 너무 만만하게 봤던 것 같다. 어떻게 내 원룸까지 찾아 쫓아왔을까.

"알고 있어요?"

긴 침묵 끝에 여자가 물었다. 나는 지레 움찔하며 그녀를 쳐다보았다. 마치 비누 거품으로 만들어진 사람처럼 표정이 흐릿했다.

"그이는 어렸을 때부터 말이 별로 없는 편이었대요. 막내였는데도 말이죠. 그래서 그이가 대체 무슨 생각을 하는지, 가족들도 모를 때가 많았대요. 결혼하기 전에 작은아주버님한테 농담처럼 들은 얘기가 있어요. 예전에 그이 살던 동네에 엄청 덩치가 큰 여학생이 살았대요. 그이보다 서너 살 위였는데, 교복을 따로 맞춰서 입어야 할 정도로 거구였다네요. 아주버님 말에 따르면 늘 땀을 뻘뻘 흘리면서 닭꼬치나 단팥빵, 닭튀김 같은 걸 게걸스럽게 먹으며 돌아다녔대요. 블라우스 앞섶에 음식 부스러기를 흘려가면서 말이죠. 동네 사람들이 그 여학생을 볼 때마다 혀를 차며 고개를 저었을 정도라고 해요."

도대체 무슨 이야기가 하고 싶은 걸까. 나는 여자의 눈 밑에 가무스름하게 드리워진 다크서클을 바라보았다. 다크서클에는 연어가 좋다던데. 뜬금없는 생각이 불쑥 튀어나왔다.

"하루는 중학생이었던 작은아주버님이 놀이터 앞을 지나는데 그이가 그 거구의 여학생이랑 같이 있더래요. 여학생은 벤치에 앉아서 핫도그를 먹고 있었고, 그이가 그 뒤편에 바짝 붙어 서 있었던 거죠. 여학생이 뒤로 넘어지기라도 하면, 당시 열 살밖에 안 되었던 그이는 파묻혀서 눈에 보일 것 같지도 않았다네요. 아주버님이 뭘 하나 싶어 가만히 들여다봤더니만……"

그녀는 주스가 담긴 잔을 물끄러미 내려다보았다. 삼분의 이쯤 채워놓은 잔에는 손도 대지 않은 채였다. 나는 이야기를 재촉하듯 식탁 위에 손을 얹었다.

"그이가 여학생의 머리를 빗기고 있더래요. 문방구에서 파는 손바닥만한 플라스틱 빗으로 말이죠."

어느샌가 나도 모르게 경계심을 품은 채 여자의 제스처를 주시하고 있었다. 그녀는 손톱을 만지작거렸다.

"얼마 전에 경주에 갔었어요. 요즘 그이는 밖에 나갔다 하면 종일 연락이 안 닿아서, 휴대폰 위치 추적을 했거든요. 왜, 젊은 커플들도 그런 거 많이 하죠?"

해본 적 없다.

"사실, 둘이 같이 있는 줄 알았어요. 그래서 몸살 기운이 있는데도 오빠 차를 빌려 경주까지 달려간 거예요."

"잠시만요."

나는 벽걸이형 에어컨을 껐다. 갑자기 몰려온 고요함에 피부가 따끔거리는 기분이었다. 베란다의 창문을 활짝 열었다. 뜨뜻한 공기와 함께 동네의 일상적인 소음이 들려왔다. 골목을 지나는 학생들의 웃음소리, 오토바이 달려가는 소리, 옆 주택 옥상에서 누군가 슬리퍼를 직직 끌며 투덜거리는, 서로의 이름을 부르며 다다다다 뛰어가는 아이들의 발소리, 쉴 틈 없이 우는 매미 소리. 그 익숙한 소음에 마음이 안정되었다.

내가 며칠 전 서울 한쪽에서 무난한 생일 밤을 보내고 있을 때, 경주의 이층 주택 앞에 도착한 그녀는 차의 시동을 끄고 잠시 그대로 앉아 있었다. 이층 베란다 창문으로 환한 불빛이 새어나오고 있었다. 대문은 잠겨 있었다. 그녀는 시멘트 담장을 따라 주택 주변을 천천히 돌았다. 집밖은 적막했다. 수만 가지 상상이 그녀의 머릿속에 넝쿨처럼 엉켜 썩은 내를 뿜어냈다. 그녀는 그리 높지 않은 담장의 높이를 가늠해보았다. 대문 옆에 놓인 파란색 쓰레기통을 쳐다보았다. 잠시 후 그녀는 파란색 쓰레기통을 딛고 올라가 두 손으로 담장을 잡았다. 한쪽 다리를 담장 너머로 걸치고 몸을 띄웠다. 몸은 가뿐하게 담장을 넘었다. 그녀는 장미 덩굴이 자란 화단 가장자리로 떨어졌다. 손바닥이 하얗게 질려 있었지만 쓰라림을 느낄 수 없었다. 그녀는 통유리 너머로 거실을 들여다보았다. 보조등이 켜진 거실은 비어 있었다. 현관문 손잡이를 잡아당겼다. 묵직한 문이 부드럽게 열렸다. 그녀는 발소리를 죽여 집안으로 들어섰다. 그녀는 이층으로 난 계단을 올랐다. 오래된 나무 계단이 삐걱거릴 때마다 몸속에 숨겨진 바늘들이 날카롭게 곤두섰다가 가라앉곤 했다.

이층 복도의 맨 끝 방문이 조금 열려 있었다. 그녀는 소리없이 다가갔다. 삼 미터 남짓 되는 그 거리가 끝없이 길게 느껴졌다. 낮은 말소리가 들렸다. 분명 박승안의 목소리였다. 그녀는 열린 문틈을 들여다보았다. 얼핏, 벗은 몸의 실루엣이 그녀의 시야를 채웠다. 사람의 살빛이 그토록 절망적으로 느껴진 것은 처음이었다. 그녀는 찬찬히 방안을 살폈다. 그리고 비명이 새어나오려는 입을 황급히 막았다.

여윈 체구의 벗은 몸은 그녀가 생각했던 사람이 아니었다. 나의 오빠였다. 오빠는 등을 돌린 채 의자에 앉아 있었다. 박승안은 그의 뒤에 바짝 붙어 서 있었다. 둘은 벽의 반을 차지하고 있는 창문 밖을 내다보고 있던 중이었다. 정장 차림의 그는 한쪽 손을 오빠의 어깨에 얹고, 다른 손으로는 오빠의 머리카락을 쓰다듬고 있었다. 손은 이따금씩 머리카락을 지나 오빠의 흰 팔을 어루만지기도 했다. 그는 이제까지 그녀가 들어본 적 없는 다정한 목소리로 천천히, 오랫동안 무슨 이야기인가를 오빠에게 들려주고 있었다. 간간이 오빠의 웃음소리와 맞장구도 들려왔다.

그녀는 주택을 나와 경주 시내로 나갔다. 차에 기름을 채우고 낯선 거리를 배회했다. 몇 시간이 흐르자 서울 집 번호로 전화가 걸려왔다. 박승안이 집에 도착한 것이었다. 그녀는 어머니가 편찮으셔서 급히 친정에 오게 되었다고 말했다. 아무래도 하룻밤 자고 가야겠다는 말에 그는 순순히 알았다고 대답했다. 장모의 안부는 끝까지 묻지 않았다.

그녀는 다시 주택으로 차를 돌렸다. 아까와 달리, 대문 옆의 벨을 눌렀다. 인터폰으로 "누구세요?" 하고 묻는 오빠의 목소리가 들려왔다. 방아쇠를 당긴 총처럼 탕, 하는 짧은 소리와 함께 대문이 열렸다. 안으로 들어서며 그녀는 아까 자신이 떨어져 움푹 팬 화단을 쳐다보았다.

오빠와 그녀는 거실 소파에 마주앉았다. 오빠는 늘어난 티셔츠 차림으로 자신의 발등을 내려다보았다. 귓불에는 새것 같은 다이아몬드 피어스가 금단의 열매처럼 매달려 있었다. 그녀는 입을 다물고 있었다. 시내를 배회하는 동안 오빠에게 하려고 준비해두었던 이야기들이 마치 벌어진 손가락 틈으로 흐르는 모래처럼 머릿속을 빠져나갔다.

"뭐죠?"

한참 만에 그녀가 꺼낸 물음은, 그녀 자신이 생각하기에도 막막한 것이었다. 오빠는 대답 없이 머리카락을 쓸어올렸다. 그녀는 자신의 남편이 소중한 것을 다루듯 쓰다듬던 머리카락을 노려보았다.

"언제부터였죠?"

목소리가 떨렸다. 그녀는 잠시 눈을 감았다. 예전부터 극한 분노에 이르게 되면 화를 내기보다 눈물샘이 더 먼저 반응하는 그녀였다. 그러나 오빠 앞에서만은 눈물을 보이고 싶지 않았다. 오빠는 여전히 아무 말도 하지 않았다. 심지어 미안하다는 말조차도 꺼내지 않았다. 그런 점에 있어서는 남편과 역겨울 정도로 똑같다고, 그녀는 저주하듯 생각했다.

"징그러워."

그녀 자신도 모르게 중얼거렸다. 오빠는 고개를 들어 그녀를 물끄러미 쳐다보았다.

"그이랑 아까 무슨 얘기를 했나요?"

오빠는 의아한 표정을 지었다.

"방에서요. 다 봤으니까 둘러댈 생각 말아요."

"아아."

오빠가 고개를 끄덕이고는 잔기침을 내뱉었다.

"며칠 전 회식했을 때 횟집에 갔었다고…… 거기 주방장 얘기, 술 취한 교수 얘기랑."

오빠는 순순히 대답했다. 그 고분고분함이 그녀를 더 비참하게 만들었다.

"그이는 그런 사람이 아니에요. 당신, 멀쩡한 사람을 이상한 데로 끌어들이지 말아요. 당장 짐 싸서 여기서 나가줘요. 그리고 앞으로 두 번 다시 우리 앞에 나타나지 말아요."

그녀는 최대한의 인내심을 짜내어 말했다. 오빠는 부스스 자리에서 일어나, 이층으로 올라갔다. 삼십 분쯤 뒤, 오빠는 간소한 짐 가방을 어깨에 메고 내려왔다. 그리고 유령처럼 현관문을 밀고 나가 마당의 어둠을 가로질러 사라졌다.

그녀는 소파 팔걸이에 이마를 묻었다. 무슨 일이 일어난 건지 혼란스러웠다. 아까의 장면은 잘못 본 게 아닐까, 너무 심하게 반응한 건 아닐까, 별일 아닌 것을 자신이 오해해서 일을 복잡하게 만든 게 아닐까.

새벽같이 집으로 돌아온 그녀는 곧장 부엌으로 갔다. 밥을 안치고 어묵국을 끓였다. 국의 간이 거의 맞춰졌을 무렵 박승안이 깨어 거실로 나왔다.

"왔어?"

그가 심드렁하게 말하며 소파 위의 신문을 집어들었다. 그녀는 국자로 노란 어묵을 휘저으며 웃었다.

"네, 아침 다 됐으니까 얼른 씻고 와요."

부엌 창문으로 눈부신 아침 햇빛이 들이치고 있었다. 개수대 안에 반쯤 잠겨 있던 기름때 묻은 접시가 덜걱, 소리를 내며 물속으로 잠수했다.

파란 달이 뜨는 밤

나는 인상을 찌푸리며 유리문을 열었다. 문에 달려 있는 종이 요란스럽게 울렸다. 카운터의 남자가 작은 창문 너머로 흘끗 이쪽을 쳐다보았다.

"잠깐 누구 좀 만나러 왔어요."

그는 다시 텔레비전으로 시선을 옮겼다.

진아가 있는 곳은 205호실이었다. 금붕어가 헤엄치는 수족관을 지나 계단에 올라섰다. 두툼한 카펫이 깔린 계단에서는 쿰쿰한 냄새가 났다. 대낮임에도 불구하고 실내에는 수상쩍은 농도의 어둠이 부유하고 있었다. 나는 비좁은 복도로 들어섰다. 문이 반쯤 열린 202호 안쪽으로 자장면을 먹고 있는 속옷 차림의 사내가 보였다. 다리를 세우고 앉은 사내의 사각팬티 사이로 언뜻 거무죽죽한 것이 비쳤다. 제발 내가 잘못 본 것이기를! 나는 서둘러 205호의 문을 두드렸다. 한참 후에 문이 열렸다. 시큼털털한 땀냄새가 훅 끼쳤다. 진아는 땀을 뻘뻘 흘리며 이불을 몸에 둘둘 감고 있었다. 좁은 방안은 쓰레기와 빨랫감으로 발 디딜 틈이 없었다. 화장실 구석에 포개어져 있는 빈 컵라면 용기들을 바라보던 나는, 들고 있던 비닐봉지를 진아의 발치에 던져놓았다. 편의점에서 산 인스턴트 죽과 몸살약이 담겨 있었다. 진아는 그저께 자정부터 열이 심해서 죽을 것 같다고 끊임없이 내게 전화를 걸어왔다. 수신거부를 걸어놓고, 아예 휴대폰까지 꺼버렸지만 종내에는 욕을 씹어뱉으며 여기까지 찾아오게 되었다. 진아가 걱정되어서라기보다는 내가 본의 아니게 매몰찬 인간이 되어버리는 것 같아 신경질이 났기 때문이다.

진아는 화장실로 기어가 속을 게워냈다. 보아하니 물 외에는 먹은 것도 없는 듯했다.

"오빠는 집에 갔대."

나는 뜨뜻해진 물수건을 빨아 진아에게 건네며 말했다. 등을 돌리고 있었으나 진아의 눈이 순간 반짝인 것이 느껴진 듯했다.

며칠 전 박승안의 아내가 다녀간 직후, 나는 방과 화장실을 청소했다. 화장실 타일 바닥에 욕실용 세제를 뿌리고 솔로 문질러 거품을 내며 박승안을 떠올렸다. 문득, 그의 아내가 견뎌낼 수 없을 만큼 오빠와 그의 사이가 지독하게 적나라해졌으면 좋겠다는 바람이 들었다. 박승안이 예전처럼 혼자가 되었으면 좋겠다. 너무 반듯하게 정리되어 냉기마저 도는 집안에서 혼자 살던 박승안이 그립다. 지금의 그는 여전히 무심하긴 하지만 예전의 새벽바람과 같은 푸르고 차가운 기운을 잃었다. 그가 아내와 헤어졌으면 좋겠다. 다시 한번 중얼거렸다. 오빠가 그를 막다른 곳으로 이끌었으면 좋겠다. 그러기 위해서는 진아가 있어야 했다. 사람에게 쉽게 싫증을 내는 박승안이 자처해 오빠를 보호하도록 만들기 위해서는 막무가내로 덤벼드는 진아의 무모함이 필요했다. 어디까지나 바람에 불과하지만, 만에 하나 박승안이 다시 혼자가 되기라도 한다면 나는 전처럼 그와 잘해볼 생각이 있는 것일까. 그러자 마음이 뒷걸음질을 쳤다. 그럴 자신은 없다. 나는 내 감정을 책임지는 데 서투른 편이었다. 그리고 박승안은 나보다 다섯 배쯤 더 무책임했다.

왜 나는 오빠보다 박승안의 아내가 더 불행해지기를 바라고 있는 걸까. 아무 잘못도 없이 그저 평범한 행복을 바라고 있는 그녀를. 나는 고무장갑을 벗어 걸어놓았다. 진아를 경멸하는 것을 그만두기로 했다. 적어도 진아는 오빠를 진심으로 원하기 때문에 지독하게 매달리고 있었다. 그애가 싫은 건 여전했지만, 그 용기만은 인정하지 않을 수 없었다.

"병원에 같이 가줘."

진아가 땀에 젖은 셔츠를 갈아입으며 말했다. 얼굴에 불긋한 열꽃이 피어 있었다.

"약속 있어."

"병원 앞까지만 같이 가."

그애는 슬리퍼를 신었다. 긴 머리칼이 내 앞을 스치자 옅은 토사물 냄새가 났다.

병원 앞에 도착한 나는 진아에게 진료비와 약값을 뜯기고 나서야 놓여났다. 그럼 그렇지. 진아는 슬리퍼를 끌며 병원으로 들어갔다. 그 모습을 잠깐 지켜보다가 버스 정거장으로 걸음을 옮겼다.

"덥죠? 내일이면 에어컨 설치할 거예요. 요 앞에 커피숍으로 갑시다."

깨끗한 새 사무실에서 페인트 냄새가 났다. 최성철의 형은 다부진 몸에 인상이 서글서글했다. 나는 커피숍에서 간단한 면접을 봤다. 그는 사업 계획과 근무 직원 현황에 대해 설명했는데, 먼젓번 최성철의 이야기와 다르지 않았다. 그는 최성철에게서 이런저런 칭찬을 많이 들었다고 말했다. 설마 하는 마음에 슬쩍 표정을 살폈지만 다행히도 쓸데없는 소리는 하지 않은 모양이었다. 대화의 초점은 내 경력과 업무 능력, 담당하게 될 업무에 집중되었다. 그는 내일중으로 연락을 주겠다고 했다. 오랜만의 긴장감이 나쁘지 않았다. 면접을 끝내고 돌아오는 길에 최성철에게 고맙다는 문자를 보냈다. 문자를 보내고 얼마 있지 않아 전화가 울렸다.

"여보세요?"

"나야."

재우였다.

"어어, 오랜만이네."

"응, 뭐해?"

재우는 시간이 괜찮으면 지금 만나자고 말했다. 아직 퇴근할 시간이 아닐 텐데.

우리는 중간 지점에서 약속을 잡았다. 버스를 기다리는 도중에 소나기가 쏟아졌다. 나는 급히 근처 편의점에 들어가 비닐우산을 샀다. 잠깐 사이에 블라우스가 흠뻑 젖어버렸다. 옷이 젖은 채로 버스를 타자 에어컨의 냉기에 진저리가 쳐졌다. 버스에서 내릴 때쯤 얄궂게도 비는 이미 그쳐 있었다. 나는 몸을 떨며 약속한 장소로 향했다.

재우는 전보다 조금 여위었다. 우리는 젖은 보도를 조금 걷다가 눈에 보이는 맥줏집으로 들어왔다. 내가 치킨과 맥주를 주문했다. 재우는 기지개를 켰다.

"배가 좀 나온 거 같은데?"

내가 묻자 재우는 우는 시늉을 했다.

"좀 봐줘라."

"그나저나, 일은 어쩌고? 외근이야? 휴가?"

"잘렸어."

"뭐?"

재우가 멋쩍은 듯 뒤통수를 쓸어내렸다.

"나 계약직이었어."

"뭐야, 그때……"

"그렇게 됐어."

재우는 맥주잔 손잡이를 만지작거리다가 슬쩍 내게 윙크를 했다. 나는 더이상 묻지 않고 치킨의 날개 부분을 반으로 뜯어 먹었다.

"참, 그 소파 둘 데 없어서 베란다에 내놨어. 근데 생각보다 자주 앉게 되더라."

말 그대로 잠을 부르는 소파였다. 그 소파에 앉아 이런저런 생각을 하고 있다보면 언제 눈을 붙였는지도 모르게 잠이 들었다가, 어느 집 대문이 열리는 소리 혹은 이마 위로 불어오는 저녁 바람에 깨어나 멍하니 밖을 내다보고 있기 일쑤였다. 재우는 다음주부터 몽골로 한 달간 여행을 다녀올 예정이라고 했다. 광고계 일이 자기랑은 잘 맞지 않는 것 같다는 말도 했다.

"요즘도 공연해?"

내가 물었다.

"아니, 밴드 해산했어. 다들 시간 맞추기가 어려워서. 드럼 치던 경식이는 다시 외국 나갔고."

우리는 늦게까지 맥주를 마셨다. 재우는 나를 데려다주었다. 대문 앞에 다다르자, 재우가 흘끗 내 방이 있는 쪽을 올려다보았다. 영화 〈봄날은 간다〉에서 이영애는 유지태에게 '라면 먹을래요?' 하는 멘트를 날려서 그를 집에 들인다. 확실히 '커피 한잔 하고 갈래요?'보다는 좀더 정겹다. 영화상에서 그 둘은 갓 만나기 시작한 때였다. 나는 턱을 갉작이며 재우를 건너보았다. 긴 시간 사귀다가 헤어진 남자에게 잠깐 집에 들어왔다 가지 않겠느냐고 제안하는데 라면 따위를 끌어들일 수는 없는 일이었다. 예전 같았으면 재우는 자연스럽게 내 방에 들어와 간단한 야식을 만들어 먹고 샤워를 한 뒤 내 좁은 침대에 함께 누웠을 것이다.

"집 구경 안 시켜줘?"

그때, 재우가 시원스러운 미소를 띠고 물었다. 나는 짐짓 생각하는 척하다가 대문을 열고 들어섰다.

"들어와. 센서 고장났으니까 계단 조심하고."

다음날 나는 지독한 숙취를 느끼며 잠에서 깨어났다. 정오가 훌쩍 지나 있었다. 얇은 모시 이불이 맨살갗에 까슬까슬하게 감겼다. 집안이 조용했다. 재우는 없었다. 식탁 위에 메모가 남겨져 있었다. 여행에 관련된 예약 문제 때문에 일찍 가보겠다는 내용이었다. 오랜만에 봐서 좋았다느니 선물을 사오겠다느니 하는 뻔한 이야기도 적혀 있었다. 나는 울퉁불퉁하게 찢긴 메모지의 가장자리를 만지작거렸다. 후회가 밀려들었다. 어젯밤을 기점으로 우리의 관계가 무척 진부해져버린 것 같다는 생각이 들었다. 어쩌면 재우의 어깨 너머로 어두운 천장을 올려다보던 어젯밤, 나는 이미 지금의 이 느낌을 예감하고 있었을지도 모른다.

새로운 사무실에서 일하게 되었다. 직원들은 모두 젊은 편이었고 활기가 넘쳤다. 나는 최성철에게 저녁을 사겠다고 약속했다. 그는 당장에라도 목에 냅킨을 걸고 튀어나올 것처럼 반가워했다. 그렇지만 나는 예상보다 훨씬 바빠져서 쉬이 시간을 내기가 어려웠다. 주말에 집에 내려가겠다고 했던 엄마와의 약속도 지키지 못했다. 주말 내내 뻗어 있었던 것이다.

화요일 저녁, 엄마가 근심스러운 목소리로 전화를 걸어왔다.

"세상에, 그애가 여기에 왔더라."

"누구?"

나는 노트북의 자판을 두드리며 물었다.

"있잖니, 니 친구."

엄마는 진아의 이름을 언급하는 것을 극도로 꺼려했다. 강간사건의 공식적인 가해자는 오빠임에도 불구하고, 엄마는 모든 잘못이 진아에게 있다고 여겼다. 여자애가 행동을 어떻게 했으면 그 순한 니 오빠가 실수를 다 했겠니. 엄마는 진아 이야기만 나오면 심하다 싶을 정도로 흥분하며 그애를 탓했다. 그럴 때면 나와 오빠는 노골적으로 자리를 피했고, 아버지는 신경질을 냈었다.

"대문 앞에서 어슬렁거리고 있는 걸 니 오빠가 데리고 나가더니만 아직도 안 들어왔어. 아까 낮에 나갔는데."

엄마의 목소리가 불안하게 떨렸다. 둘이 꽤 오랜 기간 동거했다는 사실을 알게 되기라도 하면 까무러칠 게 분명했다.

"어쩜 여길 다시 나타날 수 있니……"

이어질 뒷말은 듣지 않아도 뻔했기에, 나는 할 일이 있다는 핑계로 얼른 전화를 끊었다. 진아가 생각보다 늦게 오빠를 찾아갔다. 몸살을 오래 앓았던 모양이지. 나는 한참 켜둬서 뜨거워진 노트북을 절전 모드로 돌려놓고 자리에서 일어났다. 두 시간쯤 후, 또다시 엄마의 전화가 걸려왔다. 아직도 오빠가 들어오지 않았다고 했다.

"아예 전화도 꺼져 있네, 무슨 일이지?"

나한테 물어도 대답할 수 있을 리가 없었다.

"알아서 들어가겠지. 엄만, 오빠가 무슨 애야?"

건성으로 대꾸하는 내게, 엄마는 어쩜 그리 무심할 수가 있느냐고 타박을 하고는 지난 주말에 집에 못 내려간 일까지 끌어내 나무라더니 서운해하며 전화를 끊었다. 나는 한숨을 내쉬고 다시 엄마에게 전화를 걸어 기분을 풀어주었다. 엄마는 혀를 한 번 차는 것으로 내 사과를 받아들였다.

"그러고 보니 니 오빠, 며칠 전에도 밤에 나가서 다음날 저녁까지 안 들어왔었어. 서울에서 친구가 내려왔다고 했는데. 설마 그때도 걔는 아니었겠지?"

나는 입술을 물었다. 그건 진아가 아니다. 아마도 박승안이었을 것이다. 박승안은 한동안 내 연락을 받지 않았다. 나를 거북해한다거나 내게 죄책감을 느끼는 등의 감정 때문은 아닌 것 같았다. 무관심이었다.

다음날 오빠가 나타난 곳은 집이 아닌 서울이었다. 나는 일을 마치고 녹초가 된 채 버스에서 내렸다. 오빠는 동네 교회의 놀이터에 있었다. 진아가 오빠의 팔에 바짝 붙어 매달려 있었다. 어스름 속에서 그 둘을 보았을 때, 나는 스스로도 놀랄 만큼 반가움을 느꼈다. 그래, 오빠와 어울리는 그림은 바로 이거야. 나는 속으로 중얼거렸다.

"먼저 들어가 있어. 얘기 좀 하다 갈게."

오빠가 진아에게 말했다. 진아는 어울리지 않게 어깨를 흔들며 투정을 부렸다. 그 지저분한 여관에는 한시도 더 머무르고 싶지 않다는 것이었다. 오빠와 내가 물끄러미 쳐다보자, 진아는 바닥에 침을 뱉고 벤치에서 일어났다. 그애의 뒷모습이 교회 정문을 지나 사라졌다.

"얼굴 보기 힘드네."

나는 농담조로 빈정거렸다.

"일이 좀 있었어."

오빠가 대꾸했다. 그래봤자, 내가 알고 있는 일들이겠지.

"이제 어쩔 거야? 다시 진아랑 합치게?"

나는 슬그머니 오빠를 떠보았다.

"아니."

"그럼? 그 사람이랑 계속 질척거릴 거야?"

"무슨 말이 그러냐."

오빠를 알게 된 많은 사람들이 오빠를 사랑했다. 마치 자신의 의지와는 무관하게 홀리기라도 한 듯 오빠에게 빠져들었다. 사랑의 대가가 고통이든 만족감이든 사람들은 오빠에 대한 애정을 통해 희열을 느끼는 것 같았다. 어릴 때부터 내 눈에 비친 오빠는 사람들의 감정을 빨아먹는 블랙홀 그 자체였다. 그런데 오히려 오빠는 몸을 웅크리고 내 곁에 앉아 말하곤 하는 것이다.

외롭다고.

"네 방 가서 자야겠다. 첫차 타고 집에 내려갈 거야."

오빠는 풀숲에서 뜯은 풀 이파리를 만지작거리며 말했다.

"그 사람한테, 진심이야?"

오빠가 끊어낸 이파리가 내 앞으로 날아와 떨어졌다.

"마음 가는 대로 달려들어서 엉겨붙고, 오빠가 짐승이야? 어쩜 그렇게 이기적이야. 자기 마음 귀한 줄은 알면서 다른 사람은…… 내 생각은 안 해?"

오빠는 나뭇가지를 우두둑 훑어 이파리들을 전부 떨어냈다. 빈 나뭇가지가 가늘게 몸을 떨었다.

"그 새낀 좋은 새끼가 아냐."

고작 하는 변명이라고는, 그게 전부였다.

나는 집으로 향했다. 오빠가 자리에서 일어나 뒤따라왔다. 길모퉁이를 돌던 나는 오빠의 걸음걸이가 어딘가 부자연스럽다는 것을 느꼈다. 뒤를 돌아보았다. 왼쪽 다리를 약간 끌며 걷던 오빠는 눈이 마주치자 아무렇지 않은 척 발을 뗐다.

나는 어떻게 된 일이냐고 묻지 않았다. 늘 사건 사고를 달고 사는 오빠이기에 일일이 사정을 물었다가는 이쪽만 더 지치기 마련이었다.

"웬 상처야?"

오빠가 슬리퍼를 벗고 방바닥을 딛는 순간, 그러나 묻지 않을 수가 없었다. 손바닥만한 크기의 거즈가 발바닥에 붙어 있었다. 오빠는 별거 아니라는 듯 손을 내저었다.

"안 들어가면 또 진아 미쳐 날뛸 텐데."

나는 염려라기보다는 협박에 가까운 투로 말했다.

방바닥에 오빠의 이부자리를 마련해주었다. 오빠는 한참 동안 잠들지 못하고 뒤척거렸다. 잠이 안 오기는 나도 마찬가지였다. 무슨 까닭인지 머릿속이 쌀뜨물처럼 흐렸다. 얼마 전에 조카가 생겼다는 사무실 직원 이야기가 떠올랐다. 장가를 일찍 간 오빠의 아들이라고 했다. 오빠를 도와 올케언니의 병실을 꾸몄다는 이야기를 듣고 있노라니 지레 위축되는 기분이었다.

"너는 내가 밉지?"

낮은 숨소리를 뱉어내던 오빠가 물었다. 나는 어둠 속에서 대뜸 미간을 찡그렸다. 이건 또 뭐하자는 거야.

"난 네가 부럽다."

오빠는 혼잣말처럼 중얼거렸다.

"왜 어렸을 때 네 키가 나보다 더 컸던 적이 있었잖아. 기억나? 그때 주변에서는 여동생보다 조그매서 어쩌냐고 놀려대고, 엄마는 우유를 배달시켜서 억지로 마시게 했었지. 안 먹고 숨겨둔 우유들이 서랍 속에서 상해가는 줄도 모르고 말야. 그때 난 나보다 키가 큰 너랑 밖에 나가면 부끄럽다거나 화가 나기는커녕 기분이 좋았어. 네가 개구쟁이처럼 활기차게 노는 걸 보면 마음이 든직한 게."

"애늙은이냐?"

나는 퉁명스럽게 대꾸했지만, 오빠가 이야기를 그만둘까봐 다시 잠자코 있었다.

그러고 보면 어릴 적의 오빠는 아이들이 많이 뛰어노는 골목이나 놀이터에 나와 노는 법이 없었다. 늘 집안에서 블록이나 퍼즐을 가지고 놀았다. 대문밖에서 친구들이 나를 부르면 오빠는 간절한 눈빛으로 나를 쳐다보았다. 내가 집안에서 함께 놀아주었으면 하고 바라는 눈치였다. 아주 가끔씩 오빠와 놀기도 했지만 대개는 운동화를 꿰어신고 밖으로 뛰쳐나갔다. 운동화 끈을 묶고 고개를 들다가 슬쩍 바라본 오빠의 처량한 표정은 아마 잊을 수 없을 것이다.

"괜찮아. 나도 가끔 니가 밉다."

오빠가 말했다. 나는 코웃음을 쳤다. 그냥 할말이 없었기 때문이다.

오빠는 곧 잠들었다.

나는 옆으로 누운 채 베란다의 소파를 바라보며 느릿느릿 눈을 깜박였다. 전신주 그림자 때문인지, 소파에 누군가 앉아 있는 것 같은 착각이 들었다. 평소 같았으면 후다닥 일어나 베란다 문을 닫고 이불을 뒤집어쓴 채 돌아누웠을 테지만 오늘은 여유로웠다. 얼룩 같은 그림자를 더듬어보던 나는 눈꺼풀을 깊이 내리감았다. 물이 가득차 있던 욕조의 배수구 마개를 잡아 뺀 것마냥, 누적된 피로가 휘몰아치며 수면의 구멍 속으로 빨려들어갔다. 나는 까무룩 잠들었다.

새벽녘에 두 번 깼다. 처음 깼을 때는 화장실에 갔다가 냉수를 한 잔 마시고 곧 다시 잠이 들었다. 두번째 눈을 떴을 때는 몸이 땀으로 흠뻑 젖어 있었다. 찜통같은 더위 속에서 이불까지 둘둘 감은 채 자고 있었던 것이다. 더운 숨을 몰아쉬며 이불을 차냈다.

이번에는 좀처럼 다시 잠이 오지 않았다. 아까처럼 화장실에 갔다가 냉수 한 잔 마시기를 그대로 반복해보았지만 정신은 점점 맑아져왔다. 이 시간에 일어났다가는 내일 사무실에서 시큰한 눈을 비비며 졸음에 몸부림치게 될 것이 분명했다.

찬물로 샤워를 했다. 몸이 한결 가벼워졌다. 오빠는 이마에 한쪽 팔을 얹은 채 잠들어 있었다. 나는 선풍기를 바짝 끌어당기며, 어스름 속에 드러난 오빠의 얼굴을 들여다보았다. 오빠의 얼굴은 어쩐지 잠든 사람처럼 보이지 않았다. 그렇다고 깨어 있는 것도 아니었다. 두 뺨은 타일처럼 차가워 보이는 한편, 닫힌 입매는 슬며시 미소 짓고 있는 듯했다. 나는 비스듬하게 엎드린 채로 오빠를 오랫동안 내려다보았다. 난파된 배의 돛대마냥 허공으로 기우뚱하게 솟은 오빠의 팔꿈치가 눈에 들어왔다. 박승안의 손가락과 혀는 저 팔꿈치를 거쳐갔을까. 얇고 주름진 살가죽과 그 너머로 앙칼지게 전해지는 뼈의 감촉을 느낀 적이 있을까. 오빠의 흰 살갗을 핥으며 내 목덜미와 어깨에 스미어 있던 것과 비슷한 맛을 느낀 적이 있을까. 만약 그랬다면, 짧은 순간이나마 나를 떠올렸을까.

나는 손을 뻗어 오빠의 팔꿈치를 밀쳐냈다. 이마 위에 얹혀 있던 팔이 맥없이 바닥으로 내팽개쳐졌다. 다행히 깨어나지 않았다. 오빠는 습자지처럼 얇은 벽으로 이루어진 세계를 거닐고 있는 것 같았다. 내가 뒤따라 발을 디딜라치면 여린 세포막 같은 바닥이 비명을 지르듯 찢어져 나를 까만 나락으로 빠뜨릴, 그런 세계.

어느 틈에 잠들었는지 모르겠다. 알람 소리에 눈을 떴을 때는 지난밤의 뒤척임이 주었던 찌뿌듯함은 흔적도 없이 사라지고 개운한 기분이었다. 내가 출근할 준비를 마쳤을 때까지도 오빠는 곤히 잠들어 있었다. 나는 샌들에 발을 끼워넣으며 방안을 둘러보았다. 여느 아침과 마찬가지로 환한 햇살이 들이비치었다. 방바닥 장판이 빛으로 반짝거려, 마치 아주 얕은 물이 흐르고 있는 것처럼 보였다. 오빠의 손바닥은 그 위를 떠다니는 나뭇잎이었다. 내가 서 있는 자리에서도 그 푸른 수맥이 들여다보일 것만 같았다. 이상할 만큼 투명한 아침이네, 나는 혼잣말을 중얼거리며 현관문을 열고 나섰다.

금요일 오전 박승안이 갑작스럽게 연락을 해왔다.

퇴근시간에 맞춰 그가 사무실 근처로 왔다. 우리는 부대찌개를 먹었다. 소주를 세 병째 주문할 때쯤 그는 꽤 취해 있었다. 나는 따라두고 마시지 않아서 미지근해진 술을 재떨이에 버렸다. 술에 취한 그는 계속 쓸데없는 소리를 했다. 그는 경주, 아내, 오빠 등의 키워드는 한마디도 입에 올리지 않았다. 그러고 보면 전혀 취하지 않았던 것일지도 모르겠다. 어쨌든 그는 취한 듯 보이고 싶어했고, 나는 그가 원하는 대로 그를 취한 사람 대하듯 했다. 식당에서 나왔을 때는 열시도 안 된 시각이었다. 우리는 말없이 한참을 걸었다. 그리고 긴 가로수길을 지나 근처 모텔로 들어갔다. 그는 여전히 취한 척하며 다소 거칠게 나를 밀어붙였다. 뭔가 어설펐고, 내 머릿속에는 잡생각이 가득했다.

그는 이미 휘발되기 시작한 취기를 애써 붙들어놓으려는 기색이 역력했다. 순간, 그의 무릎이 내 허벅지를 짓눌렀다. 나는 날카로운 비명을 내지르며 그를 밀쳐냈다. 그가 당황하며 내 몸에서 떨어져나갔다. 멍이 들지 않았나 싶을 정도로 지독한 통증이었다. 나는 그를 노려보았다.

"어어, 괜찮아?"

그는 무릎을 꿇고 반쯤 선 엉거주춤한 자세로 물었다. 나는 있는 힘껏 그의 허벅지를 걷어찼다. 그가 어이없는 표정으로 나를 쳐다보았다. 모텔방 안에 냉장고 모터 돌아가는 소리만이 위잉, 정적을 울렸다. 울고 싶은 기분이었는데 이상하게 웃음이 나왔다. 엉뚱한 생각이 들었다. 그를 걷어차는 순간 내 두 젖가슴이 얼마나 우스꽝스럽게 흔들렸을까. 나는 아픈 허벅지를 싸쥐고 소리내어 웃었다. 그는 천천히 침대에서 내려가 화장실로 들어갔다.

나는 누운 채로 창밖을 보았다. 고층의 모텔 창문에는 푸른 시트지가 붙어 있었다. 그 너머로 바라보이는 달빛이 파랬다. 어릴 적에 색색의 셀로판지 안경을 쓰고 바라보던 세상처럼.

지금은 달이 제 눈에 푸른 셀로판지를 대고 나를 바라보고 있는 것 같다. 그쪽에서도 내 벗은 몸이 파랗게 보일까. 만약 그렇다면, 이 밤도 그렇게 나쁘지만은 않네.

박승안은 담배 두 대를 연달아 피웠다. 바닥에 흩어진 둘 중 누군가의 옷 주머니에서 휴대폰 진동이 울렸으나 받지 않았다. 전화는 집요하게 여러 차례 더 걸려오다가 멈추었다.

"갈까?"

그가 물었다.

"조금만 더 있다 가요."

그는 고개를 끄덕이며 유리 재떨이에 꽁초를 비벼 껐다. 좁은 실내가 매캐한 연기로 가득차 숨이 막힐 지경이었다. 나는 손을 뻗어 그의 등을 쓸어내렸다. 땀이 돋은 등은 이끼 낀 바위처럼 축축했다. 그의 등에 배어 있는 한 점 그늘과 바람의 감촉에 나는 문득, 그가 낯설어졌다. 그리고 그 낯섦을 향한 어렴풋한 그리움을 느꼈다. 그를 안 지 얼마 안 되었을 때 곧잘 느끼곤 했던 감정이었다. 방안의 어둠 때문일까, 뒤늦게 올라온 술기운 때문일까. 지난날의 애틋함이 와락 몰려들었다. 그를 향한 애정은 거의 습관적이었다. 잔뜩 화가 나서 저주와 욕을 퍼붓고 난 후에도 다시 그의 이름을 떠올리면 알싸한 감정이 피어올랐다. 파블로프의 개처럼.

높은 베개에서 섬유탈취제 냄새가 났다.

"그만 가자."

"조금만 더 있다 가자니까요."

"아침 일찍 일이 있어."

"조금만 더 있으라구요!"

나는 그의 등짝을 후려치듯 소리쳤다. 그는 앉은 채로 흘깃 나를 돌아보았다. 우리는 아무런 대화도 나누지 않은 채 이십 분쯤 시간을 흘려보냈다. 이윽고 그가 바닥에 떨어진 옷을 주워 입기 시작했다.

그가 앞서 복도를 걸었다. 엘리베이터가 땡, 벨소리를 울리며 몸을 벌렸다. 그는 환한 불빛 상자 속으로 걸음을 내디뎠다. 자꾸 흘러내리는 샌들 끈을 발뒤꿈치에 걸던 나는 걸음을 빨리했다. 미처 엘리베이터 안으로 들어서기도 전에 문이 닫혔다. 순식간에 빛의 틈이 좁아지고, 복도 가장자리로 밀려나 있던 어둠이 두루마리 천 풀리듯 굴러왔다.

"미안해."

그가 급히 열림 버튼을 누르며 사과했다. 이제 보니 턱이 가칠했다. 살이 좀 빠진 것 같기도 하고. 나는 성큼 엘리베이터 안으로 들어갔다.

"괜찮아요."

그를 만나며 하고 싶었던 일 중 하나는 동물원에 가는 것이었다. 날씨 좋은 평일 대낮, 한적한 동물원을 유유히 거닐고 싶었다. 비슷비슷하게 생겼음에도 종류는 가지가지인 원숭이들과 만사가 무료해 보이는 북극곰, 거대한 우리 속에서 날아다니는 각종 조류, 조련사에게 생선을 받아먹는 펭귄떼, 가장 높은 지대의 철창 너머로 어슬렁거리는 코요테와 표범들. 낡은 공중화장실과 코끼리 열차, 고지대에서 타고 내려가는 아슬아슬한 리프트, 멀리 놀이공원 중앙에 솟은 청룡열차 레일, 나무 그늘 아래 벤치, 해질녘에 접어들어 부드럽게 불어오는 바람과 그 속에 섞인 나무와 풀, 동물들의 냄새.

그와 동물원에 가게 될 일은 영영 없을 거라는 생각이 들었다. 그새 내 옷에 밴 섬유탈취제 냄새가 못 견디게 싫어졌다.

"왜 그래?"

내가 뒤처져 걷자 그가 주머니에 손을 꽂은 채로 뒤돌아서며 물었다. 나는 가방끈을 꼭 쥔 채로 걸음을 멈추었다.

"같이 하고 싶은 게 많았는데."

"응?"

"도대체 우린 무슨 사이일까요?"
"왜 그래?"
"사람이 물으면 대답을 해요. 뭐냐구요, 우린."
그는 입맛을 다셨다. 피곤하다는 듯 목을 젖혔다. 그는 곧 내게로 한 발짝 다가섰다. 피로로 눈이 충혈되어 있었다.
"그런 게 중요해?"
"네."
"그런 거 상관없이 잘 지내왔잖아."
"이젠 알아야겠어요."
"왜?"
"끝났으니까요."
"그만 집에 가자. 피곤하다."
"대답해요."
장난감 코너에서 엄마 옷깃을 잡고 늘어지는 아이처럼, 나는 제자리에 버티고 선 채로 꼼짝하지 않았다. 그는 잠시 생각에 잠겼다. 이대로 나를 두고 휑하니 먼저 가버릴 것인지, 적당히 달래서 데려갈 것인지, 마냥 침묵으로 대응할 것인지 고민하는 눈치였다.
"알고 싶어?"
나는 보일 듯 말 듯 고개를 끄덕였다.
"너는 학생이고! 나는 선생이야."
그는 자기가 말해놓고도 우스운지 피식 웃었다. 한참 전에 종영된 드라마에 나왔던 대사였다. 나는 웃지 않았다. 한물간 유행어라 웃기지도 않았다. 옆 골목에서 누군가 가래 돋우는 소리가 들렸다.

택시 안에서 그는 잠들었다. 기울어진 그의 머리가 내 어깨에 닿았다. 그의 셔츠 주머니에서 휴대폰 진동이 몇 차례 울리더니 이내 조용해졌다. 관계의 정의가 가장 절실해지는 순간은 관계를 끝맺을 때다. 잘 알지 못하면 제대로 끝낼 수도 없다.

나는 집 앞 골목 어귀에서 내렸다. 그는 부스스 깨어나 작별 인사를 했다. 그의 휴대폰이 다시 진동을 울려댔다. 그는 성가시다는 듯 전화기를 끄고 다시 눈을 감았다. 택시가 길모퉁이를 돌아 사라졌다.

그는 그때 걸려온 전화를 받았어야 했다. 그랬더라면 모든 게 달라졌을 것이다. 전화 한 통 받는 것쯤, 그렇게 어려운 일도 아니었는데 말이다. 결정적인 일들은 때때로 아주 사소한 외면에서 비롯된다.

나는 횡단보도 앞에 서 있었다. 건너편 서점 앞에 서 있는 최성철이 보였다. 늦잠을 잔 탓에 약속시간에 이십 분이나 늦고 말았다. 신호등이 바뀌자마자 나는 빠른 걸음으로 길을 건넜다. 나를 알아본 그가 손을 들었다.

"오래 기다렸죠?"

최성철은 고개를 저었다.

"저 옆 골목에 잠깐 가요."

그가 말했다. 어리둥절해하는 나를 끌고 그는 닭갈빗집이 즐비한 골목에 들어섰다. 무슨 일인지 사람들이 잔뜩 모여 있었다. 높이 치켜든 반사판과 마이크가 보였다.

"드라마 촬영한대요."

그는 사람들 틈을 뚫고 들어가 내게 얼른 가까이 오라고 손짓했다.

나는 좀 민망해졌다. 별로 궁금하지 않은데, 중얼거리며 슬쩍 안쪽으로 들어섰다. 낯익은 얼굴의 남녀 배우가 음식점 앞에 서 있었다. 스태프가 너무 안쪽으로 들어가려는 최성철을 저지했다. 나는 민망함을 넘어서 조금 부끄러워졌다.

"이 드라마 팬이에요."

그는 싱글거리며 말했다.

"둘이 싸우네."

나는 싱겁게 대꾸했다. 한 번도 본 적 없는 드라마였다. 그는 흥미진진한 얼굴로 촬영을 지켜보았다. 남자 배우가 여자 배우에게 가까이 다가섰다가 거칠게 밀쳐졌다.

"어이쿠!"

최성철이 안타깝다는 듯 중얼거렸다. 나는 기우뚱하게 선 채로 여배우의 립스틱 색깔이 예쁘다고 생각했다.

"배고프죠? 맛있는 거 먹으러 갑시다."

그가 내 등을 툭툭 치며 말했다.

잘 아는 곳이 있다며 최성철이 앞장선 곳은 횟집이었다. 그는 모둠회를 주문한 뒤에야 내게 "회 먹죠?" 하고 물어왔다. 나는 고개를 끄덕였다. 어쩐지 최성철이 다른 때보다 더 들뜬 듯 보였다. 그는 오이를 와작와작 씹어 먹었다.

"참, 선물 있는데."

그가 막 생각났다는 듯 말하며 가방을 뒤졌다. 노란색의 풍성한 리본을 매단 네모난 선물상자가 내 앞에 들이밀어졌다. 나는 조심스럽게 상자를 열었다. 종이 쿠션 사이에 오롯이 담겨 있는 것은 초록색 일회용 카메라였다.

"그거로 이거저거 내키는 대로 찍어요. 길도 좋고 건물도 좋고. 다 찍으면 나한테 줘요. 내가 인화해줄게."

아마도 『연애상식대백과』 혹은 『여자, 30일 만에 유혹하는 법』 등의 책을 애독하는 게 아닐까. 최성철이 더 낯간지러운 설명을 보태기 전에 나는 얼른 선물상자를 가방 속에 넣었다. 음식이 나오자 그는 열심히 먹기 시작했다. 차례차례, 빠른 속도로 먹어치웠다. 맞은편 사람의 식사에 속도가 붙자 나도 덩달아 서두르게 되었다. 회와 초밥까지 먹어치우고 얼마 있지 않아 넓적한 생선 대가리가 떠다니는 매운탕이 나왔을 때는 숨이 차오르는 것 같은 기분까지 들었다. 나는 무채 위의 꽃 모양으로 잘린 당근을 내려다보았다. 젓가락을 내려놓은 그가 물수건을 만지작거렸다.

"전부터 생각했는데, 닮은 거 같아요."

이런 뻔한 레퍼토리.

"누굴요?"

"왜, 아까 봤던."

최성철은 촬영 현장에서 봤던 여자 배우의 이름을 꺼냈다. 나보다 나이가 훨씬 많은데다 성형수술이 잘못되어서 눈매가 부자연스러운 여자였다. 체형도 말투도 나와 닮은 구석이라고는 조금도 없었다.

"내가 제일 좋아하는 배우거든요. 닮은 거 같아."

"그렇군요."

"나 그 배우랑 사귀는 게 꿈이었는데…… 나랑 한번 사귀어보지 않을래요?"

매운탕 국물이 와글와글 소리를 내며 넘쳐올랐다. 냄비 속의 생선 대가리가 비웃은 게 분명했다.

"그걸 지금 고백이라고 하는 거예요?"

최성철은 목덜미를 긁적였다. 내가 물끄러미 쳐다보자 그는 손을 들어 사이다를 주문했다. 주위 테이블의 왁자지껄한 소음이 한층 더 크게 느껴졌다.

"말 편하게 해도 되는데. 나이 차이도 얼마 안 나고."

사이다를 원샷하고 난 그가 말했다. 나는 어깨를 으쓱했다.

"내가 만날 때마다 좀 화나게 하는 거 같네. 그죠?"

최성철이 테이블 앞으로 몸을 기울이며 씨익 웃었다. 나는 어이가 없어서 마주 웃고 말았다. 무채 위에 남은 회를 간장에 찍던 그가, 학교 선배들과 함께 바다낚시 갔던 이야기를 꺼냈다. 낚시동호회 선배가 잡아올린 큼직한 우럭이며 손끝에서 느껴지는 파도의 힘줄, 즉석에서 떠 먹는 회의 단맛에 대해 감탄조로 늘어놓았다.

"그 나이 되도록 낚시도 못해보고 뭐했대. 언제 같이 가요."

그가 능청스럽게 말했다.

"그래요."

나는 흔쾌히 고개를 끄덕였다. 진작부터 이런 이야기나 꺼냈으면 좋았을걸.

횟집에서 나오며 휴대폰을 확인했다. 어느 틈에 부재중 전화가 여러 번 와 있었다. 전부 집에서 걸려온 전화였다. 통화 버튼에 손끝을 가져가기 무섭게 전화는 다시 걸려왔다.

"너 어디냐?"

엄마였다. 잠긴 목소리가 불안하게 떨리고 있었다.

"니 오빠가 며칠째 연락이 안 된다."

엄마는 울먹이며 말했다. 내 방에서 자고 간 날 오빠는 집으로 돌아가지 않은 모양이었다. 엄마는 진아를 의심했다. 진아가 다녀간 이후로 오빠를 보지 못했으니 그럴 만도 했다. 나는 새삼스럽게 무슨 걱정이냐며 부러 퉁명스럽게 말했다.

"그 계집애가 심상치 않아 보였어. 저수지에 혼 빠뜨리고 온 사람마냥 어딘가 음산한 게."

휴대폰 배터리 부족을 알리는 경고음이 삐삐, 귓가를 울렸다. 나중에 다시 전화를 걸겠다고 하자, 엄마는 다급히 실종신고를 해야 한다고 말했다.

"어디 있는지 알아. 내가 찾아서 전화하라고 할게."

일을 크게 만들고 싶지 않았기에 적당히 둘러댔다. 오빠가 있을 곳이야 뻔히 짐작이 갔다. 엄마는 몇 번이고 내 다짐을 받아낸 뒤에야 전화를 끊었다. 가게에서 나오며 최성철이 물었다.

"재즈 좋아해요? 좋은 데 봐뒀는데."

나는 내심 감탄했다. 이래저래 머리를 굴리며 스케줄을 구상했을 그의 모습이 그려졌다. 최성철이 앞장선 곳은 횟집에서 두 정거장 떨어진 곳의 재즈 바였다. 작은 스테이지 위에서 청바지에 티셔츠를 입은 여자가 피아노를 치고 있었다. 연주곡은 〈데비를 위한 왈츠〉였다. 최성철과 나는 촛불이 켜진 테이블 앞에 마주앉았다. 불꽃이 일렁일 때마다 옅은 레몬 향이 풍겼다.

"피아노 칠 줄 알아요?"

그가 물었다. 나는 고개를 저었다. 한창 피아노 교습 붐이 일었던 어릴 적에 몇 개월 학원에 다닌 것이 전부였다. 우리는 병맥주를 주문했다. 연주를 마친 피아니스트가 악보를 뒤적였다. 검고 매끄러운 피아노의 몸체 위로 흐르는 잔잔한 조명 불빛이 관능적이었다.

순간, 설마 하는 생각이 머릿속을 스치고 지나갔다. 가게에 들어온 뒤로 줄곧 피아노와 카운터 쪽을 번갈아 흘끔거리고 있던 최성철과 눈이 마주쳤다. 그는 개구쟁이처럼 웃었다.

나의 우려는 곧 현실로 이루어졌다. 매니저와 짧은 대화를 주고받은 그는 무대 위로 올라가 피아노 앞에 앉았다. 곧 익숙한 선율이 흘렀다. 그의 피아노 연주 실력은 수준급이었다.

연주를 끝마친 그가 발그레해진 얼굴로 테이블에 돌아왔다. 탄산수를 마시며 쉬고 있던 피아니스트가 엄지손가락을 들어 보였다.

"잘 치네요. 낚시도 잘해, 피아노도 잘 쳐, 좋겠다."

나는 육포를 잘게 찢으며 말했다.

"저거밖에 못 쳐요."

"오, 겸손해할 줄도 아네."

그러자 그는 병에 물방울이 송골송골 맺힌 맥주를 들이켠 뒤 손등으로 입을 훔쳤다.

"정말로 저 한 곡밖에 몰라요. 저것만 연습하니까 잘 치는 거지."

쑥스러운 듯 말하는 최성철의 모습을 바라보던 나는 자리에서 일어나 화장실로 향했다. 거울에 비친 내 표정이 꽤 환해서 조금 놀랐다.

그로부터 일주일 뒤, 오빠는 여전히 돌아오지 않았다. 진아는 연락이 두절된 채였고 박승안은 오히려 내게 오빠의 안부를 되물었다. 엄마는 경찰서에 실종신고를 했다. 나는 토요일 아침 일찍 집으로 가는 기차에 올랐다.

오랜만에 본 엄마는 눈에 띄게 살이 빠져 있었다. 엄마의 채소가게는 휑했다. 상자 속의 채소들은 시들시들했고, 선반 위 통조림에는 먼지가 뿌옇게 쌓여 있었다. 근처에 마트가 들어선 탓에 사람들이 그쪽으로 몰리는 모양이었다.

엄마와 나는 가게에 잔뜩 쌓여 있는 감자를 쪄서 저녁 대신 먹었다. 엄마는 내게 그간 서울에서 오빠가 어떤 생활을 했는지 캐물었지만, 대답할 만한 것이 없었다. 오빠에게 있었던 일들을 고스란히 전할 수는 없는 일이었다. 엄마는 전화벨이 울릴 때마다 움칠거렸다. 나는 경찰서에서 다 큰 성인 남자, 그것도 전과가 있는 오빠의 실종신고를 성의 있게 받아들였을 리 없다고 생각했으나 잠자코 있었다.

"엄마! 수건 좀 갖다주지."

목욕을 마친 나는 화장실 문을 열고 소리쳤다. 잠잠했다.

"엄마!"

나는 젖은 머리카락을 쥐어짜며 다시 목소리를 높였다. 여전히 대답이 없었다. 하는 수 없이 바닥에 물을 뚝뚝 흘리며 나와 건조대의 마른 수건을 낚아채듯 빼들었다. 열린 안방 안으로 길게 늘어진 전화선이 보였다.

"왜 대답을 안 해."

몸에 수건을 감고 투덜거리며 방안을 기웃거렸다. 엄마가 두 손으로 수화기를 든 채 통화하고 있었다. 이윽고 전화를 끊은 엄마가 나를 올려다보았다.

엄마와 함께 찾아 나선 곳은 목포시에 있는 종합병원이었다.

"거봐라. 내 그 계집애가 일낼 줄 알았어."

고속버스를 타고 가는 내내 엄마는 얼빠진 표정으로 중얼거렸다. 걸려온 전화에 의하면 오빠는 여자와 함께 실려왔다고 했다. 나는 의자 등받이에 깊숙이 기댔다. 덜 마른 머리칼 위로 쏟아지는 에어컨 바람 때문에 머릿속까지 서늘해지는 기분이었다. 진아와 오빠는 정말 악연인 걸까. 차창 쪽으로 고개를 돌리고 있던 엄마는 조금 울었다. 나는 말없이 엄마의 어깨를 감쌌다.

병원을 발견하기가 무섭게 나를 앞질러 걷던 엄마는 정문보다 가까운 응급실로 들어섰다. 구석 침대에서 얼굴이 노란 어린아이가 토악질을 하고 있었다. 엄마의 시선이 빈 침대 사이를 가른 피 묻은 커튼으로 향했다. 나는 로비 쪽으로 엄마를 떠밀었다. 오빠는 중환자실에 있다고 했다. 엄마는 휘청거리며 복도를 지나 중환자실에서 나오는 간호사를 붙들었다. 오빠의 상태에 대한 설명을 듣고 엄마를 가까스로 진정시키고 났을 때였다. 자판기로 향하던 나는 우뚝 걸음을 멈추었다.

의자에 앉아 있던 남자가 고개를 들었다. 구겨진 셔츠 차림의 그가 물끄러미 나를 쳐다보았다. 박승안이었다.

"여기서 뭐하는 거예요?"

그가 이번에도 나를 기만했다는 배신감과 함께 버스 안에서 애써 눌러왔던 오빠를 향한 불안감이 신경질적으로 치솟았다. 박승안은 자리에서 일어나 엄마에게 인사를 했다. 엄마는 그를 기억하지 못하는 듯했다.

"무슨 일이에요? 어떻게 알고 왔어요?"

나는 목소리를 낮추어 물었다.

"전화 받고……"

"선생님이 왜?"

"집사람이 안에 있어."

그가 중환자실 입구를 바라보았다.

양파가 운다

혼수상태에 빠져 있던 여자가 깨어난 것은 닷새 후였다.

경찰에 의하면 두 사람이 타고 있던 차는 가드레일을 받고 멈춰서 앞에서 달려오던 승용차와 충돌했다. 발견 당시 차는 우그러진 깡통 같았다고 한다. 사고 정황상 오빠의 숨이 붙어 있는 게 신기할 정도였다는 둥 운전석 여자가 그 와중에도 혼자 살겠답시고 조수석 쪽으로 핸들을 꺾었다는 둥 경찰들끼리 나누는 대화를 못 들은 척했다. 상대 차량의 운전자는 두 차례의 수술을 받고 일반실로 옮겨졌다. 깨어나지 못한 것은 오빠뿐이었다.

"그렇게 조금 먹고 괜찮아요?"

같이 점심을 먹던 사무실 사람이 내 그릇을 보고는 눈을 크게 뜨며 물었다. 나는 거의 손대지 않은 음식을 내려다보았다. 사무실로 돌아가는 길에 엄마에게서 전화가 걸려왔다. 오빠의 폐에 출혈이 생겨 지금 막 수술실에 들어갔다고 했다.

나는 오늘 일이 늦어질 것 같으니 내일 아침이 밝는 대로 내려가겠다고 했다. 혼자 목포에서 올라온 것이 어제였다. 오빠의 의식은 며칠째 늪처럼 고요하고 잠잠했다. 시간이 하릴없이 늪 속으로 잠겨들었다. 엄마는 근처의 큰고모네서 지내며 오빠가 눈을 뜨기만을 기다리는 중이었다.

엄마는 내게 운전대를 잡고 있던 여자와 오빠의 관계에 대해 물었다. 나는 고개를 저었다. 경찰과 박승안에게도 모른다는 대답으로 일관했다. 박승안은 혼란스러워하는 눈치였다.

박승안은 나보다 하루 먼저 서울로 올라왔다. 병원에서 마주친 우리는 사적인 대화는 거의 나누지 않았다. 사람들 앞에서 그는 나를 예전 학생 대하듯 했다. 중환자실 앞에서 서성이는 그를 보고 있노라면, 그가 걱정하고 있는 사람이 아내인지 오빠인지 알 수 없다는 생각이 들었다.

나는 이상하리만큼 마음이 차분했다. 오빠는 곧 회복될 것이 분명했다. 오빠의 삶은 늘 심하게 휘어졌다 펴지기를 반복해 아슬아슬했지만 잘 휘어지는 것일수록 쉽게 끊어지지 않는 법이었다. 나는 오빠에 대한 묘한 확신을 가지고 있었다.

목포의 큰고모네서 신세를 지는 동안 밤새 극심한 갑갑함을 느끼며 깨어나곤 했다. 갑갑함의 정체는 최악의 상황에 대한 두려움이라든가 걱정, 죄책감 따위가 아니었다. 나를 괴롭히는 것은 단순한 궁금증이었다. 오빠는 왜 그녀의 옆자리에 타고 있었을까. 그러나 정작 오늘 아침 그녀의 의식이 돌아왔다는 연락을 받았을 때, 나는 온몸의 털이 곤두서는 느낌이었다.

"열 있는 거 아니에요? 얼굴이 왜 이렇게 빨개."

사무실 옆자리 직원이 나를 살피며 물었다. 나는 이마를 짚어보았다. 뜨거웠다. 그러고 보니 아까부터 줄곧 같은 페이지의 자료를 들여다보고 있었다. 퇴근길에 약국에 들러 해열제를 사먹었다. 낮이 길어 약국 창밖으로 내다보이는 거리가 아직 환했다. 벽시계는 여덟시를 가리키고 있었다. 가방 속의 휴대폰이 요란하게 울렸다. 신문을 들여다보고 있던 약사와 눈이 마주치자 그녀는 사람 좋은 미소를 지었다.

액정에 목포의 지역번호가 떴다.

"여보세요."

수화기 너머로 정적이 흘렀다. 엄마가 목을 가다듬는 소리가 들려왔다. 오빠는 뇌사 판정을 받았다. 나는 눈을 감았다. 부어오른 목이 아팠다. 목구멍 저 깊은 곳에 커다란 거미 한 마리가 끼어 있는 것 같았다. 나는 약국 문을 열고 나왔다. 곧장 고속버스터미널로 향했다.

목포로 향하는 버스 안에서 나는 심한 고열에 시달렸다. 차 안에서 해열제를 두 번 더 먹고 병원에 도착했을 때는 밤늦은 시각이었다. 속이 깎아내리는 듯 쓰렸다.

약기운 때문이었을까, 병원 정문으로 들어서는 순간부터 의식이 흐릿해졌다. 중환자실, 엄마의 가칠한 입술, 박승안의 기침소리, 간호사들의 하얀 샌들, 비상구 계단의 푸른 불빛, 다급히 누군가를 부르는 목소리, 밖에서 멀어지는 앰뷸런스 소리, 주머니 속 휴대폰의 진동. 그날 밤은 그렇게 몇 개의 키워드들을 남긴 채 소등되었다.

눈을 떴을 때는 응급실 침대 위였다. 반쯤 비워진 수액을 맞고 있었다. 새벽녘의 응급실은 한산했다. 나는 비상구 계단에서 기절한 채로 발견되었다고 했다. 왜 그곳에 가 있었는지 전혀 기억나지 않았다.

엄마는 밤사이 큰고모와 심하게 다툰 모양이었다. 큰고모가 지나가는 말로 장기이식에 대한 얘기를 꺼낸 것이 화근이었다. 엄마는 오빠가 다시 깨어날 때까지 인공호흡기를 떼지 않을 거라고 단호하게 못박았다. 언제 챙겨왔는지 아버지의 생명보험금이 든 통장을 내 앞에 꺼내 보이기도 했다.

나는 조심스럽게 오빠의 손을 만져보았다. 열 기운이 도는 내 손보다는 미지근했다. 눈감고 있는 오빠의 얼굴이 얼마 전 내 방에서 잠들어 있을 때와 다를 데가 없어 보였다.

경찰은 운전자인 그녀에게 그날의 사고에 대해 물었다. 그러나 일반실로 옮겨진 뒤에도 그녀는 두통이 심하다며 사람들과 대면하기를 회피했다. 며칠 뒤 진술과정에서 경찰은 새로운 사실을 알아냈다. 그들은 오빠가 서울 외곽 지역의 지하실에 며칠간 감금되어 있었을 것이라 추정했다. 지하실은 미술을 전공한 그녀가 한때 아이들을 가르치며 작업실로 사용하던 공간이기도 했다. 감금이라는 것은 경찰의 비약적인 추측이었다. 그러나 지하 작업실에서 오빠가 며칠을 보낸 것은 사실이었다.

먼지 구덩이인 작업실에는 오빠가 침대로 사용했을 낡은 소파와 얇은 이불이 있었다. 뿐만 아니라 가스버너, 이젤, 개봉한 지 얼마 안 된 유화물감도 발견되었다. 질문을 던질 때마다 앞뒤가 맞지 않는 뻔한 거짓말로 둘러대던 여자가 사실을 털어놓은 것은 박승안이 서울에서 두 점의 그림을 들고 나타난 후였다.

한 점은 캔버스에 그려진 유화였고, 나머지 한 점은 채색되지 않은 채였다. 캔버스 속에서 짙은 감색 소파에 비스듬히 기대어 있는 모델은 분명 오빠였다.

그녀가 오빠를 불러낸 것은 오빠가 내 방에 다녀가고 얼마 뒤의 일이었다. 더 정확히는, 박승안의 휴대폰이 밤늦도록 앓듯이 울려댔던 다음날.

이른 아침 둘은 탑골공원 앞에서 만났다고 했다. 그녀는 운전을 하는 동안 두 번이나 신호를 제대로 보지 못하고 급정거했다. 앞차의 운전자가 창문을 열고 욕을 씹어뱉었다.

그녀가 오빠를 데리고 도착한 곳은 임대계약을 연장해놓고 오랫동안 사용하지 않은 지하 작업실이었다. 작업실 문을 열고 들어서자 오빠는 의아한 표정으로 그녀를 바라보았다. 그녀는 어색한 표정을 지은 채 오빠의 등을 떠밀다시피 안으로 들였다.

실내를 두리번거리는 오빠의 뒷모습을 보며 여자는 트렁크에 들어 있는 로프와 연장들을 떠올렸다. 매일같이 새벽에야 돌아오는 박승안의 곁에 누워 밤새 뜬눈으로 품고 있던 분노, 경주에 다녀온 그날부터 수차례 마음속으로 별러왔던 계획이 붉은 램프를 깜박이고 있었다. 그녀는 마른침을 삼켰다. 그사이에 엉거주춤 서 있던 오빠는 화장실로 들어갔다.

그녀는 결국 소파 위에 털썩 주저앉았다. 작업실에 도착하기만 하면 자신의 내부에 잠재되어 있던 충동이 자연스럽게 상황을 이끌어주리라 생각했으나, 계산 착오였다. 해코지를 하기는커녕 누군가를 협박해야 한다는 생각만으로도 벌써부터 속이 후들후들 떨렸다. 그녀는 맑은 공기를 쐬기 위해 밖으로 나왔다.

시간이 얼마쯤 흐른 뒤 작업실로 돌아왔을 때, 오빠는 소파에 비스듬히 누운 채 잠들어 있었다. 그녀는 작업 의자에 앉아 무방비한 모습의 오빠를 조용히 지켜보았다. 그리고 선반 위에 쌓여 있던 누렇게 빛바랜 도화지 한 장을 꺼내 이젤에 올렸다. 굴러다니는 연필을 주워 오빠의 모습을 드로잉하기 시작했다. 일이 이렇게 되기까지 그녀의 잘못은 아무것도 없었지만 평화로운 가정생활을 얻을 수만 있다면 그 무엇에든 자신이 먼저 애원하며 사과하고 싶은 심정이었다. 잠에서 깨어난 오빠는 그녀가 그림을 마저 그릴 수 있도록 잠자코 있었다. 날이 어두워지자 그녀는 드로잉을 마친 도화지를 그대로 둔 채 작업실을 나섰다. 다음날 새로 산 화구들을 챙겨들고 작업실을 찾았을 때, 오빠는 여전히 그곳에 있었다. 오빠는 그녀가 그림을 완성할 때까지 며칠간 작업실에서 나가지 않았다. 하루 한 끼 라면을 끓여먹거나 김빠진 탄산음료를 마시는 것을 제외하고는 음식을 먹는 것 같지도 않았다고 한다. 지하 작업실은 몹시 덥고 습했다.

"나는 강요한 적 없어요."

그녀는 분명하게 말했다.

얼마 후, 그녀는 오빠를 설득했다. 오빠는 그녀가 지방에 방을 얻어주는 조건으로 박승안의 앞에서 사라지는 데에 동의했다고 한다. 그녀는 한 번도 가본 적 없는 목포시를 선택했다. 오빠는 언제나처럼 고분고분했다. 사고 당일, 그녀는 오빠를 옆자리에 태우고 목포시로 향했다.

그녀의 말대로 일이 원만하게 진행되는 상황이었다면, 이상 없이 잘 달리던 차가 어째서 급작스럽게 가드레일을 박게 되었는지 의문이었다. 그 지점은 평탄한 도로였고 사고 다발 지역도 아니었다. 그녀는 작은 동물 같은 것이 도로 위로 튀어나와 얼떨결에 핸들을 꺾었다고 했다. 경찰은 그녀의 진술을 기록했다.

나는 주말마다 목포로 내려갔다. 오빠는 여전히 깨어나지 않았다. 오빠의 몸속으로 빨려들어가는 수액이 늘어나는 만큼 엄마의 체중은 줄어갔다.

진아에게서 연락이 온 것은 보름 후의 일이었다. 그애는 화려한 프린트가 들어간 짧은 스커트에 커다란 귀걸이를 하고 나타났다. 원룸 앞 골목에 서서 흰 핸드백을 빙글빙글 돌리고 있었다.

"나 요즘 일해. 여관에서 지낼 때 윗방 살던 언니가 일 소개시켜줬어."

진아는 모기 물린 무릎을 긁적였다.

"방 구하면 오빠랑 다시 합치려고. 아무래도 니네 오빠, 돈이 없어서 날 자꾸 피하는 거 같어. 그치 않냐?"

나는 대꾸하지 않았다.

"가게 손님 중에 꼰대가 하나 있는데, 나를 완전 마음에 들어하거든. 가게도 몇 개 있다는데 잘 후리면 돈 좀 뽑을 거 같아. 다음주에 월급 타면 오빠랑 반지부터 맞춰야지. 너 예전에 끼던 커플링 어디 거랬지?"

기억나지 않는다고 말했다.

"웃기네. 가르쳐주기 싫으면 그냥 싫다고 해. 오빤 또 연락 안 되지?"

진아가 혀를 차며 물었다. 나는 고개를 끄덕였다.

"아, 씨발 툭하면 잠수야."

못마땅한 듯 입을 씰룩이던 진아는 출근시간이 가까워졌다며 돌아섰다. 나는 그애의 등에서 너울거리는 긴 머리칼을 보았다. 전에 없이 향수 냄새가 풍겼다.

진아는 앞으로도 오빠를 찾아다닐 것이다. 그애가 오빠의 행방을 물을 때마다 나는 모른다고, 고개를 저을 생각이었다.

주택의 계단을 오르며 몇 해 전의 여름을 회상했다. 오빠가 강간범이 되었던 무더운 여름날. 빈 부엌에서 음식이 타던 냄새가 코끝을 스쳐가는 듯했다. 곧잘 그렇듯 후각이 가장 먼저 시간을 기억해낸 것이다.

그날 가스레인지의 불을 끄고 한숨 놓고 있던 나는 책 무더기가 쏟아지는 소리를 들었다. 오빠의 방이었다. 안에서 요란한 인기척이 들려왔다. 열린 문틈을 가만히 엿보았다. 방안에서는 오빠와 진아 사이에 격한 몸싸움이 벌어지고 있었다. 진아가 거머리처럼 오빠에게 들러붙어 억지로 입을 맞추려 했다. 오빠는 사정없이 그애를 밀쳐냈다. 뒤로 나자빠지며 뒤통수를 책꽂이에 부딪혔으나 진아는 끈덕지게 다시 일어나 오빠에게로 달려들었다. 이윽고 견디다 못한 오빠가 진아의 뺨을 후려쳤다. 진아는 기우뚱하며 방바닥에 쓰러졌다. 오빠는 제 분을 이기지 못하고 진아의 몸을 타고 앉아 목을 졸랐다. 그때, 버둥거리던 진아가 문 쪽을 바라보았다. 진아와 나의 눈이 마주쳤다. 나는 숨을 죽였다. 그애가 도와달라며 나를 향해 손을 내뻗었다. 오빠는 진아가 바닥에 깨진 거울 조각을 더듬어 집으려는 줄 알고 그애를 저지하며 유리 저금통을 치켜들었다. 진아의 비명이 집안을 울렸다. 진아의 왼쪽 눈동자가 본 세상의 마지막 모습, 그것은 바로 나였다.

진아는 오빠가 자신을 강간했다고 주장했다. 상황은 오빠에게 전적으로 불리했다.

"왜 오빠를 말리지 않았어?"

병원에서 퇴원한 진아가 동네를 떠나기 전, 내게 마지막으로 물었다.

"조금만 일찍 말렸어도 눈은 괜찮았을 텐데."

진아는 부르튼 입술을 달싹이며 말했다.

억지로 달려든 건 너였잖아. 너는 다른 사람들이랑 다를 줄 알았어. 가장 친한 내 친구였으니까. 나는 넘어오려는 말을 삼켰다. 당시 가슴 밑바닥에서부터 연기처럼 피어오르던, 진아를 향한 배신감과 환멸의 매캐한 냄새가 다시금 코끝을 맴도는 듯했다. 나는 붕대로 감긴 그애의 왼쪽 눈을 물끄러미 쳐다보다가 대꾸했다.

"미안. 넌 줄 몰랐어."

엄마는 오빠의 의식이 돌아오기를 기다리겠다고 했으나 정작 오빠 자신이 버텨내지 못했다.

옷장에서 긴팔 옷을 꺼내 행어에 걸어두던 초가을, 오빠는 폐출혈이 재발해 숨을 거두었다. 호흡이 끊기기 직전, 오빠의 눈에서 눈물이 흘러나왔다. 얇은 양파 껍질 같은 눈꺼풀 아래로 흘러내린 눈물은 미끈미끈했다. 얼마 전 종이에 베인 살갗 위로 눈물이 닿자 몹시 쓰라렸다. 오빠의 눈물에 반응하여 엄마가 오열했다. 그러나 오빠의 뇌는 이미 한참 전에 죽었고, 감정에 따라 눈물을 흘릴 수 있을 리가 없었다. 간호사는 죽기 전에 종종 체내 분비물이 배출되기도 한다고 말했다.

나는 오빠의 귓불을 만져보았다. 귀를 뚫은 자국이 희미하게 느껴졌다. 그 좁은 구멍은 손끝을 타고 들어와 혈관을 타고 내 몸속을 떠다녔다. 나는 검은 점 같은 구멍을 어떻게 쫓아내야 할지 알 수 없었다. 묵묵히 기다리다가 그것이 몸의 어느 한구석에 다다랐다고 생각했을 때 나는 그 부분을 뎅강, 잘라냈다.

봇물처럼 울음이 터져나왔다. 울음이 쏟아지는 대로 그냥 내버려두었다. 이렇게 울다간 멍청이가 되어버리겠다는 생각이 들었다. 이상한 건 머리가 아플 정도로 눈물을 흘리고 있는데도 불구하고 가슴 한구석은 태풍의 핵처럼 고요하다는 것이었다. 마치 무엇이든 받아들일 준비가 되어 있다는 듯, 텅 비어 있었다. 나는 그 공간에 내려놓아야 할 감정과 생각들이 두려워졌고, 자정을 넘어설 무렵 거짓말처럼 울음을 그쳤다.

장례식은 조촐하게 진행되었다. 오빠는 친구가 거의 없었다. 생전의 오빠에게 집착했던 숱한 사람들도 나타나지 않았다. 장례식 둘째 날 낯익은 얼굴이 빈소에 찾아왔다. 엄마는 그쪽을 흘끗 돌아보았을 뿐 반응하지 않았다. 박승안의 아내였다.

오빠가 뇌사 판정을 받고 난 뒤로 박승안을 본 적이 없다. 나는 그가 이 상황으로부터 도망치리라 짐작했었다.

"그 사람, 아마 영국에 있을 거예요."

영안실 복도의 의자에 앉은 여자가 말했다. 그녀는 헐렁한 손목시계를 차고 있는 자신의 가느다란 팔목을 내려다보고 있었다.

그녀가 퇴원한 후 그들 부부는 별거를 시작했다고 한다. 일방적으로 짐을 싸들고 나간 것은 박승안 쪽이었다.

"결국 미안하단 말 한마디도 못 들었어요. 어떤 의미로는 참 대단한 사람이죠."

나는 눈을 감았다. 관자놀이에서부터 시큰한 통증이 타고 내려왔다. 그녀는 입을 다물었다. 더 할말이 없으면 그만 들어가보겠다고 하자, 그녀가 나를 붙잡았다.

"이건 말해둬야 할 거 같아서요."

체구가 큰 남자가 트림을 하며 복도를 지나갔다. 역겨운 육개장 냄새가 번졌다.

"그날 핸들을 꺾은 건 내가 아니었어요."

그녀는 빠른 속도로 말을 이었다.

"조수석에 있던 당신 오빠가 갑자기 서울로 차를 돌리라고 해서 잠깐 실랑이가 있었어요. 난 무시하고 액셀을 밟았는데, 그가 다짜고짜 나를 밀치고 핸들을 꺾었어요. 미처 막아볼 새도 없이 정말 순식간에."

더이상 생각하고 싶지도 않다는 듯 그녀는 고개를 저었다. 입가의 근육이 경직되어 있었다. 잠을 못 잔 까닭일까. 입을 벌리자 휑한 복도의 불빛에서 백반 가루 맛이 나는 듯한 착각이 들었다. 나는 입술을 침으로 축였다. 여러 겹의 침묵이 그녀와 내 발밑으로 쌓였다.

"왜요?"

손으로 머리를 짚고 있던 그녀가 눈을 들어 나를 올려다보았다. 나는 재차 물었다.

"오빠는 왜 서울로 돌아가자 했어요?"

그녀는 고개를 갸웃하며 미간에 가느다란 주름을 잡았다. 그러고는 알 수 없다는 듯 우물거리며 대답했다.

"뭘 두고 왔다고 했어요."

"그게 뭔데요?"

"말 안 했어요. 그래서 그냥 핑계라고 생각했는데."

엄마가 나를 찾는 소리가 들려왔다. 나는 자리를 털고 일어섰다. 여자도 천천히 엉덩이를 뗐다. 우리 둘은 잠시 시선을 마주쳤다. 내가 먼저 짧게 고개를 숙여 보이고 돌아섰다.

오빠의 장례가 끝난 뒤 엄마는 서울로 올라왔다. 엄마는 두 달쯤 내 방에서 함께 지냈다. 나의 귀가시간이 조금만 늦어져도 안절부절못하며 전화를 해댔다. 현관문을 열고 들어서자마자 욕실 슬리퍼가 날아온 적도 있었다. 되도록 일찍 돌아오려 했으나, 그 와중에도 두 번쯤은 자정을 넘겼다. 한 번은 터무니없이 밀린 일로 인한 야근, 두번째는 최성철이 고집을 부려 기어코 그의 새 차를 타고 인천 바다에 다녀왔을 때였다. 인천에 다녀온 다음날에는 엄마가 몹시 화가 나, 내 앞으로 도착한 택배 물품을 전해주는 것도 잊었다. 엄마는 오늘 아침 싱크대에 젖은 행주를 널다가 문득 생각난 듯 베란다 한쪽에서 소포를 들고 왔다. 보내온 사람의 이름이 낯설었다. 나는 누런 종이에 싸인 주먹 크기의 상자를 풀었다. 또 최성철이 작은 이벤트를 벌이는 것이 아닐까 싶었다. 선물상자의 뚜껑을 열었다. 중지 길이의 모형 뿔피리가 담겨 있었다. 주둥이 부분에 푸른색 보석을 박아넣고 가는 가죽끈을 여러 차례 감아놓은 뿔피리는 섬세하게 디자인되어 있었다. 매끄러운 표면을 조심스럽게 손끝으로 훑어보았다. 작은 카드에 뿔피리에 관한 설명이 영문으로 적혀 있었다. 적군의 출몰을 알리는 데 사용되었다는 뿔피리의 용도와 뿔피리 장인에 대한 소개, 축소형 뿔피리가 부적 기능을 한다는 등의 내용이었다.

나는 출근길 버스에 올라타 재우에게 전화를 걸었다. 한참 신호가 굴러간 끝에 재우의 목소리가 들려왔다.

"선물 고마워."

"뭐야, 어떻게 알았어?"

잠이 덜 깬 듯 목이 잠긴 재우가 웃음을 터뜨렸다.

"잘 지내?"

"응. 너도 잘 지내지?"

"그럼."

버스가 멈춰 서는 바람에 옆 사람 쪽으로 기우뚱 몸이 쏠렸다. 옆의 남자에게서 진한 스킨 냄새가 풍겼다.

"별일은 없고?"

재우가 물었다. 열린 차창 틈으로 바람이 불어와 머리칼을 흐트러뜨렸다.

"많다가, 없다가 해. 넌?"

"나도."

내릴 때가 되어 사람들을 헤치고 뒷문 쪽으로 나아갔다. 버스는 삼거리를 지나 정거장에서 멈추었다. 앞에 서 있던 여자가 차에서 내리며 핸드백으로 내 가슴팍을 쳤다. 그녀는 화들짝 놀라며 고개를 돌려 사과했다.

"괜찮으세요?"

차에서 내린 여자가 다가오며 물었다. 나는 고개를 끄덕였다.

"괜찮아요."

휴대폰 너머로 재우가 나를 불렀다.

"무슨 일이야, 괜찮아?"

"응, 괜찮아."

"다친 거 아니야?"

"아냐, 괜찮아."

나는 뻐근한 가슴팍을 문지르며 대답했다.

전화를 끊고 건널목 앞에 서서 신호가 바뀌기를 기다렸다. 눈앞에 펼쳐진 빌딩숲을 바라보고 있으려니 문득, 오빠의 비좁은 옥탑방이 떠올랐다.

오빠가 서울에 두고 간 것은 과연 무엇이었을까. 그 무렵에는 서울에 방 한 칸 두지 않았던 오빠였다. 지난여름 여러 가지 일을 겪고 난 뒤 내게 가장 큰 위로가 되었던 것은 사람들의 염려나 다정한 손길이 아니라 오빠를 향한 풀리지 않은 의문이었다. 오빠로 하여금 필사적으로 핸들을 꺾게 만든 그 무엇. 그뒤로 오빠는 내게 의문형으로 존재했다.

아무리 머리를 굴려봐도 도저히 모르겠으며, 앞으로도 알 수 없을 것이라는 사실이 나를 안심시켰다. 답이 없는 질문은 빈 의자 같은 것이었다. 나는 곧잘 그 의자에 앉아 쉬었다.

그 여자로부터 메일이 왔다. 박승안을 만나기 위해 런던에 왔으나 그가 자신을 만나기를 꺼려한다는 것과 중간에 한 차례 더 다리 수술을 받았다는 것, 아마도 이게 마지막 연락이 될 것 같다는 것, 그리고 박승안과의 관계를 의심해 미안하다는 내용이 담겨 있었다.

나는 답장 버튼을 눌렀다. 그녀에게 보낼 긴 편지를 썼다. 그와 나에 관해 그녀가 모르는 모든 이야기들이 적혔다. 강의실에서 처음으로 그를 보았던 날, 그의 차에 배어 있던 모과 냄새, 목욕을 시켜주던 손길, 그와 내가 서로의 휴대폰에 남긴 수많은 부재중 전화, 서로 아슬아슬하게 피해가던 미래에 관한 이야기, 그녀에 대한 기만과 질투와 동정, 함께 바라보았던 봄날의 강물과 자주 가곤 했던 합정동 골목의 카페, 담배 개비를 테이블에 두드린 뒤 피우는 그의 버릇에 대하여.

나는 커피를 한 잔 마신 뒤 어두워진 창밖을 내다보다가, 써둔 편지글을 모두 지웠다.

'괜찮아요.'

짧은 답장을 보냈다.

오늘, 여기

코트의 앞섶을 여몄다. 전화 너머로 이번 홍보물을 담당하기로 한 디자이너가 십 분 넘게 투덜거리고 있었다. 이미 수차례 반복한 이야기로 그녀를 달랬다. 우체국에 들러 사무실에서 보내는 우편물 네 개를 부치고 나왔다. 은행의 볼일까지 마치고 나니 세시가 훌쩍 넘어 있었다. 점심을 먹는 둥 마는 둥 한 탓에 속이 출출했다. 편의점에서 샌드위치를 사들고 사무실로 향했다.

휴대폰의 진동이 울렸다. 최성철이었다. 전화를 받기가 무섭게 그는 결혼식에 대한 이야기를 꺼냈다. 그럼 그렇지. 나는 손에 든 비닐봉지를 바꿔 들었다. 그는 다음주 일요일, 한 살 연하의 사내 동료와 식을 올리기로 되어 있다. 신부는 몇 년 전 인턴 시절에 몇 번 마주친 적이 있는 여자였다.

"청첩장 받았다니까. 어제 문자 보냈잖아. 어련히 알아서 찾아갈까봐."

나는 혀를 차며 핀잔했다.

“나 보내기 아쉬워서 안 올까봐 그러지. 그나저나 야, 너도 낼모레면 서른이야. 만나는 남자도 없고 뭐하는 거냐.”

“그놈의 몹쓸 오지랖 하고는. 끊어, 나 사무실 들어간다.”

최성철과는 두 달쯤 데이트를 했지만 연인으로는 잘 맞지 않는다는 것을 깨달았다. 남녀관계로 만나야 한다는 압박감과 경계심을 버리고 나니 그의 다정함과 배려심이 편안하게 느껴졌다. 우리는 금세 친구가 되었고 몇 년 동안 싸우고 화해하길 반복하며 좋은 사이를 유지하고 있었다.

산 지 얼마 안 된 구두여서 그런지 발뒤꿈치가 쓰라렸다. 새끼손톱 크기로 잡힌 물집이 그새 터진 모양이었다. 근처 약국으로 걸음을 옮기던 나는 코트 주머니 속에 손을 넣었다. 다시 휴대폰이 울려대고 있었다. 분명 최성철이라 생각한 나는 통화 버튼을 누르자마자 소리쳤다.

“왜, 또!”

대답이 없었다.

“여보세요?”

액정에 발신번호가 찍혀 있지 않았다. 약국에 들어설 때까지 상대방은 아무 말도 없었다.

“대일밴드 하나 주세요.”

나는 잔기침을 내뱉으며 말했다.

발신자 번호가 찍히지 않은 전화는 한 달에 한 번 정도 걸려왔다. 처음에는 상대방이 내게 무슨 말인가 하려 망설이고 있다고 생각했었지만, 이제는 그저 침묵하기 위해 전화를 걸고 있다는 것을 느낄 수 있었다. 누구일까. 심해처럼 깊은 정적 속에서 아련한 그리움이 긴 지느러미를 너울거리며 헤엄쳤다. 파문이 일어난 자리가 얼얼했다. 지금은 연락이 끊긴 여러 사람의 얼굴들이 스쳐지나갔다. 거스름돈을 받는 동안 전화가 끊겼다.

얼마 전 대학 동기들을 통해 박승안의 소식을 들었다. 그는 여전히 아내와 살고 있었다. 지금은 두 아이의 아버지이며 수시로 외국을 들락거린다고 했다. 차를 바꿨다느니 살이 좀 쪘다느니, 이민을 준비하고 있다는 등의 소문도 오갔다.

나는 말없는 전화가 그로부터 걸려온 것이라고는 생각지 않는다. 그것은 과거로부터 걸려온 전화였다. 수화기 너머 익명의 상대가 내게 말을 걸어오는 순간, 비로소 나는 이십대의 파랗고 뜨거웠던 시기의 종착점에 서게 되리라는 걸 알고 있다.

진물 때문에 스타킹이 엉겨 붙은 발뒤꿈치의 통증을 느끼며 약국을 나섰다. 바로 앞 건널목의 신호가 깜빡이고 있는 것이 보였다. 잠시 갈등하다가 비닐봉지를 부스럭거리며 달리기 시작했다. 살갗 벗겨진 자리가 쓰라렸다.

길을 반쯤 건넜을 때, 차가운 것이 뺨 위에 떨어졌다. 눈이었다. 그러고 보니 오늘 오후중 첫눈이 내릴 거라는 기상예보가 떠올랐다. 이번 겨울 들어 오늘로만 벌써 세번째 첫눈 예고였다. 번번이 첫눈은커녕 날이 좀 흐리거나 비만 내리다가 말았던 것이다. 가느다란 눈발이 흩날렸다. 주머니 속에서 또 한번의 진동이 울려왔다.

누구일까.

지금 막 내리기 시작한 첫눈을 기뻐하는 연락일 것이었다. 나는 휴대폰을 꺼내는 대신 눈으로 뿌옇게 변한 거리로 나아갔다.

조금은, 들뜬 마음이었다.

작가의 말

이 글은 몇 해 전 이십대 초중반 무렵 인터파크 도서에 연재했던 소설을 최근에 다시 수정한 것이다. 요즘의 내가 지향하는 장편소설과 다르게 구성이 정적인 편이고 회상이 많이 삽입되어 있다. 당시 지녔던 감성은 또 색다른 의미가 있을 테니 전체적인 짜임은 손을 보지 않았다.

이 소설 속 주인공들은 진정한 사랑이라 표현하기엔 과분하고, 만남이라 말하기엔 부족한, 치기 어리고 무책임한 애정에 얽혀 있다.

한때는 누군가를 만나면 그의 아름다운 면만 보였다. 만남과 이별에 겁이 없었고 회복도 빨랐다. 지금은 그러하지 못하다. 사람도 사랑도 전보다 조심스레 대하게 되었다. 하지만 그 어떤 변화에도 상관없이 나는 여전히 열정적이고 모험을 좋아한다.

다행이다.

상처받는 것이 두려워 사랑을 외면하지 않길, 치열하게 사랑하길, 지난 기억들을 기꺼이 미화시켜 추억으로 남길 수 있길, 몇 번을 사랑하고 돌아서도 헤어짐에는 늘 서투르길……

글을 쓰지 않으면 몸도 마음도 이상하리만큼 아프다. 적어도 글을 쓰는 행위는 여느 사랑과 다르게 일방적인 게 아니라 다행이라 생각한다.

같이 책을 만들어준 모든 분들께 감사한다. 언제나 아끼는 나의 가족들에게도.

언제부터인가 멈춰 서서 쉬는 것보다 걷는 게 더 편안해졌다.

낯선 곳을 향한 전진이든 같은 구간을 반복해 걷든, 딛고 있는 길과는 무관하게.

2016년 가을

전아리

문학동네 장편소설
달이 뜨면 네가 보인다

초판인쇄 2016년 10월 4일
초판발행 2016년 10월 14일

지은이 전아리
펴낸이 염현숙
책임편집 정은진 | 편집 김내리 이성근 황예인
디자인 신선아 유현아 | 마케팅 정민호 박보람 이동엽
홍보 김희숙 김상만 이천희
제작 강신은 김동욱 임현식 | 제작처 영신사

펴낸곳 (주)문학동네
출판등록 1993년 10월 22일 제406-2003-000045호
주소 10881 경기도 파주시 회동길 210
전자우편 editor@munhak.com | 대표전화 031) 955-8888 | 팩스 031) 955-8855
문의전화 031) 955-3576(마케팅) 031) 955-8864(편집)
문학동네카페 http://cafe.naver.com/mhdn | 트위터 @munhakdongne

ISBN 978-89-546-4245-3 03810

* 이 도서의 국립중앙도서관 출판예정도서목록(CIP)은 서지정보유통지원시스템 홈페이지(http://seoji.nl.go.kr)와 국가자료공동목록시스템(http://www.nl.go.kr/kolisnet)에서 이용하실 수 있습니다.(CIP 제어번호: 2016022398)

www.munhak.com